LA 이방인

LA 이방인

발행일   2023년 1월 3일

지은이   신재동
펴낸이   손형국
펴낸곳   (주)북랩
편집인   선일영   편집   정두철, 배진용, 김현아, 류휘석, 김가람
디자인   이현수, 김민하, 김영주, 안유경, 신혜림   제작   박기성, 황동현, 구성우, 권태련
마케팅   김회란, 박진관
출판등록 2004. 12. 1(제2012-000051호)
주소   서울특별시 금천구 가산디지털 1로 168, 우림라이온스밸리 B동 B113~114호, C동 B101호
홈페이지   www.book.co.kr
전화번호   (02)2026-5777   팩스   (02)2026-5747

ISBN   979-11-6836-637-4 03810 (종이책)   979-11-6836-638-1 05810 (전자책)

(주)북랩 성공출판의 파트너
북랩 홈페이지와 패밀리 사이트에서 다양한 출판 솔루션을 만나 보세요!
홈페이지 book.co.kr • **블로그** blog.naver.com/essaybook • **출판문의** book@book.co.kr

작가 연락처 문의 ▸ ask.book.co.kr
작가 연락처는 개인정보이므로 북랩에서 알려드릴 수 없습니다.

신재동 소설집

LA 이방인

The outsider without a face

북랩

'LA 이방인'을 내면서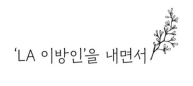

소설의 배경은 내가 사는 삶을 중심으로 나오게 마련인데, 아무리 미국에서 사는 교포 작가라고 해도 한글로 쓴 작품의 독자는 한국인이어서 한국과 미국을 오가면서 쓰게 되었다.

미국에서 사는 교포 작가가 아니라면 도저히 쓸 수 없는 내용을 소설 모티브로 잡았고 한국 독자들도 공감할 수 있겠다 싶은 소설로 쓰느라고 애썼다.

이민 1세들이 겪는 특수한 고통과 시련이 따로 있다. 이 사연은 이민 1세들이 소설로 다뤄야 할 몫이다.

모름지기 교포 작가라면 새로운 땅에 발을 붙이기가 어려우면 어려울수록, 아프면 아플수록 포기하지 않고 이겨내는 절박한 심정과 모습을 소설로 써야 한다.

이것은 교포 작가의 숙명이기도 하다.

남들이 못 보고, 못 느껴서 그냥 넘어가는 대목에까지 촉수를 곤두세우고 지켜보고 메모해 두었다가 작품으로 녹여냈다.

교포 신문에서 한인 동포 노숙자 기사를 읽으면서 노숙자에 관한 소설을 써야겠다고 마음먹었다. 그때부터 한인 노숙자 기사가 눈에 띄면 스크랩해서 모았다.

모으면서 흥미 있는 기사가 나의 노숙자에 관한 상식을 넓혀 주었고, 이해에 도움이 됐다. 노숙자의 속내를 알게도 되었고, 갑작스러운 교통사고처럼 누구라도 노숙자가 될 수 있다는 사실도 알게 되었다.

노숙이 좋아서 하는 사람은 없다. 노숙자도 노숙이 부끄럽다는 것을 안다. 그러면서도 어쩔 수 없는 사정이 있기 마련이다.

처음에는 막연히 한인 노숙자에 관한 소설을 생각했었는데 2014년 미주 중앙일보에 '그 여자아이는 왜 쉬지 않고 걸을까?' 란 기사를 읽고 소녀 노숙자에 관심을 두게 되었다.

갈 곳 없는 아이는 매일 거리를 헤매고 다닌다. 기력이 없지만 그래도 걸음을 멈출 수 없다. 멈추는 순간 강도와 성폭행 등 온갖 범죄의 표적이 되기 때문이다.

이 기사를 읽고 '소녀 노숙자'의 모티브를 얻었다.

2013년 7월 29일 미국 뉴저지주 벌겐카운티 법원에서 미성년인 딸을 체벌한 한국인 동포 김창호(49) 씨에게 가중폭행죄를 적용 364일 실형을 선고한 일이 실제로 있었다. 이런 일련의 사건들을 보면서 소녀 노숙자에 관한 소설을 쓰기로 가닥을 잡았다.

미국에서 지난 20년간 전국적으로 100만 명이 넘는 청소년 홈리스들이 커버넌트 하우스의 도움을 받아 새로운 삶을 개척

했고 지금도 도움의 손길은 이어지고 있다.

'소녀 노숙자'란 제목을 정하면서 7 Part로 나눠 일주일에 1 Part씩 썼다.

1 Part가 A4용지 2~3장이므로 일주일 동안 다듬기에 무리가 없었다.

쓰면서 나도 모르게 눈물이 났다. 슬프게 쓰려고 한 작품은 아닌데 쓰다 보니 슬픈 이야기가 됐다.

한국 동포 노숙자 문제는 우리가 풀어야 할 영원한 숙제다.

한 번도 경험해 보지 못했던 코로나19라는 복병 앞에서 세계는 무너지고 말았다.

집에서 머무는 시간이 길어지면서 따분하고 지루했다. 작품도 못 쓰고 집에만 머무는 것이 보기에 딱했던지 어느 날 하느님은 내게 자극을 주기 위해 도둑을 우리 집에 보냈다. 집에 도둑이 들었던 것을 모티브로 '검은 마스크'란 작품이 탄생했다.

지금도 미주 한국일보를 꼼꼼히 읽는다.

그중에서 '여성의 창'이라는 칼럼은 교포 여성들이 돌아가면서 쓰는데 나는 여성들이 쓴 칼럼에서도 소설의 모티브를 얻어낸다.

'생일 선물'이 그랬다. 구세군 사관님이 A4용지 반쪽짜리 글을 '여성의 창'에 올렸는데 읽는 순간 이건 소설감이라는 직감이 들었다.

그날로 쓴 소설이 '생일 선물'이다.

소설을 쓰면서 해야 할 일이 밀려있어 새벽부터 일한다. 그 것도 재미있는 일이니 온종일 바쁘게 지낸다. 글 쓴다고 맨날 재미있는 것은 아니다. 재미있는 글을 쓸 때만 재미있다. 목표를 정해 놓으면 더욱 재미있다는 사실도 알아냈다.

써놓은 작품 중에서 10편을 추렸다. 주로 코로나 팬데믹에 관한 소설이다. 음식은 맛있게 먹어주는 사람이 가장 고마운 것처럼 작품은 재미있게 읽어주는 사람이 고맙다. 고마운 독자들이 많았으면 하는 바람이다.

2022년 12월.

신재동

LA 이방인

목차

'LA 이방인'을 내면서 4

1. 생일 선물 10

2. 진정한 사랑 32

3. 소녀 노숙자 53

4. 검은 마스크 93

5. 고백 114

6. 보보스(Bobos) 144

7. 인형의 비밀 167

8. 절반의 배반 189

9. 가족 나무 218

10. LA 이방인 242

생일 선물

✳

〈너, 오늘처럼 특별한 날 집에서 뭐 해?〉

스티브는 카톡 알람이 울리기에 스마트폰을 열어보았다.

〈뭐하긴. 책이나 읽지.〉

가볍게 대답하면서도 고개를 갸웃했다. '오늘이 내 생일이라는 걸 어떻게 알았지? 하늘이에게 생일을 말해 준 적도 없는데……'

〈그러지 말고 우리도 폭죽을 터트려야지. 안 그래?〉

하늘이가 먼저 생일 축하 폭죽까지 터트려주겠다는데 가만히 있을 수 없었다. 생일을 축하하려면 술이라도 마셔야지, 맨숭맨숭한 낮으로 자축할 수는 없는 일 아닌가.

〈그러지 않아도 우리 아버지가 맥주 사 마시라고 20달러 줬어.〉

〈20달러 가지고 무슨 술을 마시냐. 20달러로 마시려면 우리 아파트 앞에 있는 세븐일레븐 편의점에서 캔맥주나 마시면 모를까. 세븐일레븐으로 올래?〉

〈세븐일레븐으로 오라고? 시내버스 타고 가려면 오후 3시는 돼야겠는데? 내가 세븐일레븐 앞에 가서 연락할게. 그런데 너, 어떻게 내 생일을 알았어? 내가 말해 주지도 않았는데.〉

〈뭐? 오늘이 네 생일이라고? 난 네 생일인지 몰랐어. 오늘이 광복절이잖아. 너 광복절 몰라? 미국으로 치면 '독립 기념일'이란 말이야.〉

〈내 생일인지 몰랐다고? 난 그것도 모르고······.〉

스티브는 그만 머쓱했다. 괜히 혼자서 '하늘이가 내 생일을 알고 축하해 주겠다는 거구나'하고 넘겨짚었으니. 문자라서 얼굴이 보이지 않는 게 다행이었다.

수염을 말끔히 깎고 스킨을 손바닥 위에 조금 덜었다. 턱과 코밑, 볼까지 골고루 문질렀다. 은은한 향기가 콧속으로 저릿하게 퍼져 나갔다. 3시에 만나려면 지금쯤 나가서 시내버스를 타야 한다. 검은색 티셔츠를 꺼내 입었다. 불끈 쥔 커다란 주먹이 가슴에 그려져 있는 티셔츠다. 검은색에 파워 펀치가 새겨진 티셔츠는 젊은 세대에게 인기 있는 디자인이다. 주황색 로고로 SF 글자를 겹쳐놓은 샌프란시스코 자이언츠 야구 모자도 썼다. 뭐, 빠트린 게 없나 하고 주변을 둘러보다가 책상 위에 아무렇게나 놓여 있던 생일 카드를 뒷주머니에 찔러 넣었다. 아버지한테서 받은 생일 카드인데, 카드 갈피에 20달러짜리 지폐가 들어있기 때문이었다. 문을 나서려다가 잠깐 망설였다. 흰색 마스크를 쓸까, 검은색 마스크를 쓸까? 검은색 셔츠에 검은색 모자니까 마스크도 검은색으로 구색을 갖추기로 했다.

아침에 엄마는 오늘이 귀빠진 날이라면서 미역국을 끓여주었다.

— 너를 낳을 때는 사는 게 말이 아니었잖니, 그래도 너만큼은 LA에서 유명한 에덴 조산원에서 낳았단다. 조산원에서 한 달이나 몸조리했는데, 매일 미역국을 끓여주는 거야. 미역국을 먹는 건 좋았지만 밤새워 일하는 너의 아버지를 생각하면 차마 미역국이 목구멍으로 넘어가질 않더구나…….

스티브는 엄마의 가난했던 시절을 머릿속으로 그려보려 했으나 잘 떠오르지 않았다.

— 너의 아버지는 늘 사람을 머리로 사랑하지 말고 가슴으로 사랑하라고 했단다…….

오늘 처음 듣는 이야기도 아니어서 듣는 둥 마는 둥 넘겼다. 미역국에 밥을 두어 숟갈 넣고 말아서 먹었다. 엄마가 끓여주는 미역국은 맛이 각별했다.

방에 들어와 책상 서랍 안에 고이 잠들어 있던 카드를 꺼내 들었다. 아버지가 남기고 간 마지막 생일 카드다. 밀봉된 카드를 열었다. 〈Happy 21st Birthsday, Steve! You're finally legal!〉이라고 쓰여 있고 20달러 지폐가 한 장 들어있었다. 미국의 법정 음주 허용 연령은 스물한 살이다.

생일 카드를 들고나와 엄마에게 보여주면서 둘이서 웃었다. 아버지는 3년 전에 간암으로 돌아가시면서 하나밖에 없는 아들 스티브에게 생일 카드 세 장을 남겨놓았다. 한 장은 열아홉 살 생일에 열어볼 카드였고, 다른 하나는 그다음 해에 열어볼 카드. 그리고 마지막으로 스물한 살 성인이 되는 오늘 열어볼 생일 카드였다.

세븐일레븐 편의점 앞에는 빨간색 파라솔을 이고 얌전한 자세로 손님을 기다리는 동그란 야외 테이블 두 개가 놓여 있었다. 스티브는 테이블 하나를 차지하느라고 야구 모자를 벗어서 테이블 위에 올려놓았다. 모자를 벗었더니 머리가 한결 시원했다. 하지만 검은색 마스크는 벗지 않았다. 스마트폰으로 여기서 기다리는 중이라고 채 연락하기도 전에 흰 마스크를 쓴 하늘이가 이쪽으로 걸어오는 모습이 보였다. 하늘이는 흰색 로고로 LA 글자를 겹쳐놓은 다저스 야구모자를 쓰고 자그마한 백팩도 메고 있었다. 반가운 하늘이의 얼굴보다도 파란색 야구모자 뒤로 삐져나온 새까만 머리카락이 나불대는 게 먼저 눈에 띄었다.

— 너 다저스 팬이야? 다저스 모자를 쓰고 다니게……. LA 다저스하고 샌프란시스코 자이언츠는 영원한 라이벌이라는 거 알아?

— 뭐! 너하고 나하고 라이벌이라고?

하늘이는 곧바로 능청스럽게 받아넘겼다. 스티브는 말을 해놓고도 자기 말이 지금 상황과 어울리지 않는 것 같아서 얼른 말꼬리를 내렸다.

— 야구팀끼리 하는 이야기지. 우리야 라이벌이 될 수 없지…….

한국에서 온 유학생들은 외국인 티가 났다. 아무리 안 그런 척해도 어딘가 달라 보였다. 옷도 얌전한 옷으로 골라서 입었고, 말도 가려가면서 했다. 얼굴은 하나같이 예쁘장했고 피부도 희고 고왔다. 가지런한 이빨이 드러나게 웃으면서 말하는 하늘이를 보며 스티브도 미소로 답했다.

— 내가 기다린다는 걸 어떻게 알았지?

하늘이는 백팩을 벗어서 테이블 위에 놓으면서 의자를 끌어당겨 앉았다.

— 창밖으로 내다보고 있었어. 생일 축하해! 몇 살 되는 거니?

— 스물한 살. 너는 몇 살인데?

— 겨우 스물한 살이라고? 동생도 한참 아래 동생이네.

그러면서 하늘이는 자기 나이는 말해주지 않았다. 하늘이는 말해주지 않는 게 많았다. 처음 만났을 때도 그랬다. 스티브에게 물어만 봤지, 자기소개는 하지 않았다.

코로나19 팬데믹으로 대면 수업이 중지되고 모든 강의가 온라인 비대면 화상 수업으로 전환된 첫날이었다. 교정은 텅 비어 있었다.

— 오늘이 공휴일인가요?

흰색 마스크를 쓴 얌전한 여학생이 영어로 스티브에게 물었다.

— 오늘부터 대면 수업 없어요. 모두 집에서 수업받는데. 모르셨어요?

— 오 마이 갓! 난 그것도 모르고······.

여학생이 영어로 말은 하고 있었지만, 스티브는 그녀가 한국에서 온 학생이라는 걸 단번에 알아보았다.

— 한국에서 온 학생 맞지요? 한국말로 하세요. 안녕하세요?

스티브가 먼저 한국말로 인사했다.

　— 어머, 한국 분이세요?

　— 맞아요. 한국 사람이에요. 한국에서 오지는 않았지만.

　— 한국에서 오지 않았다면? 교포?

스티브는 고개를 끄덕였다.

　— 지금은 코로나 팬데믹으로 비대면 화상 수업 중이에요. 집에
　　서 줌으로 강의 들으면 되니까 좋잖아요. 크게 신경 쓸 필요도
　　없고, 감시하는 사람도 없고, 세수 안 하고 컴퓨터 앞에 앉아도
　　잘 모르잖아요. 난 맨날 줌으로 강의 들었으면 좋겠던데……

　— 그러면 학교엔 왜 나왔어요? 나야 멋모르고 왔지만……

　— 사물함에 있는 짐 챙기러 왔어요. 학교에 오지 못하는 사이
　　에 누가 사물함이라도 털어가면 어떻게 해요. 보세요, 이게
　　얼마짜리 티셔츠인 줄 아세요? 가슴에 파워 펀치가 그려있는
　　티는 구하기도 어렵고 가격도 비싸다니까요.

스티브는 공작새가 꼬리를 펴듯 검은색 티셔츠를 활짝 펼쳐
들고 불끈 쥔 주먹이 그려진 앞부분을 보여주었다.

　— 난 스티브예요. 이름이 뭐지요?

　— 하늘이예요. 하늘.

여학생은 웃으면서 손가락으로 하늘을 가리켰다. 스티브는
여학생이 가리키는 손가락을 따라 하늘을 쳐다보았다. 하늘은
파랗고 청명했다.

　— 내 이름이 하늘이라는데 왜 하늘을 쳐다봐요?

하늘이는 웃으면서 농담조로 말했다.

— 네? 네, 그렇군요.

스티브도 따라서 웃어넘겼다.

여학생에게 나이도 물어보았으나 대답은 듣지 못했다. 얼굴이 너무 앳되어 보여서 묻지 않을 수 없었다. 하늘이는 조금 살이 쪄 보였지만, 밉게 생기지는 않았다. 교정에서 오래도록 이야기꽃을 피웠으나 지루하기는커녕 시간이 너무 빨리 가는 바람에 아쉬웠다.

*
**

세븐일레븐 편의점 주차장은 텅 비어있었다. 빨간 파라솔이 드리운 둥근 야외 테이블에 앉은 스티브와 하늘이를 제외하고는 아무도 없었다.

하늘이는 처음 만났을 때부터 활달했다. 그녀가 스티브에게 몇 학년이냐고 묻기에 2학년이라고 대답했을 뿐인데 곧바로 반말로 나왔다. 얼떨결에 스티브도 따라서 반말로 했다.

— 내일 모래면 방학인데 한국에 안 가?

한국 유학생들은 떠나온 집이 그리워서 방학을 애타게 기다린다는 것을 스티브는 알고 있었다.

— 백신도 안 맞았고, 한국에 가 봤자 2주 동안 격리 생활하고 나면 남은 시간도 별로 없잖아. 게다가 돌아올 때는 코로나 예방

접종 때문에 입국이 가능할지도 모르는 거고. 이제 한 학기만 더 하면 MBA 석사과정도 끝나는데 그냥 남아 있기로 했어.

— 뭐? 벌써 대학원 졸업을 앞두고 있다고?

— 그래. 그래서 뭐 잘못된 거 있니?

— 나는 네가 너무 어려 보여서 신입생인 줄 알았어.

— 고맙다. 어리게 봐줘서.

앳돼 보이는 하늘이가 벌써 대학원 졸업을 앞두고 있다는 바람에 헷갈렸다. 어려 보여서 마음 놓고 대했는데 그게 아니었기 때문이다.

— 잠깐 기다려. 내가 가서 맥주 사 올게.

스티브는 자리에서 일어나 편의점으로 걸어갔다. 잠시 후에 버드와이저 캔 두 개를 들고나왔다. 캔 하나는 하늘이 앞에 놓고 다른 하나는 검지로 캔 따개를 잡아당겼다. '딱!' 소리와 함께 시원한 거품이 캔 위로 넘쳐흘렀다.

— 내가 따 줄까?

스티브는 하늘이 맥주캔도 따서 앞에 놓았다.

— 대낮부터 술을 마셔도 되나?

하늘이가 말했다.

— 더우니까. 시원한 걸 마셔야지.

— 오늘이 네 생일이라고 했지? 축하해.

하늘이는 맥주캔을 오른손으로 들고 스티브가 자신의 맥주캔에 건배해주기를 기다렸다. 스티브가 맥주캔을 들고 하늘이의 맥주캔에 가져다 댔다. 하늘이는 자기 맥주캔으로 스티브의 맥주캔을 툭 치면서 "생일 축하해"라고 말했다. 스티브도 "고마워"하고 맞받아주었다. 하늘이는 맥주캔을 입으로 가져가더니 꿀꺽꿀꺽 시원스럽게 마셨다. 목구멍으로 맥주 넘어가는 소리가 귓가에 들리는 듯했다. 스티브도 거품이 섞인 맥주를 한 모금 입에 넣고 살며시 맛을 음미하다가 목구멍으로 넘겼다. 태어나서 처음 마셔보는 맥주 맛은 시원하면서도 쌉쌀한가 하면 뒤끝이 조금 썼다. 스티브는 맥주캔을 오른손에 든 채 하늘이를 바라보았다. 맥주캔에서 차가운 기운이 손바닥을 통해서 심장으로 전해왔다.

하늘이가 맥주캔을 다시 집어 들더니 두어 모금 더 마셨다. 너무 익숙한 솜씨로 마시는 걸 보고 내심 놀라웠지만, 말은 하지 않았다.

— 날이 더워서 그런가, 맥주 맛이 좋네.

하늘이가 한마디하고는 빙긋 웃으며 스티브를 바라보았다. 스티브는 그동안 하늘이를 얌전한 여학생으로 보았는데 잘 못 봤나 싶었다. 맥주를 마시던 하늘이가 백팩 안에 손을 집어넣더니 무엇인가를 열심히 찾았다. 꺼내든 켄트 담뱃갑에는 라이터도 함께 묶여 있었다. 담배 한 개비를 꺼내 물더니 불을 붙였다. 오른손 손가락 사이에 담배를 끼워 들고 멋들어지게 연기를 뿜어내는 솜씨가 노련한 영화배우 같았다.

— 맥주 마시는 솜씨가 능숙한 걸 보면 많이 마셔봤나 보지?

— 맥주는 아니고 소주는 많이 마셨지. 한국에서 학교에 다닐 때는 술 마실 기회가 많았거든.

그러면서 하늘이는 맥주캔을 집어 들었다. 한 모금 더 마시는 거로 보아 맥주캔이 금세 비어간다는 걸 알 수 있었다.

— 한 캔 더 마실까?

스티브는 하늘이에게 물어보았다.

— 그래? 그러면 좋지.

스티브가 자리에서 일어나려는데 하늘이가 말했다.

— 생일을 축하하려면 케이크가 있어야 하잖아. 맥주 사러 가
는 길에 컵케이크도 하나 사 와.

스티브는 편의점에서 버드와이저 캔 하나와 컵케이크를 들고
나왔다. 하늘이는 백팩을 들추더니 새끼손가락만 한 초를 꺼냈
다. 초를 컵케이크에 꽂고 불을 붙였다. 스티브 눈에는 컵케이크
의 작은 촛불이 실제 크기보다 더 커 보였다. 마치 커다란 생일
케이크의 촛불처럼 확대되어 다가왔다. 스티브가 입김을 불어
촛불을 끄려고 하자 하늘이가 "잠깐"하며 막았다. 스마트폰을
꺼내 들고 동영상을 찍겠다면서 상체를 뒤로 물리더니 영화감독
처럼 액정 화면에 나타나는 각도를 조절했다. 액정 화면에는 컵
케이크 촛불과 버드와이저 캔이 클로즈업되어 나타났다. 스티브
는 하늘이의 지시에 따라 천천히 입김을 불어 촛불을 껐다.

— 다시 한번 축하해야지.

스티브는 하늘이의 요구에 따라 오른손으로 맥주캔을 들고
하늘이가 치켜든 캔에 '탁!'하고 부딪쳤다. 하늘이가 "건배!"하기
에 스티브도 따라서 "건배!"하고 복창했다.

스티브의 캔에는 아직도 맥주가 반이나 남아 있는데 머리가
어질어질했다.

— 반밖에 안 마셨는데 취하는 것 같아.

스티브는 자기도 모르게 말을 내뱉었다.

— 얼마 마시지도 않았는데 벌써 그래?

— 맥주라는 걸 오늘 처음 마셔보는 거거든.

하늘이가 놀라는 표정을 지었다.

— 그래? 아직 맥주도 못 마셔봤다고?

— 맞아, 오늘 처음 마시는 거야.

— 보기보다 순진하네! 마셔보니 맛이 어때?

— 뭐! 모르겠어. 쓴 것도 같고, 취하는 것도 같고.

— 맥주 반 캔에 취한다고? 말도 안 돼. 그러면서 맥주는 왜 마
  시자고 했니?

— 오늘이 내 생일이잖아. 맥주를 마셔보고 싶었지.

— 하필이면 광복절이 네 생일이라니. 그러니까 너, 815구나?

— 815가 뭔데?

— 어? 뭐, 그런 게 있어.

그래 놓고 하늘이는 다시 진지한 억양으로 말했다.

— 진작 말하지, 그랬어. 오늘이 생일이라고. 미리 알았으면 좋
  은 데 가서 마실걸.

하늘이는 진심으로 말하는 것 같았다.

— 생일이라면서, 미역국은 먹었어? 선물은 몰라도 생일 카드라
  도 받았니?

— 생일 카드야 벌써 받았지.

— 누구한테서? 엄마?

— 아니. 아버지한테서 받았어.

— 뭐? 너 아버지는 안 계신다고 했잖아? 돌아가셨다고 하지 않았어?

— 맞아. 그랬지. 돌아가셨어.

— 돌아가셨다면서 무슨 생일 카드야? 혹시 새아버지?

하늘이는 조심스럽게 말하면서 스티브의 안색을 살폈다. 스티브의 표정에서 아무런 변화가 보이지 않자 슬며시 미소를 지으며 어색함을 얼버무렸다.

스티브는 기왕에 말이 나온 김에 지금 사실을 털어놓지 않으면 오해할지도 모른다고 생각했다.

— 아버지가 돌아가신 건 맞는데, 돌아가시기 전에 내 생일 카드를 미리 만들어 놓으셨어. 생일 카드 석 장을 남기셨는데 열아홉 살 생일에 열어 볼 카드와 스무 살 생일에 열어 볼 카드, 그리고 스물한 살 생일에 열어 볼 카드를 미리 써놓으셨어. 오늘 아침에 마지막 스물한 살 생일 카드를 열어본 거야. '스물한 살 생일을 축하한다'라는 말이랑 '이제 스물한 살이 되었으니 맥주 정도는 마셔도 된다'라고 쓰여 있는 거 있지? 그리고 20달러 지폐가 한 장 들어있더라고.

스티브는 아침에 생일 카드 열어보던 이야기를 하늘이에게 들려주면서 씁쓸한 미소를 지었다. 그러면서 뒷주머니에서 생일 카드를 꺼내서 펼쳐 보여주었다. 이야기를 듣던 하늘이도 스티브를 따라서 피식 웃었다.

하늘이는 속으로는 웃을 일이 아니라고 생각하면서도 스티브가 미소를 짓기에 따라 웃는 척했다. 생일 카드에는 스티브가 들려준 말이 영어로 적혀있었다.

하늘이는 취미 활동으로 영어 공부도 할 겸, 페이스북에 열심히 글을 올리고 있었다. 페이스북 회원답게 글감을 보면 본능적으로 스마트폰을 꺼내 사진도 찍고 동영상도 촬영했다.

— 너희 아버지 참 현명하시다. 아버지가 무슨 일을 하셨니?

— 아버지는 한국에서 고등학교 영어 선생님이셨는데 미국에 오시면서 단박에 무너지고 말았대…….

— 그렇겠지. 이 나라 사람치고 누가 너희 아버지에게서 영어를 배우겠니?

하늘이는 스티브의 생일 카드를 사진으로 남기는 것도 잊지 않았다. 그녀가 스티브의 아버지에 관해서 묻자 스티브는 숨겨놓았던 이야기의 속살을 바나나 껍질 벗기듯 하나하나 드러내 보여주었다.

**

스티브 아버지는 한국에서 여고 영어 선생님이었다. 마침 졸업반 담임을 맡고 있었는데 반에서 공부를 제일 잘하는 학생이 경제적 사유로 대학에 진학할 수 없다는 사정을 알고 가슴 아파했다. 고민 끝에 입학금은 걱정하지 말고 시험이나 쳐보라고 다독여 주었다. 학생은 보란 듯이 대학 입시에 합격했다. 그것도 들어가기 어렵다는 서울대학교에⋯⋯.

학교에서는 모교의 명예를 빛낸 자랑스러운 학생이라면서 국회의원 선거 때나 볼 법한 플래카드까지 교문 앞에 걸어주었다. 아버지는 약속한 대로 입학금을 내주었다. 한번 내주기 시작한 등록금은 계속 이어질 수밖에 없었다. 그것도 남모르게⋯⋯.

시간이 흐르면서 여학생은 대학교 졸업도 하기 전에 임신했다는 소문이 퍼져나갔다. 여자고등학교에서 흘러 다니는 소문은 전파력이 강해서 이웃 학교로도 옮겨갔다. 이윽고 스티브 아버지는 교장 선생님에게 불려가 사실대로 말해야만 했고, 사표를 종용받기에 이르렀다. 선생직에서 물러나면 한국에서 더는 떳떳하게 살 수 없을 것 같았다고 한다.

어쩔 수 없이 두 사람은 LA로 도망 오다시피 숨어들었다. 숨어서 사는 아버지의 인생이 어떠했는지는 말하지 않아도 짐작이 갔다. 몸을 아끼지 않고 험한 일을 마다하지 않았다. 밤을 낮으로 여기고 일했다. 그 와중에도 주말이면 세종학교에 가서 한국어 교사를 자청했다. 주말 학교에 갈 때면 스티브를 꼭 데리고 다녔다.

스티브는 그때 배운 한국어 실력으로 뜻은 자세히 몰라도 한글을 읽을 줄 안다. 아버지는 몸이 지치고 피곤해도 쉬는 날도 없이 열심히 일할 수밖에 없었다. 열심히 일한 대가는 간암이라는 진단으로 이어졌다. 죽기 전 마지막 3년은 가난했지만, 가족들끼리 삶다운 삶을 살았고, 행복했다.

홀연히 떠난 아버지의 이야기를 차분하고도 침착하게 들려주는 스티브의 목소리는 잔잔한 클래식 음악처럼 하늘이의 마음에 와닿았다.

이야기를 듣고 난 하늘이가 물었다.

— 그럼 지난해 생일 카드에는 뭐라고 쓰여 있었니?

— 작년 생일 카드 이야기를 하려면 재작년 생일 카드 이야기 먼저 해야 해. 그게 다 연결되어 있거든……

— 그럼 재작년엔 무얼 했는지 말해 봐. 어서.

하늘이는 재촉하듯 스티브를 다그쳤다.

— 재작년에는 생일 카드를 열었더니 '너보다 더 불행한 아이를 찾아서 도와주어라'라고 쓰여 있었어. 황당하더라고. 가난한 아이를 어떻게 도와줘야 하는지 아는 게 있어야 도와주든지 말든지 하지.

— 그래서. 어떻게 했니?

— 우리 집 근처에 구세군 교회가 있거든. 무작정 찾아갔지. 가서 아버지의 생일 카드를 보여주고 도울 방법을 물어보았지.

— 그랬더니? 노숙자 보호소 위치라도 가르쳐주디?

— 아니야. 이번 금요일 저녁에 프레즈노로 봉사하러 가는 차가 출발할 예정인데 같이 합류하라는 거야. 그래서 금요일을 기다렸다가 함께 떠났지.

차근차근 말하는 스티브의 얼굴은 온화하고 따스해 보였다. 타고난 성품인지 아니면 자라면서 터득한 건지 스티브는 늘 흔들림 없이 차분했다.

― 가서 뭘 했는데?

하늘이는 다음 이야기가 궁금해서 참을 수 없었다.

― 난 아무것도 모르고 그냥 따라갔을 뿐이잖아. 토요일 아침
부터 일요일 저녁까지 이틀 동안 처음 봉사라는 걸 해봤는
데, 정말 놀라웠어. 구세군 건물이라고 해 봐야 허름하고 볼
품없는 건물이거든. 그런데도 노숙자들이 건물 밖에 즐비하
게 늘어서서 점심을 기다리는 거야. 코로나 팬데믹인데도 불
구하고 노숙자뿐만 아니라 가난한 집 아이들과 엄마들까지
몰려들더라고. 그렇게 이틀 동안 정신없이 바쁘게 지내는 중
에 7살 먹은 니콜라스라는 아이를 만났어. 항상 일찍 나타나
서 가장 늦게 집에 가는 어린 남자아이였는데 나를 따라다니
면서 보드게임을 하자고 조르는 거야. 하지만 나는 보드게임
을 지니고 있지 않아서 니콜라스의 요구를 들어줄 수 없었
어. 그때 니콜라스의 부탁을 못 들어준 게 항상 마음에 걸리
더라고. 그랬지만 시간이 흐르면서 곧 잊어버렸지. 난 고3이
었잖아. 학교 공부에 바빠서 다른 건 생각할 틈이 없었거든.
하지만 생일은 매년 돌아오는 거 아니야? 스무 살 생일 카드
를 뜯어보게 된 거지.

이야기를 듣던 하늘이가 진지한 표정을 지으며 말했다.

― 야! 너 보기보다는 착실하네. 그냥 건들건들 다니는 줄 알
았는데 다시 봐야겠는데? 그래서 그다음 해에는 무얼 했니?

― 스무 살 되던 해의 생일 카드를 뜯었지. "작은 친절을 베풀
고 큰 행복을 얻도록 해라"라고 쓰여있는 거야. 그리고 100달

러짜리 지폐가 한 장 들어있더라고. 100달러면 내게는 큰돈 이거든. 어떻게 하면 행복을 얻을까 곰곰이 생각해 봤지. 그 랬더니 아버지가 내게 "엄마와 함께 밖에 나가서 저녁을 먹 어라"하고 부탁하는 거겠지 하는 생각이 들더라고.

하늘이가 끼어들었다.

— 그렇겠지. 그래서 아버지 말씀을 따랐어?

— 아니야. 엄마에게 카드를 보여드렸어. 그리고 돌아오는 토요 일에 같이 저녁 먹으러 나가자고 했지. 그랬더니…….

— 그랬더니! 어느 레스토랑이 좋은지 골라 보라고 하셨니?

— 그게 아니라 "네 생일인데 네가 돈을 내면 되겠니?" 이러시 는 거야.

잠시 머뭇거리던 스티브가 말을 이어갔다.

— 엄마 생각은 다르더라고. 그 돈을 먹는 데 쓰는 것보다는 좀 더 의미 있는데 써보는 게 어떻겠느냐는 거야. 의미 있는 것이 무엇일지 생각하다가 작년에 니콜라스의 소원을 들어 주지 못한 게 떠오르더라고. 그래서 니콜라스 소년을 위해서 쓰기로 마음먹었지.

— 엄마가 그러라고 하셨어?

— 엄마에게 물어보고 말 것도 없이 그냥 내가 결정한 거야. 기 다렸다가 구세군 봉사대를 다시 따라갔어. 여러 종류의 보드 게임을 사 들고 봉사대원들과 함께 프레즈노로 향했던 거야. 니콜라스와 그의 친구들을 만나자마자 보드게임을 보여줬더 니 아이들은 신이 나서 제가 좋아하는 보드게임에 푹 빠져

서 정신을 못 차리더라고. 옆에서 보고 있자니 마음이 흐뭇하고 행복했어. 니콜라스는 의젓하게 자기 옆 남자아이의 보드게임을 지켜보고 있었는데, 남자아이는 니콜라스가 잘 볼 수 있도록 게임을 니콜라스 쪽으로 비스듬히 기울여서 하고 있었어. 내가 다가가자 아이들이 나를 올려다보더군. 보드게임을 하던 다른 아이들도 모두 나를 쳐다보았어. 그러고는 훼방꾼을 물리치기라도 하듯이 곧바로 다시 보드게임에 몰두하느라고 고개를 숙이더라고.

그런데 어디선가 코를 찌르는 듯한 악취가 나는 거야. 누구한테서 나는 냄새인가 싶어서 둘러보았더니 니콜라스한테서 나는 냄새더라고. 나는 니콜라스를 유심히 살펴보았지. 니콜라스가 입고 있는 옷이 꾀죄죄하더라고. 그뿐만이 아니라 양쪽 팔꿈치에 때가 끼어있는 거야. 불쌍하다는 생각이 드는 거 있지? 부엌으로 들어가서 그곳 사관님께 사정을 물어보았더니 니콜라스의 할머니가 암으로 몹시 아프시다는 거야. "할머니마저 돌아가시면 아이가 갈 곳이 없어요"라고 말씀하시더라고. 이야기를 듣고 마음이 무거웠어. 지금도 천진난만한 니콜라스의 얼굴과 하얀 피부에 거무튀튀한 때가 낀 팔꿈치가 생각나…….

*
**

한 달여가 지난 어느 날이었다.

스티브는 이메일 한 통을 받았다. 엉뚱하게도 버드와이저 맥주 회사의 판촉 담당 매니저한테서 날아온 이메일이었다. '자기네 회사 맥주를 구매해 달라는 광고 메일이겠지……' 하면서 열어보았다. 생뚱맞게도 버드와이저 맥주 광고에 출연해 달라는 제의였다. 스티브는 깜짝 놀랐다. '내 이메일 주소를 어떻게 알고 보내왔지? 내가 무슨 맥주 광고에 출연해! 이거 잘못 온 이메일 아니야?' 혹시나 해서 메일을 처음부터 끝까지 다시 읽어보았다. 분명히 스티브 최라는 이름이 적혀있었다.

스티브는 흥분해서 마음이 두근거렸다. 이게 진짜인지 가짜인지 확인해 볼 길은 없었다. 그렇다고 아무에게나 물어볼 일도 아니다. 떠오르는 건 하늘이뿐이어서 하늘이에게 문자를 보냈다.

〈내가 이상한 이메일을 받았는데, 너에게 보여주고 싶거든? 만났으면 좋겠다. 학교 앞 'Q'펍으로 나와 줄래?〉

〈스티브! 금방 전까지 한 시간이 넘도록 화상 통화를 했는데 아직도 못다 한 말이 남아 있다고?〉

〈금방 괴문서를 받았다니까. 나와 보면 알아〉

스티브는 하늘이와 함께 창가 쪽 유리 벽을 가로지른 탁자에 버드와이저 생맥주잔을 놓고 높은 의자에 앉았다. 하늘이에게 이메일을 보여주면서 어떻게 생각하느냐고 물었다. 하늘이는 이메일을 읽으면서 연신 입을 다물지 못했다. 한참 만에야 침착한 어조로 말했다.

— 야! 대박이다. 이거 어쩌지?

막상 말을 하면서도 하늘이는 놀라워하는 것도 같고, 놀라

위하지 않는 것도 같았다. 표정이 이상했다. 스티브는 더욱 혼란
스러웠다.

— 이거 가짜인가 보지? 진짜라면 지금 너 놀라야 하는데, 안
놀라는 거로 봐서 가짜 아니야?

피식 웃고 있던 하늘이가 말했다.

— 나는 벌써 놀랐지. 한번 놀랐는데 또 놀라? 내가 페이스북
에 네 생일 동영상을 올렸잖니. 네 이야기를 듣고 돌아가신
너희 아버지가 남긴 마지막 생일 카드에 "스물한 살이 되었으
니 맥주를 마셔도 된다"라는 글과 지폐 20달러가 들어있었다
는 내용을 썼어. 그리고 너랑 나랑 생애 처음 마시는 맥주로
버드와이저를 선택했다는 사연을 올렸던 거야. 사람들한테
서 '좋아요!', '감동이에요!' 하는 반응이 쏟아지더라고. 그런
데 진짜 놀라운 게 뭔지 알아? 버드와이저 판촉 담당 매니저
한테서 이메일이 온 거야. 광고를 찍고 싶다는 거지. 미국인
들은 처음 맛 들인 맥주를 기호품으로 삼는다는 거야. 담배
하고 술은 기호품이라는 거 알아? 나는 이메일을 보자마자
놀라서 나자빠졌어. 경영학을 공부하는 내가 세계적인 대기
업에서 광고 제의가 들어왔다는 것이 무엇을 의미하는지 알
고도 남잖아. 누워있으면서 한참 머리를 굴려 봤지. 처음에
는 나도 의심했어. 내가 뭐 잘못 쓴 게 있나? 하고 곰곰이 생
각해 보았는데 걸릴 만한 건 떠오르지 않더라고. 아무려면
세계적인 대기업이 가난한 너 같은 사람에게 사기라도 치겠
어? 네 이메일 주소를 주면서 직접 의논해 보라고 했지.

— 왜? 이런 분야는 나보다 네가 더 많이 알잖아. 네가 확인하고 어떻게 절차를 밟아야 하는지 물어보는 게 낫지 않겠어?

— 한참 생각해 봤는데……

하늘이는 한동안 뜸을 들이는가 했더니 다시 말을 이어갔다.

— 사람 마음이라는 게 간사하잖아. 큰돈이 생기면 생각이 달라지기 마련이거든…….

하늘이는 말을 해 놓고 스티브의 표정을 차근차근 살폈다.

스티브는 하늘이가 하고자 하는 말이 무슨 뜻인지 명확하게 알지 못했다. 다만 하늘이가 자기 이메일 주소를 전해 주었다는 것만 알아들었다.

— 어. 그랬구나! 그러면 이제 어떻게 해야 하지?

스티브는 하늘이를 바라보면서 물었다.

— 조금 시간을 가지고 생각해 보자. 우린 시간이 필요해.

스티브는 그것도 맞는 말 같아서 고개를 끄덕였다. 그러면서도 흥분이 가라앉지 않아서 마음이 뒤숭숭하고 초조했다. 맥주 컵을 집어 들었다. 한 모금 마시고 내려놓았다. 스마트폰을 꺼내 들었다. 영상통화로 엄마를 불렀다.

— 엄마. 저예요. 전화 받을 수 있어요?

화면 속 엄마는 웃으면서 말했다.

— 물론이지. 받을 수 있고말고. 무슨 일이라도 있니?

— 지난번에 제가 말했잖아요. 여자 친구가 생겼다고. 하늘이가 엄마 만나서 인사하고 싶다는데 오늘 같이 가도 되겠지요?

옆에서 듣고 있던 하늘이가 놀라는 표정으로 오른손을 펴들고 손사래를 쳤다. 그것도 모자라서 앉아있는 채로 어깨를 뒤로 물리면서 두 손을 들어 아니라고 크게 손을 흔들었다.

— 그래요. 잠깐만. 하늘이 바꿔드릴게요.

스티브는 엄마 얼굴이 살아 숨 쉬는 스마트폰을 하늘이에게 건네주었다. 얼떨결에 스티브 엄마와 얼굴을 마주 보며 통화하게 된 하늘이는 언제 그랬냐는 듯, 차분하고도 고운 목소리로 전화를 받았다.

— 안녕하세요. 김하늘이에요.

진정한 사랑

*

인천 공항에는 친구 K가 나와 있었다.

— 어, 너 젊어졌네? 어떻게 된 거야?

공항에서 만난 K는 내가 기억하고 있던 K보다 10년은 젊어 보였다. 예전의 잿빛 머리는 온데간데없고, 얼굴에 지저분하게 피어난 노인 반점이며 잡티도 깔끔히 사라진 데다가 부티까지 흘러내렸다.

— 한국에 오면 젊어지는 거야. 숙소는 어디로 정했어?

— 조선 호텔로 가야 하니까 칼 리무진을 타야지. 그런데 너, 젊어진 비결이 뭐야?

K는 빙그레 웃으면서 약 올리는 투로 말했다.

— 우리 형수님이 발이 넓잖냐. 여기저기 따라다녔더니 이렇게 됐어. 그래 놓고 뭐라는 줄 아니?

— 뭐랬는데?

— 나더러 맞선을 보라는 거야.

— 그래, 맞는 말이다. 젊어진 김에 선봐도 되겠다.

— 야, 난 선 안 봐. 너까지 그러니? 제발 선보란 소리는 꺼내
　지도 마.

— 늘그막에 마누라 없이 어떻게 살려고 그래. 밥해주는 여자라
　도 구해야지.

— 캐나다에도 여자는 많아. 교회 다니는 혼자 사는 여자들이
　우리 집에 와서 밥해주질 않나, 젊은 목사님이 자기 어머니
　를 소개해주겠다고 하질 않나. 귀찮아 죽겠어.

— 마침 잘됐다. 한국에 들어온 김에 제수씨 한 명 고르면 되
　겠네.

— 쓸데없는 소리 하지 말라니까. 그러지 않아도 내가 한국에
　들어간다고 했더니, 우리 교회 목사님이 자기 어머니가 종로
　3가에서 보석상을 한다면서 꼭 만나보라는 거야.

— 어! 그래? 벌써 선약이 있었군.

— 선약은 무슨. 너, 누구한테 이런 말 하지 마. 창피하니까.

　친구 C의 장례식에 참석하기 위해 K와 나는 한국에서 만났
다. K는 캐나다 밴쿠버에서 살고 나는 미국 샌프란시스코에서 살
기에 같은 북미라고 해도 자주 만나지는 못했다. 고등학교 때는
삼총사라고 불리던 친구들이었는데 나는 미국, C는 한국, K는 캐
나다에 떨어져서 사는 바람에 서로 만날 기회를 만들기조차 쉽
지 않았다. 제각기 먹고 사는데 바빠서 까맣게 잊고 지내다가 가
끔 전화로 안부나 묻는 정도였다. 이제 자식들 다 키워서 내보내
고 한가해진 나이가 되면서 구태여 찾을 것도 없이 저절로 다시

친해지게 되었다. 그렇다고 가깝게 사는 것도 아니어서 어쩌다가 한국에 들어오면 만나서 밀렸던 회포나 푸는 식이었다.

— 넌 어디서 묵어?

— 형네 집에 있지.

칠십이 넘은 나이에 아직도 형네 집에서 신세를 진다는 게 듣기에 좀 그랬다.

— 나하고 같이 지내자. 혼자 자기도 쓸쓸한데 잘됐다.

— 그러지 않아도 딴 데로 옮기려던 참이었어. 형수님이 맨날 재혼하라고 성화를 부려서 미치겠어.

K는 아내를 저세상으로 보낸 지 5년이 다 돼간다.

전화가 걸려 온 것은 저녁 7시 경이었다.

— 야, 내 처가 죽었어.

K의 음성을 듣는 순간. 망치로 한 대 얻어맞은 것처럼 머리가 멍했다. 정신이 없어서 두서없이 떠들었다. 전화를 끊고도 착잡한 마음이 가라앉지 않아서 한참 숨을 고르고 나서야 다시 전화를 걸었다.

K의 아내는 급격한 신장 질환으로 투석해야 했고, 간에 커다란 혹이 생겨 제거 수술도 받았다. 희망을 잃은 아내는 우울증까지 겹쳤다.

남을 도와주는 일이라면 두 팔을 걷고 나서는 K인데 처가 죽을병에 걸렸으니 오죽했을까. 보지는 않아도 눈에 보이는 듯했다. K의 아내가 차라리 죽겠다며 수일씩 먹기를 거부하는 바람에 K는 속깨나 썩었다. 그러다가 삶의 의욕이 조금은 되살아나서 휠체어를 타고 쇼핑도 하러 가겠다고 하고, 집 안 구석구석을 다니면서 잔소리하던 때도 있었다.

그런가 하면 우울증 증세가 심할 때는 쇼핑센터에 가서 마음에 드는 물건은 다 사겠다고 카트에 집어넣지를 않나, 집 차고에 나가 쓸모없는 물건들이라면서 닥치는 대로 바닥에 내려놓던 때도 있었다. 이건 어린애 같아서 따라다니지 않으면 안 되었다.

K와 나는 멀리 떨어져서 살기도 했지만, 그동안 연락이 없어서 K가 아내 때문에 고생한다는 것도 모르고 지내다가 사망 소식을 듣고서야 그간의 사정을 알았다.

*
**

K와 함께 지내면서 다시 학창 시절로 돌아간 듯 신나게 떠들었다.

죽은 C는 다른 화가들처럼 고집이 셌다. 진정으로 사랑하는 여자가 나타나지 않는 한 절대 결혼하지 않겠다던 친구였다. 그는 진정한 사랑이란 아름다운 만남이 선행되어야 하고 영혼 깊은 곳까지 서로 통할 때 이루어진다고 믿고 있었다. 오직 한 사람을 사랑하고 거기에 일생을 거는 그런 바보가 되고 싶다고 입버릇처럼 말했다. 언젠가는 찾을 수 있을 것이고, 시간이 좀 걸려서 그렇지 반드시 나타날 거라고 믿고 기다렸다. 그러나 시간이 흘러도 사랑하는 여자는 나타나지 않았다. 결혼도 이뤄지지 않았다. 처음에는 '조금 늦어지나 보다' 했다가, 나중에는 '늦게라도 하겠지……' 했는데 그만 다 늙고 말았다. 석연치 않은 C의 삶에 대해서 K에게 물어보았다.

— 그렇게 고집을 부리더니, 결국 결혼도 안 하고 죽은 거잖아?

— 안 한 거냐? 못 한 거지. 능력이 없어서 못 한 거야.

— 맞선을 봐서라도 결혼했다면 여자하고 같이 벌어먹으면서 그럭저럭 살았을 거 아니야.

— 능력이 있어야 맞선도 보지.

K는 C가 생활 능력이 없어서 결혼하지 못하고 홀로 살다가 죽었다고 했다. 맞는 말이다. 그도 그럴 것이, C는 평생 팔리지도 않는 그림만 그렸지, 돈과는 담을 쌓고 살았다.

학교 다닐 때도 C는 혼자 지내는 걸 좋아했다. 그 이유를 마냥 우울한 성격 탓으로 돌리기에는 C의 고집이 너무 셌다.

예전에는 한국에 들어올 때면 C의 화실에 들르곤 했었다. 2층 골방이었는데 작은 창문이 하나 있을 뿐, 방안은 캠퍼스로 가득 차 있어서 발 디딜 틈도 없었다.

— 내가 C의 화실에 들른 적이 있잖니. 의자에 홀로 앉아서 책 읽는 여자를 그렸더라고. 여자 옆의 탁자엔 다 마시고 얼음만 남은 컵과 입도 대지 않은 칵테일 컵이 있는가 하면 재떨이엔 비벼서 끈 꽁초가 서너 개 있는 그림이었어. 그림 제목을 〈술 못 마시는 여자〉라고 붙였더라고. "그림 제목이 좀 이상하지 않니? 〈책 읽는 여자〉라고 했으면 좋았을 텐데, 〈

술 못 마시는 여자〉가 뭐냐?" 하고 편잔을 줬지.

— 그랬더니?

— 그랬더니 글쎄, 칵테일을 마시면서 사랑을 고백하는데 여자가 사랑의 묘약인 칵테일을 마시지도 않고, 사랑을 받아들이지 않더라는 거야. 남자가 속이 타서 비벼 끈 꽁초들이라나? 구겨진 꽁초를 보고 애인이 속을 태워서 비벼 껐다고 해석할 사람이 누가 있겠어? 그땐 C가 한창 그림을 그리던 때였어. 그림이라는 게 자주 팔리는 물건이 아니잖아? 그런 주제에 한다는 소리가 가관이었지. '초상화 그려달라고 해서 그리면 돈은 되지만, 그건 예술이 아니야' 이러는 거야. 예술이 밥 먹여주냐? 내가 두어 점 팔아 주겠다고 미국으로 가지고 갔지. 그런데 무명 작가의 그림을 난들 어떻게 팔겠니? 어쩌겠어. 그냥 팔렸다고 하고 돈을 보내 줬지.

— 잘했다. 넌 그렇게라도 도와줬으니. 난 아무것도 해준 게 없어. 늘그막에 혼자 살자니 밥해주는 사람도 없고, 맨날 라면이나 끓여 먹고 지낸다는 걸 알면서도 딱히 도와줄 게 없더라고. 그래도 그렇지, 아직도 살길이 창창한데 갑자기 죽다니.

그날 밤 K와 나는 C에 관한 이야기를 나누는 것으로 추모를 대신했다.

아침부터 비가 추적추적 내리고 있었다. 하늘이 가라앉아 있는 꼴이 좀처럼 그칠 기세가 아니었다. 어제만 해도 해가 쨍하고 났기에 오늘 이렇게 비가 오리라고는 상상도 하지 못했다. '친구 C를 떠나보내기가 서러워서 하늘도 우는가?' 하는 생각도 들었다.

장례식장에는 관광버스를 개조해서 만든 장례의전 버스가 기다리고 있었다. 장례의전 버스라는 게 있는 줄도 몰랐다가 오늘 처음 보는 거여서 궁금증이 샘솟았다. 특이한 점은 버스 중간 아래층 짐칸에 관을 넣고 버튼을 누르면 관이 위로 올라와 승객들과 함께 탑승한 것처럼 객실 중앙에 놓이게 되어 있었다.

'처자식도 없는 친구인데 대형 장례의전 버스까지 동원할 필요가 있을까?' 하는 의구심이 들었지만, 의구심은 곧 풀렸다. 버스 중간에 관을 길게 놓았으니 승객이 앉을 좌석은 30석에 불과했다.

30인승이라고 해도 군데군데 빈 좌석이 눈에 띄었다. C의 대학 동창 두 명과 누님과 막냇동생 그리고 몇몇 조카들이 앉아 있을 뿐이었다.

장례의전 버스는 고속버스처럼 편안한 좌석에다가 전면에 TV 모니터도 달려 있었다. 장지로 가는 동안에도 비는 그치지 않고 주룩주룩 내리고 있었다. 빗줄기가 창문에 부딪히는 바람에 운전석 앞 유리 와이퍼가 쉴 새 없이 움직였다. TV를 켜자 C의 웃는 얼굴이 동영상으로 나타나면서 고인의 차분한 목소리가 흘러나왔다.

— 안녕하세요? C입니다.

표정은 웃고 있었고 목소리도 떨리거나 슬퍼하는 기색이 전혀 없어 보였다.

― 비가 오는데도 불구하고 장례식에 참석해 주셔서 고맙습니다.

C의 인사말이 흘러나오자 나는 그만 깜짝 놀랐다. 죽은 사람이 밖에 비가 오는 걸 어떻게 알지? 주변을 둘러보았다. 나만 놀란 게 아니었다. 하객들이 웅성거렸다.

― 세상에 왔다가 진정한 사랑 한 번 못해 보고 떠나자니 아쉽기만 합니다.

C의 고별사를 들었지만, 인사말만 머릿속에서 맴돌고 그다음에 이어진 말은 기억나는 게 없다. 오로지 '이 친구가 죽은 게 맞아?' 하는 의문이 가시지 않았다.

**
***

K와 함께 저녁을 먹었다. 같은 북미권에 살아서 가끔 전화 통화는 하지만 직접 만난 건 오랜만이었다. C가 소화 기능에 문제가 있어서 병원에 입원했다는 소식은 들었지만, 갑작스러운 죽음이 궁금해서 K에게 물어보았다.

― C 사인이 뭐야?

― 호흡 정지래.

― 뭐? 그런 사인이 어디 있어? 원인이 있을 거 아니야.

― 심장 쇼크에 의한 호흡 정지.

― 그렇다면 그게 심장마비 아니야?

― 심장마비지. 하지만 병원에서 사인을 심장마비라고 적어 놓

으면 의사들은 뭐 했느냐고 할 게 아니야. 그러니 호흡 정지라고 쓰는 거야. 그러면 의사는 책임이 없지. 요새 나이로 치면 아직 멀었는데……

K는 C가 이제 겨우 칠십을 넘겼는데 벌써 죽은 게 아깝다고 했다.

식당에는 저녁을 먹으려는 손님들이 줄을 서서 기다리고 있었다. 먼저 식사를 끝낸 우리는 얼른 일어났다. 질질 시간만 끌고 앉아 있기에는 분위기가 좀 그랬다. 막상 호텔로 돌아왔어도 술은 안 마시겠다는 K 때문에 딱히 앉아서 이야기라도 나눌 만한 자리를 찾지 못했다. 우리는 일찌감치 방으로 들어가 둥근 탁자를 놓고 마주 앉았다.

창밖으론 거리의 자동차 불빛이 요란했다.

— 그런데 말이야. 아까 장례 버스 안에서 C의 육성을 듣다가 깜짝 놀랐어.

'적어도 K는 어떻게 된 건지 알고 있겠지!' 하는 생각에 물어보았다.

— 너만 놀랐니? 나도 놀랐어.

— 어떻게 된 거야?

— 난들 알아? C 조카 애가 동영상을 틀었으니, 걔만 알겠지, 뭐.

조카라는 애는 C의 누님의 아들이다. 우리는 시차에 적응하기 위해 일찌감치 잠자리에 들려고 샤워도 하고 부산을 떨었다. 그러나 막상 침대에 누웠지만 잠이 오지 않았다. 잠도 안 오고

TV도 볼 만한 게 없었다. 고등학교 때는 이 친구하고 같이 공부하다가 한 방에서 쓰러져 잔 적도 많았다.

— 야, 너 요새도 코 고니? 오늘만큼은 자제해 주기 바란다.

— 죽은 내 마누라는 코 고는 소리가 들리지 않으면 잠이 안 온대.

— 난 네 마누라가 아니니까 착각하지 마. 그런데 넌 와이프 고향이 제주도잖아? 그러면 신혼여행을 어디로 갔니?

— 부산 해운대로 갔었지.

그게 언제 이야기냐? 까마득해서 기억도 나지 않을 지경이다. 내가 먼저 미국에 가 있을 때였다. K가 캐나다에 이민 갈 예정이라면서 현지에서 자리 잡으려면 도움이 될 만한 게 무엇인지 물어왔다. 그때는 한국이 못살던 시대여서 한 사람이라도 외국으로 떠나는 것이 유행처럼 번지던 때였다. 어떤 친구는 브라질로 떠났고, 어떤 친구는 과테말라로 간다며 배를 탔다.

나는 누님이 미국에서 초청해 준 덕분에 샌프란시스코에 가 있었다. K도 캐나다에 먼저 가서 살던 작은 누님의 초청으로 캐나다로 떠날 준비를 하던 중이었다. 학원에서 영어 공부도 하고 자동차 정비도 배우고 있었다. 그러면서도 불안해서 그랬겠지만 무엇을 배워 가면 정착에 도움이 되겠냐고 물어오곤 했다.

K는 태생적으로 매사 미적거리는 성격이어서 무슨 일이든 스스로 결정하지 못하고 시간만 끌었다. 대학에 갈 때도 전공을 놓고 미적미적하면서 선택하지 못하고 시간만 끌기에 옆에서 지켜보던 내가 너처럼 꼼꼼한 성격으로는 건축과가 어울릴 거

라고 가르쳐준 적도 있었다.

캐나다로 떠나기 전에 쓸데없는 거 배우지 말고 결혼해서 와이프하고 같이 가라고 조언해주었다. 그것은 순전히 내 경험에서 우러난 충고였다. 혼자보다는 두 사람이 힘을 합치면 자리 잡을 때 도움이 되기 때문이었다.

내가 보낸 편지를 읽고 K가 맞선을 보러 다닌다는 이야기도 들었고, 나중에는 결혼했다는 소식도 들었다.

K와 함께 호텔 방에서 재미있게 지낼 일이 뭐가 있을까 생각하다가 이 친구의 첫사랑이 궁금했다.

— 너 고등학교 다닐 때 교회에 다녔잖니.

— 성암교회에 다녔지.

— 같은 교회에 다니는 여학생을 좋아한다고 했잖아?

— 좋아했지. 근데 좋아하면 뭐 해. 말도 못 걸어보고 속으로만 좋아했는걸. 그러다가 그것도 정길이가 채갔어.

정길이는 동창이지만 욕심이 많은 친구였다.

— 그걸로 끝이니?

— 그래, 그걸로 끝이야.

— 그러면 대학에 다닐 때는 여자 친구가 없었니?

— 같은 과 친구가 자기 여동생이라면서 소개해준 일이 있지.

— 그래서 사귀었니?

— 처음 만나던 날, '우리 형님을 소개해 드리면 어떻겠냐?'고 물어보았더니 그걸로 그만이었어. 끝나버렸어.

— 저런. 널 보고 나온 여자더러 형님을 소개해 주겠다면 어떻

게 하니. 그건 당신이 싫다는 말이잖아?

— 싫은 게 아니라, 마음에 들었지. 하지만 형님이 여자가 없어
서 장가를 못 가고 있는데 내가 먼저 가면 안 되잖니? 그래
서 그랬을 뿐이야.

— 아이고야. 그 여자가 언제 너하고 결혼하겠다던? 만나자마
자 그런 말을 하면 어떻게 하니?

— 지금 생각하면 네 말이 맞는다만, 그때는 안 그랬어. 내가 먼저
여자를 사귄다는 게 형님에 대한 도리가 아니라고 생각했거든.

— 그래서 그걸로 끝이니?

— 그걸로 끝이야.

당시만 해도 K의 집안은 고리타분한 유교 전통이 이어져 내
려오던 집안이었다. 옥인동 한옥에서 살았는데, 어쩌다가 K네
집에 놀러 가면 아버님께 큰절부터 하고 공부방으로 건너가야
했다. 아버님은 흰 수염에 머리도 하얗고 자주 기침을 하셔서
매우 연로해 보였다. 어머니는 우리더러 불편한 게 없느냐고 연
신 물어보곤 했다.

지금도 생각나는 건 여름에 방문을 열어놓고 둘이서 바둑을
두고 있었는데 아버님이 지나가다가 물끄러미 바둑판을 들여다
보더니 아들에게 훈수를 두던 기억이다.

그렇다고 K에게서 고리타분한 냄새가 나는 것도 아니었다.
K는 친구 중에서 누구보다도 먼저 사회생활에 눈을 떴다. 같이
당구를 쳐도 나야 겨우 배우는 수준이었지만 K는 이미 300이
넘었다.

밤이 깊어지면서 이야기는 점점 멀리까지 흘러갔다.

— 신혼여행 갔던 이야기나 해 봐. 신혼여행 가서 어떻게 했니?

여자라면 알레르기 현상을 일으키는 K가 첫날밤을 어떻게 치렀는지 궁금했다. 단도직입적으로 핵심을 물었으니 꾸물대면서 피해 갈 줄 알았다. 그러나 나의 예상은 빗나가고 말았다. 담담하게 노골적으로 말하는 게 아닌가. 세상을 포기하고 떠나는 사람처럼 미련 없이 다 털어놓고 가겠다는 투로…….

— 그러니까 그게…… 결혼식이 끝나고, 부산행 열차를 탔지.

나야 그때 미국에 있었으니 이 친구 결혼식도 보지 못했다.

— 신부가 제주도에서 올라온 다음 날이 결혼식이었으니까 별
   도로 둘이서 만날 기회도 없었어. 선볼 때 한 번 보고 결혼
   식장에서 처음 만난 거야. 당연히 서먹서먹했지. 열차를 타
   고 부산에 다 가도록 신부하고 말 한마디 못 했어.

— 왜, 겁나서?

— 뭐 그런 건 아니지만, 딱히 할 말도 없고, 물어볼 말도 없어
   서 그냥 창밖만 내다봤지.

— 그럼, 신부도 그러든?

— 그 사람은 나보다 더해. 아예 날 쳐다보지도 못하는 거야.

— 아, 답답한 사람들. 조선 시대도 아니고. 그래서 어떻게 했니?

K는 여러 번 맞선을 봤다. 간단하게 표현해서 여러 번이지, 실은 서른 번도 더 봤다. 그러면서도 좀처럼 성사되지 않았다. 그래도 맞선이 계속 줄을 이었던 것은 K의 배경이 좋았기 때문

이다. K는 집안도 뒤지지 않았고, 시부모를 모시지 않아도 되는 막내인데다가, 인물도 잘생겼다, ROTC 출신에 그때만 해도 해외로 나가는 신랑감은 부러움의 대상이었다. 그런 이유로 중매쟁이들이 흠잡을 건 아무것도 없어 보이는 신붓감들을 연이어 소개해주었건만, 한 번 만나보고 나면 그것으로 그만일 뿐이고 더 이상의 진전이 없었다. 맞선은 실패를 거듭했다. 다들 신랑의 눈이 높아서 까다롭게 군다고 생각했다. 그래도 중매가 끊이지 않고 들어온 까닭은 놓치기 아까운 신랑감이었기 때문이다.

그러나 지금 생각해보면 마음에 드는 여자가 없어서가 아니라 미적미적하면서 결정을 내리지 못하는 K의 성격 탓이었다. K는 여자가 마음에 들어도 무슨 말을 어떻게 해야 할지, 어떻게 분위기를 이끌어 갈지 몰라서 돌아서곤 했는데 남들은 신부가 마음에 안 들어서 그런 줄로만 알았다.

나중에는 하다못해 제주도까지 가서 선을 보았다. 서귀포시 다방에서 만났는데 신부가 장모님과 함께 나와 있었다. 그때도 K는 아무 말 없이 커피만 마시다가 밖으로 나왔다. 전에 하던 방식대로 그냥 가려고 했더니 장모님이 여자의 팔을 끌어다가 K하고 팔짱을 끼워주면서 같이 가라고 하더란다. 갑자기 팔짱을 끼게 된 K는 "어이쿠" 이젠 빼도 박도 못하고 결혼해야 한다는 책임감인지, 의무감 같은 것이 생기고 말았다.

숙맥도 이런 숙맥이라니. 어려서부터 같이 커온 친구지만 여자에 관한 한 그렇게도 주변머리가 없는 줄은 몰랐다. 당구도 잘 치고 운동도 누구보다 잘하면서 여자 앞에서는 맥을 못 쓰는 줄을 진작부터 알았다면 '내가 나서서라도 도와줄걸' 하는 생각도 들었다.

중학교 미술 선생이었다는 신부의 성격 역시 K보다 더하면 더했지, 조금도 뒤지지 않는 숙맥이었던 모양이다. 선보는 자리에 장모 될 사람이 함께 나와서 혼인을 성사할 정도라면 장모님은 이미 딸의 성품을 알고 있었으리라는 짐작이 가고도 남았다.

다 지나간 지금에서야 알았는데 K는 운동 경기 중계방송 보는 걸 싫어했다. 영화 보러 극장에 가는 것도 싫어했다. 보통 친구들과는 달랐다. 여러 명이 어울려서 노는 걸 좋아했고 번번이 앞서나가서 식대를 먼저 계산하는 친구였다.

아무튼, 신혼여행까지 가게 되었으니 가서 잘 보낸 줄 알았다. 그러나 그것도 아니었다. 열차 안에서도 말 한마디 못 했고, 부산 해운대 호텔에 도착해서도 말 한마디 안 하고 지내다가 밤이 되었다. 잠자리에 들었으니 부부 노릇을 해야 할 텐데 아는 게 없었다. 두근대고 긴장도 됐지만 남자니까 큰맘 먹고 시도해 보았으나 안 되는 바람에 덜컥 겁이 났다. K의 말로는 남자한테 문제가 있는 게 아니라 여자한테 문제가 있더라고 하는데 믿어지지 않았다. 어쨌든 첫날은 실패하고 그냥 자고 말았다.

다음날도 말 없는 하루가 계속 이어졌다. 얼굴을 마주 보기도 미안해서 눈길을 피하자니 불편하기 짝이 없었다. 하루해가 너무 길어서 지옥같이 느껴졌다. 친구들끼리 모이면 잘도 지껄이던 친구가 신부 앞에서는 말 한마디 못 했다는 게 이해가 되지 않았다.

이게 열 살 먹은 소년, 소녀도 아닌데다가 어느 고리타분한 시절의 사람도 아니고, 대학까지 나온 두 사람이 이럴 수가 있나 하는 의구심이 일었다. 최소한 신문 사회면만 읽어도 그런 상식은 저절로 터득하는 게 아니냐고 K에게 물어보았다.

— 너는 신문도 안 보니? 신문이나 잡지에 보면 별별 기사가 다
　있는데 정말 어떻게 하는지 몰랐단 말이야?

— 난 그런 거 안 봐. 유치하다는 생각이 들어서 보고 싶지 않아.

— 그래, 누군들 유치하다고 생각하지 않는 사람이 어디 있니?
　그래도 몰래 보고 싶은 게 남자들 마음 아니야?

— 그래도 난 안 봐.

하느님 맙소사. 이 친구한테 이런 면이 있었다니. K를 다시 쳐다보지 않을 수 없었다. 스포츠 중계방송도 안 봐, 영화도 안 봐, 이게 그냥 일부러 그러는 게 아니라는 걸 알게 되었다. 세상 사라는 게 정말 알다가도 모를 일이었다. 남녀칠세부동석이라고 했으니 일곱 살이면 알고도 남을 일을 삼십이 다 된 친구가 모르고 있었다니……

— 그래서 다음날은 성공했니?

— 똑같은 일이 벌어졌어. 아무리 시도해도 안 되는 거야.

— 뭐? 그럴 리가 있나. 무언가 잘못됐겠지. 그러거든 술을 한
　잔 마시지 그랬어. 그러면 배짱이 생겨서 오히려 일이 잘 풀
　릴 수도 있었을 텐데.

— 그러게, 말이야. 그때는 왜 그런 생각이 나지 않았는지 몰
　라. 아마 여자 데리고 술집에 가면 안 된다는 고정관념이 있

어서 그랬나 봐.

— 아이고 맙소사. 그래서 어떻게 했니?

— 사흘 만에 서울로 돌아왔지. 오자마자 산부인과로 갔어.

— 뭐? 그런 일로 산부인과를 찾아갔다고? 야, 너 정말 웃기
는구나.

— 그때는 그게 일생일대의 심각한 문제였으니까.

나이가 든 여자 의사였는데 검사를 마치고 의사 선생님이
두 사람에게 같이 들어오라고 했다. 둘이서 여의사 앞에 나란
히 앉았다. 여의사는 웃으면서 아무 이상도 없다고 했다. 신부
가 너무 긴장해서 그런 거라며 처음부터 강제로 시도하지 말고
적어도 2~30분 정도는 애무하고 난 다음에 하면 괜찮을 거라고
가르쳐주었다. 그러면서 신부도 너무 방어적으로 대하지 말고
협조해야 한다고 충고 같은 말도 해 주었다. 그날 밤에는 의사
가 하라는 대로 했더니 잘 풀렸다.

잘 풀렸다는 말을 듣는 순간 답답했던 내 가슴이 뻥 뚫리는
느낌이었다.

— 그러면 넌 애무도 없이 그냥 덤벼들었던 거니?

— 애무가 뭔지 몰랐지. 손도 잡지 않았으니까.

— 뭐? 신부를 만지지도 못했다구?

— 그렇지. 손도 대지 못했지.

남이 이런 소리를 했다면 어찌 믿겠는가? 이건 어려서부터
사귀어 온 가장 친한 친구가 그랬다는데 믿지 않을 수 없었다.

그러던 K가 아들을 낳아 길렀으니 이 친구 말대로 분명 잘

된 것은 사실이었던 모양이다.

입은 살아서 잘 떠들고 맨날 웃어대니까 그런 줄만 알았지. 그 이면에 생뚱맞은 순진함인지, 무지함인지, 숙맥인지가 숨어 있는 줄 누가 알았겠는가.

*
**

맑게 갠 가을 하늘에 드문드문 구름이 떠다녔다. 한국과 미국은 너무나 달라서 같은 것이 하나도 없는데 그래도 파란 하늘과 흰 구름이 닮았다는 걸 발견하니 반가웠다.

아침에 K에게 오늘 스케줄이 어떻게 되느냐고 물어보았다. 무엇보다 오후 1시에 한일 축구 생중계 방송이 있는데 꼭 봐야 하는 거 아니냐고 물어보았다. 아무리 스포츠 중계방송 보는 걸 좋아하지 않는다고 해도 그렇지, 한일 축구 경기가 아니더냐. 하지만 K는 보고 싶지 않다고 했다. 한일 축구 경기가 보고 싶지 않다는 대한민국 남자가 있다니? 이해가 되지 않았다.

─야, 이거 10년 만에 맞붙는 한일 축구야. 이걸 안 보겠다고?

─난 스포츠 경기 같은 건 안 봐.

─아이고야, 남자가 스포츠를 안 보면 뭘 보니?

─난 직접 뛰는 건 좋아도 남들이 뛰는 건 보기 싫어.

K는 볼일이 있다면서 나갔고 나 혼자서 빈 호텔 방에서 한일 축구 생중계 방송을 보았다. 경기는 재미있어도 혼자 본다는

게 어딘가 적적해서 맥없이 맥주 캔만 따 댔다.

오후 늦게 돌아온 K가 말했다.

— C의 조카를 만났어. 장례 버스 안에서 틀어준 동영상 말이다. 비가 올 거라는 걸 어떻게 미리 알고 찍었냐고 물어봤지.

— 뭐라고 하든?

— 해가 나면 틀 것하고 비가 오면 틀 것을 미리 만들어 놨대. C가 주도면밀하잖아. 죽어서도 실력 발휘를 한 거지.

저녁에 K와 나는 삼계탕을 먹으러 갔다. 삼계탕은 죽은 K의 아내가 잘 만들던 음식이라면서 K가 먹고 싶다고 했다. 툭하면 와이프 이야기를 꺼내는 걸 보니 '이 친구가 아직도 죽은 아내와 살고 있구나' 하는 생각이 들었지만 대놓고 말은 하지 않았다.

서소문 뒷골목 삼계탕집은 기다리는 손님이 너무 많아서 한 시간은 족히 서성대야 차례가 올까 말까 해 보였다. 방향을 바꾸기로 했지만, 딱히 무엇을 먹을지는 정하지 않았다. 골목을 걸어 나오는데 멀지 않은 곳에 조그마한 영양탕 간판이 눈에 띄었다. 영양탕집으로 향했다. 낡은 한옥 대문으로 들어가기 싫다는 친구를 억지로 끌고 들어섰다.

삼계탕만 몸보신이 아니라 영양탕도 보신이 된다는 걸 가르쳐주고 싶었다. 일하는 아주머니를 따라서 방에 들어가 앉았다. 친구가 개고기를 먹으려나? 사뭇 걱정이 되기도 했으나 못 먹으면 구경이라도 하라지 하는 배짱으로 개고기 전골을 시켰다.

행주치마를 두른 아주머니가 뜯어 모은 개고기가 수북이 쌓인 쟁반을 들고 들어왔다. 들깻잎과 마늘도 가져왔다. 아주머니는 무릎을 꿇고 앉아서 무쇠 이중 턱 전골 판에 개고기와 마늘, 들깻 잎을 넣고 보글보글 끓여냈다. 소주를 곁들인 저녁이었으니 소주 먼저 마시고 안주로 개고기 한 점을 집어 먹으면서 친구더러 먹어 보라고 먹는 시늉을 해 보였다. 친구는 말없이 보고만 있었다.

한 잔 마시고 난 다음 빈 소주잔을 친구에게 건네면서 한마 디 했다.

— 별식인데 소주 한잔해야지. 그냥 맨숭맨숭 고기만 먹을 수
　는 없잖아?

옆에서 시중들던 아주머니가 웃으면서 "한잔하셔야지요" 하 더니 친구의 잔에 소주를 채웠다. 채우기만 하는 게 아니라 아 예 잔을 들어서 친구의 입에 넣어줄 기세였다. 친구는 고개를 뒤로 젖히면서 소주잔을 받아들었다. 받아들었다고 들고만 있 게 내버려 둘 아주머니가 아니었다. 아주머니의 손길이 소주잔 을 밀어 친구 입에 넣어줄 기세로 독촉이 이어졌다. 미적미적 대던 친구가 아주머니의 독촉에 떠밀려 소주잔을 입에 대는 순 간 아주머니가 아이 약 먹이듯 "쭉~ 쭉~" 하면서 술잔을 밀어대 는 바람에 결국 친구는 잔을 비웠다. 기다렸다는 듯이 젓가락 으로 고기 한 점을 집어 친구 입에다 대고 "아~"하면서 입을 벌 리라고 성화를 부리는 아주머니의 모습이 프로다웠다. 친구가 민망해서 입을 벌리는 순간 고기를 입속에 넣어주었다. 친구는 코뚜레에 코가 꿰인 송아지처럼 하라는 대로 우물우물 씹어 넘 기는 게 아닌가.

친구 따라 강남 간다더니 정말 그런 것 같았다. 웃으면서 친구에게 한마디 했다.

— 갈비구이 먹을 때 소를 생각하면서 먹니? 삼겹살 먹으면서 돼지를 떠올리는 사람이 어디 있니? 그냥 고기라고 생각하는 거 아니야? 이 고기나 저 고기나 다를 게 뭐가 있겠어.

옆에서 듣고 있던 아주머니가 생글생글 웃으면서 맞장구를 쳤다.

— 맞아요. 맛있고 건강에 좋으면 된 거지. 따질 게 뭐가 있어요.

뒤질세라 나도 말을 이어갔다.

— 남들이 먹는 거 다 먹어보고, 남들이 하는 대로 하면서 살아. 산다는 게 뭐 별거니? 떠밀려 가면서 사는 거지. 선도 보고, 마음에 드는 여자가 있으면 재혼도 하고…….

내 말을 듣던 친구가 심각하고도 단호한 어조로 말했다.

— 고루하다 하겠지만, 난 선 안 봐.

진심 어린 친구의 말속에서 변하지 않는 다이아몬드를 보는 것 같았다. 그러면서 이런 말도 했다.

— 진부하게 들려도 할 수 없지. 지금도 그래. 아내가 죽은 것 같지 않아. 어디 간 거지. 갔다 오겠지. 밤에 자다가도 아내가 생각나면 '나도 머지않아 따라가야지……' 하는 생각이 들어. 가서 꼭 만나야지. 맨날 보고 싶어. 맞선보라는 이야기 들을 때마다 죄짓는 것 같아.

소녀 노숙자

＊

    그녀가 오클랜드 사회 복지 시설에서 시간제 복지사로 일한 지 얼마 되지 않았을 때다. 실장은 그녀에게 특별히 해야 할 일이 있다면서 서류 한 장을 꺼내주었다. 서류에는 에바 에릭슨 김이라는 이름 밑에 간단한 인적 사항이 적혀 있었다.

    커버넌트 하우스(Covenant House of California) 부매니저의 부탁이라면서 한번 찾아가 상담해 주면 어떻겠느냐고 물어왔다. 커버넌트 하우스는 청소년 홈리스들이 기거하는 쉼터다. 에바의 나이가 16세인 것으로 보아 고등학교 1학년일 것이다. 그녀는 서류한 장을 책상 위에 놓고 나름대로 상상해 보았다. 어린 소녀가 어쩌다가 노숙자가 되었는지, 한국말은 할 줄 아는지 궁금했다.

    금요일 오후, 그녀는 커버넌트 하우스 부매니저 존스와의 약속을 지키기 위해 차 머리를 돌렸다. 커버넌트 하우스는 기역자로 된 2층 건물이었다. 건물 앞 주차장이 넓어서 마음에 들었다. 현관문을 열고 들어서자 로비 중앙에 소파와 원형 티테이블이 놓여 있고 맞은편엔 직원 사무실이 부매니저 방과 나란히 있는가 하면 그 옆 방문에 작은 글씨로 상담실이라고 쓰인 아크릴 명패가 붙어있었다.

그녀는 부매니저 사무실에서 커버넌트 하우스에 관한 설명을 들었다. 부매니저 존스는 부리부리한 눈과 서글서글한 웃음이 입가에 배어 있는 게 '나는 친절한 사람입니다'라고 쓰여 있는 얼굴처럼 보였다. 언뜻 보기에도 마흔은 넘어 보이는 흑인 여자 존스는 커버넌트 하우스에 부매니저가 두 명인데 한 사람이 청소년 16명을 담당해야 하는 벅찬 일이라고 말하면서 웃었다.

존스는 커버넌트 하우스라고 해서 노숙자 청소년들이 제멋대로 지내는 곳이 아니라고 하면서 16세 미만은 받아주지 않고 한번 들어오면 2년, 3년 장기간 거주하는 장점이 있다고 소개했다.

커버넌트 하우스에는 홈리스지만 사회로 돌아갈 청소년들만 기거하게 되어 있어서 정신질환이나 히피, 알코올, 마약 중독 같은 증세가 보이면 다른 곳으로 옮겨야 한다. 에바가 안정적으로 고등학교에 다니기 위해서는 커버넌트 하우스가 제격이라는 생각이 들었다.

부매니저 존스는 16명이나 되는 청소년들을 관리하느라고 늘 바쁘다. 아픈 아이는 매주 병원에서 봉사 나오는 의사에게 진료받게 해주고, 아이들 마음의 상처를 다독여주는 엄마 역할도 해야 하기 때문이다.

— 내가 홈리스 아이들을 십 년도 넘게 돌보고 있지만, 한국 애는 에바가 처음이에요. 에바는 내게 마음을 열어주지 않아서

사실 에바에 관해서 아는 게 없어요. 왜 홈리스가 되었는지, 부모님은 살아있는지, 어떻게 이곳으로 오게 되었는지 통 말을 안 하니까 알 수가 있어야지요. 벌써 이곳에 온 지 4개월이나 됐는데 생활하기에 불편한 점은 없는지, 누가 괴롭히지는 않는지 궁금한 게 많아요. 그래서 한국인 복지사를 찾았던 겁니다.

커버넌트 하우스는 홈리스 청소년들이 잠만 자는 곳이 아니라 새로운 삶을 시작하게 도와주는 곳이다. 학교에 다니도록 돌봐 주고, 고등학교를 마친 소년 소녀들에게는 직업 훈련도 시켜준다. 18세 이상이면 이곳에서 2년까지 요리사나 음악, 컴퓨터 프로그래밍, 영화 제작 등 이런 직업 분야를 배우고 학원에도 다닐 수 있는 프로그램이 짜여 있다.

정신적인 문제가 없는 한 독립해 나갔다가 실패한 아이들도 언제든지 다시 돌아와 새 인생을 설계하게 도와도 준다.

정원이 32명으로 정해져 있어서 운이 좋아야 들어갈 수 있는 매력적인 곳이다.

편안하게 쉴 수 있는 잠자리가 있고, 자원봉사 요리사가 만든 훌륭한 음식이 제공되며, 청소년 노숙자들을 긍정적인 시선으로 도와주려는 마음씨 고운 직원들이 있어서 좋다. 무엇보다 공부하는 컴퓨터 방이 따로 있다는 것이 커버넌트 하우스의 장점이기도 하다.

존스는 그녀를 데리고 건물 내를 투어 시켜주면서 자세히 설명해 주었다.

*
**

그녀는 노숙자라고 하면 가족들과 단절된 사람들로 주거지가 없이 떠돌아다니는 거리 노숙자만 떠올렸는데, 커버넌트 하우스를 보면서 쉼터와 같은 시설에서 머무는 시설 노숙자, 쪽방이나 자동차 안에서 기거하는 열악한 환경의 노숙자, 나이 어린 청소년 노숙자도 있다는 사실을 알게 되었다.

상담실이라고 해 봐야 조그마한 방에 아무런 사무용 가구도 없이 달랑 의자 두 개만 놓여 있었다. 벽에는 포스터 그림이 두 장 붙어 있는데 하나는 아빠와 엄마가 아이의 손을 잡고 걸어가는 뒷모습이고, 다른 하나는 엄마가 아기에게 젖을 물린 그림이다.

그녀는 잠시 상담실에서 에바를 기다렸다. 노크 소리가 들렸다. 테이블도 없이 에바와 마주 보고 앉았다. 에바의 첫인상은 보송보송한 소녀의 얼굴로 얌전하고 순진해 보였다. 생머리를 어깨까지 내려오게 길게 길렀고 쌍꺼풀도 없는 검은 눈동자가 전형적인 한국 소녀의 얼굴이다. 어딘가 그녀 자신과 닮았다는 인상을 받았다.

— 나 수잔이야.

악수하자며 손을 내밀었다. 같은 동양인이라서 그런지 에바는 겁먹은 얼굴을 조금 누그러뜨리면서 그녀의 손을 잡았다. 에바에게서 전형적인 노숙자들의 배타적 심리가 드러나 보였다.

— 나도 한국인이야. 너처럼 미국에서 났고.

첫 만남이어서 같은 한국인이라고 안심시켜 주고 너처럼 미국에서 태어나 자란 사람이라고 말해주었다. 사회복지사의 의무감이란 어떻게 해서라도 에바와 동질성 내지는 사회적 약자의 처지, 고민거리, 차별 대우, 이해관계 따위를 찾아내서 같은 화젯거리, 흥밋거리를 주제로 삼아야 한다. 사감 없이 너를 도와주는 멘토라고 확인시켜주는 것이 중요하다는 건 기본이다.

— 한국말은 할 줄 아니?

부드럽게 물어보았다.

— 쪼끔.

에바가 웃으면서 "쪼끔"이라고 한국말로 말했다. 하지만 대화는 영어로 이루어졌다. 가능하면 얼어붙은 에바의 마음을 녹여주기 위해 따뜻한 어조로 느슨하게 말했다.

— 매주 금요일 오후에 너를 만나러 올 거거든? 괜찮지?

에바는 대답 대신 고개를 끄덕였다.

— 지금 네가 지내고 있는 방에는 몇 명이 같이 생활하니?

— 네 명이요.

— 괴롭히거나 때리는 아이는 없고?

— 그렇지는 않아요.

닫혀 있던 마음이 조금씩 열리더니 에바가 방에서 어떻게 지내는지 말을 이어갔다.

좁은 방에 두 개의 벙커 베드가 있고 4명이 자게 되어 있는데, 가장 늦게 입소한 에바는 당연히 벙커 베드 위층에서 잔다. 위층은 아래층보다 공기가 탁해서 아침에 일어나면 목이 칼칼하다. 아래층에서 자는 소피아는 흑인 여자아이인데 18살치고는 덩치가 어른보다 더 커 보였다. 힘도 세서 남자아이들도 소피아에게는 꼼짝 못 했다.

누가 가르쳐준 것도 아닌데 에바는 방에서 조용히 지내야 한다는 걸 스스로 터득했다. 소피아를 깨우지 않으려고 조심해서 이층 침대를 오르내려야 하는 초조함도 몸에 배었다.

불편한 건 문제도 아니다. 무엇보다도 먼저 입소한 흑인 언니들 뒤치다꺼리를 해줘야 한다. 방 청소는 물론이려니와 화장실과 샤워장 청소도 한다. 언니들 빨래를 한곳으로 모아 기계에 넣고 세탁하고 드라이하는 일도 모두 에바 몫이다.

때로는 몰래 술병을 숨겨 들여오는 작업도, 작은 범죄에도 가담한다. 날이 어두워지면 언니들은 에바에게 같이 외출할 것을 강요했다. 에바는 나가고 싶지 않지만, 같이 행동하지 않았다가는 욕설과 얻어터져야 하는 수모를 겪기 때문에 그들의 요구에 응했다. 같이 어울리고 한 패거리가 되어야 살아남을 수 있다는 걸 온몸으로 터득해 나갔다.

저녁에 언니 차를 타고 주유소에 들러 기름을 넣어야 하는데 아무도 돈 있는 사람이 없다. 언니들이 네가 제일 어리고 불쌍해 보이니까 옆에서 주유하는 손님에게 다가가 새크라멘토까지 가야 하는데 휘발유가 떨어져서 그러니 10달러어치만 넣어달라고 사정하라고 시켰다. 정말 구걸은 하고 싶지 않았지만 할 수 없이 알지도 못하는 낯선 아저씨에게 다가가 애절한 표정으로 사정하면 그러라고 하면서 카드를 꺼내준다. 이때다 싶게 언니가 잽싸게 차에서 내려와 10달러가 아닌 20달러어치를 넣는

다. 낯선 아저씨에게 구걸도 모자라 속이기까지 하는 거다. 기름이 어느 정도 차면 그때부터 차를 몰고 시내 거리를 헤매고 다녔다. 목적지가 있는 것도 아니면서 돌아다니다가 또래의 청소년을 발견하면 시비를 걸었다. 건수를 만들기 위해서다.

청소년을 꾀어서 술병을 얻어내는 게 목적이다. 다행스럽게도 저녁 9시까지는 무슨 일이 있어도 귀가해야 하기에 에바는 밤 9시가 되기만을 학수고대하며 따라다니는 괴로움이 있다고 털어놓았다.

에바는 시간이 아깝고 힘들기도 하지만, 자신도 모르게 언니들 세계에 스며들어 고분고분 길들어갔다.

에바의 벙커 베드 밑에서 자는 소피아는 홈리스로 지낸 지 오래돼서 아는 것도 많고 머리가 잘 돌아갔다. 에바가 커버넌트 하우스에 처음 입소했을 때 소피아는 이것저것 물어보고 가르쳐 주었다. 그중에서도 지극히 지켜야 할 사항이 있는데 그 첫 번째가 몸가짐을 조심하라는 거였다. 홈리스 여자 주변에는 야수들이 많아서 조금이라도 빈틈을 보여준다거나, 이어폰을 귀에 꽂고 딴생각 하는 사이를 노리는 남성 홈리스가 있다는 사실을 늘 명심하라고 일러주었다. 남자 홈리스 아이가 조금이라도 이상한 행동을 하거나 말로라도 찝쩍대는 눈치가 보이거든 지체하지 말고 내게 말하라고 엄지손가락으로 자기 가슴을 가리켰다.

— 내가 혼내주고 그래도 말 안 들으면 그땐 존스에게 보고해서 내쫓아버리는 거야.

으스대면서 말하는 소피아가 위대해 보였다.

　원래 노숙자라는 족속은 마음 깊숙이 갑옷을 입고 있어서 갑옷을 벗기기가 힘든데 에바는 그렇지 않았다. 그녀가 같은 한국인이어서 그런지 에바가 하는 말에 조금만 장단을 맞춰주면 마음을 열었다. 에바가 먼저 학교 이야기를 꺼내기에 그녀는 자연스럽게 학교에 관해서 물어보았다.

　— 샌 리안드로 고등학교에 다닌다면서 너무 멀지 않니?

　— 멀어도 상관없어요. 친구들이 있으니까요.

　— 왜 가까운 학교로 옮기지 그래?

　— 제발 학교 옮기란 말 하지 마세요. 이 근처 학교는요, 애들이 모두 가난한 멕시칸 아니면 흑인이에요. 질도 좋지 않은 애들이 놀려대서 가기 싫어요.

　— 멀리 통학하려면 힘들 텐데?

　— 버스 타면 되니까 괜찮아요.

　에바가 지금 다니는 샌 리안드로 고등학교에는 좋아하는 친구가 있고, 언제나 반겨주는 미세스 제이슨이 있어서 전학 가고 싶지 않다고 했다.

　커버넌트 하우스가 주택가에 있어서 시내버스 정류장까지 걸어가는 데 20분은 족히 걸린다. 버스 정류장까지 가려면 지치고 남루한 노숙자들이 길가에 즐비하게 앉아 있거나 누워 있는 틈새를 걸어가야 하는데 에바는 그게 싫다. 벌써 넉 달째 버스 정류장까지 걸어 다니는 괴로움을 견뎌내고 있었다. 한 달만 더

다니면 여름 방학이다.

반에는 학생이 28명인데 세 그룹으로 나눠 첫 번째 그룹 여덟 명은 공부 잘하는 아이들로 꾸려져 있고, 중간 그룹이 있는가 하면 공부 못하는 그룹도 있다. 공부 못하는 그룹 애라고 해서 나쁜 애는 아니다. 모두 친구이면서 게네들이 좋다. 공부 잘하는 그룹 중에서도 에바는 특별히 글짓기를 잘해서 선생님의 사랑을 독차지하는가 하면 친구들로부터 부러움의 대상이기도 하다면서 자랑스럽게 말했다.

친구들도 에바가 위험한 길을 걸어서 시내버스 타러 간다는 걸 안다. 어떤 날은 친구 엄마가 에바를 커버넌트 하우스까지 태워다 주는 때도 있었다. 하지만 이런 일은 어쩌다가 있는 일이다. 왜냐하면 친구 엄마도 오클랜드 커버넌트 하우스 근처가 범죄로 들끓는 거리여서 운전하기를 꺼리기 때문이다. 에바는 그런 위험한 거리를 매일 걸어 다닌다.

에바는 정해진 식사 시간보다 일찍 식당에 들어가 아침을 먹고 그래놀라 바 두 개를 챙겨 가방에 넣었다. 수업 중간중간 쉬는 시간에 배가 출출하면 먹을 거다. 가방을 메고 커버넌트 하우스를 나섰다. 학교에 늦지 않으려면 서둘러야 한다.

노숙자들이 점령해버린 거리는 예전의 품위 있던 거리와는 비교가 안 되게 지저분하다. 지저분하다 못해, 먹다 버린 쓰레기들로 고약한 냄새가 진동했다.

인도교를 따라 5분도 걷기 전에 어젯밤 누군가가 담벼락에 대고 오줌을 지렸는지 지린내가 코를 찔렀다. 그 옆에 때가 꾀죄죄한 슬리핑백 속에 머리까지 파묻고 잠든 노숙자도 있다. 옆에는 빨래 꾸러미 같은 검정비닐 보따리가 여러 개 실린 쇼핑 카트가 임자를 기다리고 있다.

에바는 지린내와 퀴퀴한 냄새가 뒤섞인 인도교 코너를 지날 때가 제일 괴롭다. 욕지기가 나면서 게울 것 같아 도망치다시피 빠르게 걸었다. 이 짓도 자꾸 겪으니 익숙해져서 노숙자 무리를 지나칠 때면 요령껏 호흡을 꾹 눌러 참았다가 저만치 지나간 다음에 내쉬는 절제술도 터득했다. 에바는 자신도 홈리스이면서 같은 처지의 노숙자들이 보기 싫다.

에바는 학교가 좋다. 공부를 잘하는 게 첫 번째 이유이지만 응원단 치어리더로 뛰기 때문에 친구들에게 인기도 많다. 치어리더 응원단에 지원한 가장 큰 이유는 근육질의 마이클 초이가 농구 선수로 뛰는 걸 볼 수 있어서다. 마이클이 같은 한국인인 나를 한 번만이라도 알은체해주었으면 하는 바람이지만 번번이 못 본 척 지나가서 속상해 죽겠다.

방학 전에 학년 앨범이 나올 텐데 이번에도 50달러는 하겠지? 돈이 없어서 학년 앨범을 포기해야 하게 생겼다. 에바는 학년 앨범에 마이클 초이의 사인을 꼭 받았으면 좋겠는데 앨범 살 돈이 없어서 슬펐다.

미세스 제이슨도 에바를 귀여워해 주었다.
― 학교 다니기에 멀지? 내가 생각해 봤는데 주중에 하루는 내

집에서 묵으면 어떻겠니? 네가 멀리서 학교에 다니는 게 보기
에 딱해서 그래.

미세스 제이슨은 심각하면서도 애틋한 표정으로 물었다. 에
바는 망설일 것도 없이 빙긋 미소를 지으며 "땡큐" 하고 고개를
끄덕였다.

선생님의 제의에 관해서 커버넌트 하우스 부매니저 존스와
의논해 보았다. 존스는 미세스 제이슨에게 직접 전화해서 확인
해보고 허가해 주었다. 월요일엔 선생님 집에 가서 자고 화요일
아침이면 미세스 제이슨 차를 타고 함께 등교했다. 친자식도 같
이 살기 힘든 세상인데 하루일망정 제자를 재워준다는 게 쉬운
일이 아닐 것이다.

에바는 미세스 제이슨은 마음이 따뜻한 분이라면서 선생님
남편은 은퇴해서 집안일을 도맡아 하더라고 그녀에게 말했다.

하룻밤일망정 미세스 제이슨 집에 머물면서 가정이라는 것
과 가족이 한데 모여 산다는 게 무척 부러워 보이더라고 에바가
말했다.

그녀는 바로 이때다 싶어서 얼른 가족의 중요성에 관해서 이
야기를 이어갔다. 될 수 있는 대로 친자매처럼 스스럼없이 이야
기를 주고받으려고 웃으면서 부드럽게 말을 꺼냈다.

— 나는 가족이 한데 모일 때가 가장 행복하단다.

그러면서 에바의 눈치를 살폈다. 에바도 흥미 있게 귀를 기
울였다.

— 우리 엄마는 LA에서 사는데, 금요일 오후에 너와 상담이 끝

나면 곧바로 LA로 달려가서 가족과 함께 지내. 내게는 2살 짜리 딸이 있는데, 친정엄마가 돌보고 있거든? 나는 늘 딸이 보고 싶어서 죽겠어…….

그녀는 이야기를 이어가면서 집처럼 행복한 곳이 없다는 걸 은연중에 보여주려고 애썼다. 부러운 눈으로 바라보는 에바를 의식하면서 이때다 싶어 은근슬쩍 에바의 속내를 떠보았다.

— 너의 엄마는 어디 있니?

얼굴이 빨개진 에바가 벌떡 일어나 상담실 문을 열고 뛰쳐나갔다. 갑작스러운 에바의 행동에 그만 당황했다. 그녀는 얼른 따라 나가 에바의 팔목을 잡았다. 다시 불러들여 어깨를 다독여주면서 하기 싫은 말은 하지 않아도 된다고 안심시켜 주었다. 어설픈 시도는 에바의 말문을 열기는커녕 오히려 꽉 닫아버렸다. 에바는 속을 들어내 보이지 않으려고 무진 애를 쓰고 있었다.

에바와 상담하다 보면 시간이 너무 빨리 흐른다. 에바와 함께 시내에 나가 맥도날드 매장에서 저녁을 먹었다. 외출해서 저녁을 먹는다는 게 에바에게는 특별한 시간이다. 그 후에도 상담 후에는 으레껏 같이 저녁을 먹으러 나갔다.

*
**

며칠 전에 벌어진 일이었다면서 에바가 눈을 크게 뜨고 겁먹은 얼굴로 그녀에게 말했다. 방과 후에 이어폰을 끼고 걸어오는데 난데없이 누군가가 내 뒤에서 입을 틀어막고 들어 올려 납치를 시도했단다. 뜻밖에 벌어진 일이라서 부들부들 떨리고 무서웠지만, 악착같이 있는 힘을 다해 발버둥 쳤다. 두 손으로 입을 감싸고 있는 범인의 커다란 손을 힘껏 끌어내리면서 소리를 지르려는데 갑자기 이물질이 입안으로 들어왔다. 눈 깜짝할 사이에 범인의 손가락이라는 걸 알아차리는 순간 꽉 물었다.

"악" 소리와 함께 입을 막았던 손이 사라졌다. 이때다 싶어 허리를 감싸고 있는 범인을 뒷발질로 차고 소리를 지르며 지나가던 행인에게 알렸다.

겁먹은 범인이 도망갔지만, 오늘 오후 또다시 같은 장소에서 배회하던 용의자를 경찰이 체포해서 강간 미수, 납치 미수, 배회 혐의로 체포해 경찰차에 태웠다.

에바는 그 일을 떠올릴 때마다 몸서리치듯 치가 떨린다면서 밤에 잠이 오지 않더라고 했다. 위험한 지역이라는 말은 들어서 알고 있었지만, 그런 끔찍한 일이 나에게 벌어질 줄은 꿈에도 몰랐다며 겁먹은 눈을 크게 뜨고 그녀를 바라보았다. 정체를 알 수 없는 불안감 때문에 늘 신경이 곤두서곤 했는데 그 이유를 알겠다며 고개를 흔들었다. 밤거리에 나다니는 건 금물이지만 대낮일망정 걸을 때는 앞과 뒤에 누가 있는지를 둘러보고 확인해야 한다는 끔찍한 현실에 소름이 끼친다면서 겁에 질린 표정을 지었다. 에바는 말을 하면서 실제로 양팔에 돋아난 소름을 걷어내기라도 하는 것처럼 손바닥으로 쓸어내렸다.

이런 이야기를 흥분된 어조로 말하던 에바가 학교 카운슬러가 학부모와 상담할 일이 있다면서 부모를 모시고 오랬다고 시무룩한 표정을 지었다. 그녀는 에바의 보호자가 되어 월요일 오후 학교 카운슬러를 만나기로 했다. 에바의 학교는 처음 가 보는 거지만 가는 길에 담임 선생님인 미세스 제이슨도 만나보기로 마음먹었다.

카운슬러와의 만남은 에바의 진로와 생활 환경을 물어보는 자리였다.

월요일 6교시 체육 수업이 끝난 에바와 함께 미세스 제이슨 집으로 향했다. 마침 대학에 다니는 미세스 제이슨의 아들 에릭스가 집에 와 있었다. 에바는 에릭스와 어울려 뒷마당에서 시시덕대며 농구 골대의 동그란 구멍을 향해 공을 던졌고, 그녀는 미세스 제이슨의 안내에 따라 리빙룸에 앉아 디카페인 오후 커피를 즐겼다.

미세스 제이슨과 이야기를 나누다 보면 자연스럽게 마음이 느슨해지면서 긴장이 다 풀리는가 하면 폭신한 소파에 앉아 있는 것처럼 편안하고 안정된 기분이 들었다. 말속에 그 사람의 마음이 담겨 있기 마련인데 미세스 제이슨의 마음속에는 갓 구워낸 빵처럼 따끈따끈하면서도 녹진녹진한 무엇이 있는 것 같았다.

— 에바를 잘 지도해 주셔서 고마워요.

그녀가 말을 꺼내기가 무섭게 미세스 제이슨이 웃으면서 받아주었다.

— 천만에요. 오히려 내가 수잔에게 고맙다고 해야지요.

— 지금까지 상담사 역할을 하긴 해도 실제로 에바에 관해서

아는 게 별로 없어요. 에바가 가족 문제에 관해서 말을 하지
않으니까요.

그녀가 말하는 동안 입가에 미소를 띠며 듣고 있던 미세스
제이슨이 에바가 그렇게도 꺼내기 싫어하는 에바의 가정 이야기
를 들려주었다.

— 얼마 전까지만 해도 에바는 집에서 부모와 함께 사는 평범한
아이였어요. 하루는 에바가 학교에 왔는데 팔다리에 멍이 들
어있는 거예요. 어떻게 된 거냐고 물어보았지요. 처음에는 에
바가 말을 하지 않으려고 이리저리 빼더군요. 하지만 학교 규
칙에 학생의 몸에 상처가 발견되면 경찰에 신고해야 하거든요.
에바가 현명한 아이잖아요. 자세히 과정을 이야기하더라고요.

에바가 치어리더 연습을 마치고 뒤풀이한답시고 남자 농구
선수들과 어울려 맥주 한 캔을 마시고 전자 담배를 돌아가면서
빨았다. 에바는 술도 못 마시고 전자 담배 빠는 것도 싫었지만
마이클 초이가 보고 있어서 쪼다 취급당하는 게 싫었다. 마이클
초이는 한국 애치고는 근육질에 키도 커서 사귀고 싶은 애 일
순위이다. 아니나 다를까 감독관에게 딱 걸렸다. 학교에서는 학
부모를 불러 2일간 정학 처분이 내려졌다고 통보했다.

에바가 그날도 오후 늦게까지 남자친구들과 놀다가 집에 돌
아왔을 때 엄마는 화가 잔뜩 나서 못 마시는 맥주를 마시면서
부엌 싱크대 앞에 서 있었다. 남동생 둘은 지레 겁을 먹고 자기
들 방에 들어가 나오지 않았다. 엄마는 에바를 보자마자 고함

을 지르면서 꼴도 보기 싫으니 나가라고 소리쳤다.

에바도 불끈 화가 치솟았다. 어쩌다가 한번 잘못한 걸 가지고 공연히 화를 낸다고 생각했다. 엄마와 같이 목소리를 높였다.

— 나가라면 못 나갈 줄 알고?

에바가 자기 방으로 들어가면서 보라는 듯 문을 활짝 열어 놓고 캐리어 여행 가방을 꺼내 지퍼를 열었다. 작은 옷장에서 갈아입을 옷을 주섬주섬 꺼내 가방에 넣었다. 정말 집을 나간다기보다는 엄마를 겁주려고 그랬다.

지켜보던 아빠가 달려들어 와 에바의 손목을 잡아끌었다. 안 가겠다는 걸 질질 끌고 차고로 나갔다. 온종일 남의 집 잔디만 깎다가 온 아빠의 옷에서는 풀냄새가 물씬 풍겼다.

— 못돼먹은 것 같으니라구, 머리에 피도 마르지 않은 게 엉덩이에 뿔만 나 가지고.

아빠는 손에 잡히는 막대기로 에바의 몸을 아무 데나 마구 때렸다. 막대기가 부러져 나갔다. 이번에는 빗자루를 거꾸로 들고 긴 손잡이로 때리는데 잘못 휘두르다가 벽을 치는 바람에 빗자루도 부러졌다. 화가 덜 풀린 아빠가 차고 있던 혁대를 풀러 들고 혁대로 때렸다.

에바는 울며불며 아프다고 소리쳤고 엄마를 불렀지만, 엄마는 대답이 없었다. 차고를 뛰쳐나와 부엌으로 달려가 엄마에게 아빠 좀 말려 달라고 사정해도 엄마는 맥주만 마시면서 못 들은 척했다.

아빠가 다시 잡으러 오는 바람에 방으로 숨어 들어가 문을 닫았다. 얼른 휴대폰을 꺼내 들고 다급하게 911을 불렀다. 살려

달라고 소리쳤다.

문을 박차고 들어선 아빠가 눈을 부라리며 혁대로 매질해댔다. 아빠가 무서웠다. 에바가 아파죽겠다고 울부짖는 소리가 밖에까지 흘러나갔다. 동네 사람들이 다 들을 정도였다.

— 현장에 출동했던 경찰관이 그러는데 집 앞에 순찰차를 세웠더니 아버지의 고함과 딸의 울부짖는 소리가 범벅이 되어 들리더랍니다. 경찰관이 다급하게 차에서 내리는데 에바가 집 문을 박차고 뛰어나와 경찰관에게 안겼다지 뭐예요.

조금 흥분된 어조로 미세스 제이슨이 말을 이어갔다. 경찰관이 권총을 꺼내 들고 집 안으로 들어섰을 때, 에바의 아버지 김 씨는 손에 혁대를 쥐고 리빙룸에 그대로 서 있었다. 경찰관이 엎드리라고 명령했으나 김 씨는 듣고도 못 들은 척하는 건지, 정신이 나간 건지 경찰관의 지시를 따르지 않았다. 뒤따라 들어선 경찰관이 김 씨의 양손을 뒤로 모아 쇠고랑을 채웠다. 엄마는 부엌에서 아무 일도 없었다는 듯이 설거지하면서 경찰관들이 하는 행동거지를 보고만 있었다.

에바는 어떻게 돌아가는 건지 몰라 그저 바라보고 있었지만, 아빠가 경찰관에게 끌려가는 것이 자기 탓으로 느껴지더라고 했다.

미성년자인 에바는 어깨와 팔다리에 멍이 들어 있었고 혁대 자국도 남아 있었다.

미국 법에 따르면 부모나, 보호자 내지는 누구도 미성년자를 학대하거나 과도한 체벌을 가할 경우 아이는 신체적, 정신적, 정

서적인 면에서 돌이킬 수 없는 상처를 입기 때문에 어떠한 체벌도 위법이다. 김 씨는 곧바로 구속되었다.

경찰은 에바를 임시 아동 보호 시설로 데려갔다. 에바는 울면서 집에 돌아가겠다고 말했지만, 경찰관은 위험한 곳으로 돌려보내는 것은 아동 보호법 위반이라면서 보내주지 않았다. 에바는 심한 낭패감으로 울고만 있었다.

딱한 사정을 알게 된 미세스 제이슨은 아동 쉼터로 에바를 찾아갔다. 에바는 에바가 원하는 곳으로 갈 수 있는데 보육원, 친척 집, 선생님 집, 노숙자 쉘터, 입양, 위탁 가정 이런 곳들이 있었지만, 에바는 학생이고 공부해야 하므로 공부에 도움이 되는 곳을 찾아보았다.

수소문 끝에 커버넌트 하우스가 있다는 것을 알아낸 미세스 제이슨은 오클랜드 시장 런던 브리드에게 직접 배려해 달라는 호소문을 보냈다.

그녀는 이런 이야기를 담담하고 고즈넉하게 말하는 제이슨 선생님은 정말 좋은 사람이란 인상을 받았다.

미세스 제이슨이 말을 이어갔다.

— 에바가 나쁜 기억 속에 짓눌려 있어서 정상적인 아이가 못 돼요. 우울증까지는 아니더라도 절망감에 쌓여 있을 거예요. 까딱 잘못하다가는 극단적 충동으로 갈까 봐 걱정입니다. 에바가 딱딱한 껍데기를 깨고 나오도록 도와줘야 하는데…….
심리 상담이 필요할 거예요.

*
* *

    그녀가 커버넌트 하우스를 드나들면서 어떤 애들이 이곳에 머무는지, 그 애들의 부모는 무얼 하는 사람인지 에바가 들려줘서 자연스럽게 알게 되었다.

    — 내방 바로 옆방에는요. 리치라는 애가 있거든요, 걔는 엄마가 홈리스래요. 엄마가 홈리스여서 자기는 나면서부터 홈리스라고 자랑한다니까요. 글쎄 끔찍하게도 지 아버지도 홈리스라지 뭐예요. 그게 무슨 자랑거리라고 떠들면서 부끄러운 줄도 모르더라고요.

    이렇게 말하는 에바는 홈리스 생활이 부끄럽다고 했다.

    커버넌트 하우스에는 청소년 노숙자들이 30명도 넘게 사는데 여자애들이 9명이고 남자애들이 22명이다. 모두가 홈리스 청소년들이어서 홈리스에 관해서는 누구보다도 잘 아는 애들이다. 에바는 넉 달이나 같이 지내면서 누구는 어디서 왔는지, 무엇을 하다가 왔는지, 알게 되었다. 가정이 파탄 나서 갈 곳이 없는 애들이 가장 많았다. 부모가 이혼하는 바람에 집도 없이 떠돌게 된 아이, 아빠가 죽는 바람에 집도 다 날리고 길바닥으로 나앉게 된 아이, 이런 생계형 홈리스가 가장 많았다. 생계형은 가족이 모두 홈리스다.

    어떤 애는 정신질환이 있어 보였다. 묻지도 않은 말을 하는가 하면 한번 말을 시키면 끝없이 이야기를 이어갔다. 이제, 그만 가 봐야 한다고 해도 조금만 더 들어봐 달라면서 매달리는 아이도 있다. 불쌍하기도 하고 어딘가 제정신이 아닌 애 같아서 에바는 그 아이를 피해 다녔다.

또 어떤 애는 건강해 보이고 정신도 말짱한데도 공부하기 싫어하는가 하면 일하기도 싫어하는 애도 있다. 히피 문화의 잔재를 끌어안고 규칙과 규율을 거부하면서 하다못해 노동까지도 거부하는 아이다. 이런 아이가 하나둘이 아니어서 여럿이 몰려다니면서 허송세월한다. 다 해진 바지에 밥 먹여주는 곳만 있다면 그것으로 만족해한다. 말로는 정신질환이나 술 중독, 마약 먹는 아이는 퇴거시킨다고 하지만 실제로 그런 일은 없었다.

그녀가 보기에 에바는 항상 불안감 속에서 살고 있었다. 엄마, 아빠가 자신을 버릴 거라는 두려움과 보고 싶은 동생들 때문에 밤잠을 이루지 못했다. 낮에도 늘 우울하고 앞으로 어떻게 될 것인지, 언제까지 이렇게 살아야 하나, 오늘을 살고 나면 내일은 무슨 일이 벌어질지 하루하루가 불안한 날의 연속이다. 에바는 늘 초조하고 긴장된 눈빛이었다.

그녀는 에바를 심리 상담사에게 데리고 가기로 했다. 근본적인 원인을 찾아보고 상태에 따라서 치료를 받아야 할 것으로 생각했다.

앙증맞은 작은 간판에 한 줄로 띄어쓰기도 없이 '몸과마음심리상담센터'라고 삐뚤삐뚤한 글씨가 마음에 들었다. 에바는 심리 상담에 앞서 여러 문항이 적힌 검사지에 'Yes or No'를 일일이 체크하고, 간단하게 자기소개를 써서 냈다.

그녀는 로비에서 기다리기로 하고 에바는 심리 상담사를 따라 안으로 들어갔다. 한참을 기다린 후에 에바가 웃으면서 걸어 나왔다. 에바의 웃는 얼굴을 보자 마음이 놓였다. 돌아오는 길에 에바에게 물어보았다.

— 난 심리 상담을 받아 본 적이 없어서 모르는데 어땠니?

에바는 웃으면서 별것 아니라는 식으로 들려준다.

— 처음에는요. 어떤 말을 해야 할지 몰라서 어느 선까지 말을 할까? 머릿속이 혼란스러웠는데요. 막상 상담하다 보니까 내 이야기가 술술 나오더라고요. 말이 막히면 재촉하지 않고 충분히 생각할 시간을 주고, 이야기를 잘 풀어나가게 유도해 주어서 마치 최면에 걸린 애처럼 부끄러움도 없이 내 이야기가 막 쏟아지는 거예요. 남 앞에서 이렇게 속내를 털어놓는 내가 참 신기했어요.

다음번부터는 본격적으로 그림 상담도 하고 집단 상담도 할 거라고 그녀를 쳐다보며 빙긋 웃었다. 에바가 하는 이야기를 들으면서 심리 상담시켜주길 잘했다는 생각이 들었다.

에바가 어떻게 해서 홈리스가 되었는지 그녀가 다 알고 있다는 사실을 에바는 모른다. 그녀 역시 구태여 알고 있다고 밝힐 이유도 없었다. 가정에서 한국말을 쓰지 않으면서 일어나는 문화적 차이에서 발생하는 문제들을 어떻게 극복해 나가야 하는지 알아야 하는 게 우선이다.

에바에게 한국 문화와 미국 문화가 다르지 않으냐고 물어보았다. 에바도 두 문화의 차이점을 느끼고 있었다. 둘이서 각기 경험한 문화적 차이를 찾아낼 때마다 서로 공감하고 웃었다. 웃어만 넘길 게 아니라 먼저 한국 문화를 이해하고 아는 게 중요하다고 말해주었다.

— 내게 2살짜리 딸이 있다고 했잖니? 내가 이혼하게 된 것도 결국은 문화 차이에서 온 거야. 미국식으로 생각하는 나와 한국식으로 말하는 남편이 다른 거 있지? 너 여자가 한국식으로 살려면 얼마나 힘든지 알아?

에바가 고개를 끄덕였다.

— 알면 말해봐, 어디 네가 얼마나 아는지 들어보자.

에바는 자신도 한국식이라는 게 얼마나 구태의연한 건지 잘 안다면서 자기가 보고 자란 이야기를 늘어놓았다.

— 우리 엄마는요, 아빠 말이라면 꼼짝 못 해요. 아빠가 이거 하라면 이거 하고, 저렇게 하라면 저렇게 한다니까요. 엄마는 자기 의견이 없는 사람 같았어요. 집안일은 엄마 혼자서 다 해야 하는 거로 알고 무거운 가구를 옮기는 힘든 일도 아빠에게 시키지 않고 나더러 도와달라고 나를 부른다니까요.

— 그래 맞아, 한국 여자로 살려면 남자를 주인으로 모셔야 하잖니. 주인으로 모시고 산다는 게 얼마나 억울한 건지 너 아니? 그거 너 할 수 있겠어? 하지만 한국 문화가 좋은 점도 있어. 한국 엄마는 미국 엄마하고 다르잖아. 한국 엄마는 자식을 위해서라면 헌신적이잖니.

에바가 그렇다며 고개를 끄덕였다.

— 너 엄마 보고 싶지 않아? 난 주말만 되면 엄마가 보고 싶어
서 LA로 달려가는데……. 집에 가면 엄마가 맛있는 거 만들
어주지, 예쁜 아기가 기다리지, 난 주말에 집에 안 가면 못
살아.

에바는 엄마가 보고 싶다며 눈물을 글썽였다. 남동생이 둘이
있는데 동생도 보고 싶지만, 집에 갈 수 없다고 했다. 한번은 엄
마가 하도 보고 싶어서 몰래 살던 집을 찾아가 보았다. 집이 낯
설고 남의 집 같아 보였다. 집에는 모르는 사람이 살고 있었다.

옆집 아주머니에게 물어보았다. 옆집 아주머니는 전부터 에
바네 가족과 가깝게 지내던 사이였다. 아주머니는 에바를 보자
마자 반가워서 어쩔 줄 몰라 했다. 하지만 아주머니도 엄마 사
정을 자세히는 모르고 있었다. 두 달 전에 이사 나갔다면서 어
디로 갔는지 모른단다. 그러면서 이런 이야기를 들려주었다.

— 너의 아버지가 구속됐잖니, 그래서 너의 엄마가 집 월부금
도 내지 못해서 집이 은행으로 넘어가게 된 데다가 변호사를
사야만 했지 뭐냐. 변호사 비용이 좀 비싸냐? 너의 엄마가 돈
이 어디 있니? 그래서 집을 헐값이라도 빨리 팔았지 뭐냐. 그
리고 이사 나갔는데 어디로 갔는지 나도 몰라. 들리는 말로는
공원에 차를 세워놓고 차 속에서 자는 걸 보았다는 사람도 있
고…….

그녀는 더 이상 말을 잇지 못하는 에바의 어깨를 살며시 안
아주면서 다독여주었다.

— 내가 엄마를 찾아봐 줄게.

그녀는 에바 엄마를 찾기 위해서는 에바 동생을 찾으면 될 것으로 생각했다. 10살과 13살짜리 동생을 찾기가 월등 쉬웠기 때문이다.

며칠째 알라미다 카운티에 소속해 있는 13세 미만인 아동 홈리스 보호 시설 리스트를 뒤졌다. 노숙 아동 중에 김씨 성의 아이를 찾아보았다. 한국에서야 김씨 성이 흔하지만, 미국에서는 김씨 성은 희귀해서 금방 찾아냈다.

서류상 '미래 설계'라는 홈리스 보호 시설에 두 남동생과 엄마가 기거하고 있는 거로 되어 있었다.

'미래 설계' 홈리스 보호 시설은 가정 폭력이나 술 중독, 정신 질환으로 가정이 파탄 난 가족을 자유롭고 안전하게 보호, 수용하는 곳으로 저소득 여성과 어린이들을 지역 사회로 돌아오게 하는 역할을 담당하는 곳이다.

'미래 설계' 노숙자 보호 시설에 기거하는 여성의 대부분이 가정 폭력을 경험했는데, 이는 여성들 노숙의 주된 원인이다.

*
**

벌써 여러 날째다. 아침에 커튼을 열면 하늘이 찌뿌드드한 게 영 기분이 좋지 않다. 오전에는 흐리고 오후로 들어서면 다시 맑아졌다.

그녀는 '미래 설계' 노숙자 보호 시설의 매니저를 만났다. 사회복지사라는 신분을 밝히고 한국인 여성 김 씨 가족이 이곳에 들어오게 된 사연을 알아보았다. 꾸부정하고 늙수그레해서 나이깨나 들어 보이는 백인 남자가 의심 가득한 눈망울을 굴리며 그녀의 아래위를 훑어보는 게 기분 나빴다.

빤히 쳐다보던 매니저가 쇳소리가 섞인 둔탁한 목소리로 하는 소리 역시 그녀의 귀를 거슬렸다.

— 남의 사생활을 캐묻는 게 불법이라는 거 아세요?

— 사회복지사가 도와주려는 걸 가로막는 게 불법이라는 것도 아시지요?

그녀도 뒤질세라 대놓고 되물었다. 매니저는 상대에 대해 우호적인 생각보다는 적대감을 곤두세우고 노려보더니 안으로 들어오라고 하면서 앞서갔다. 그녀는 백인 남자의 기를 꺾은 것 같아서 속으로 고소했다. 사무실 문을 열고 들어섰다.

— 잠시나마 무례해서 죄송합니다.

갑자기 돌변한 남자가 손을 내밀어 악수를 청했다. 늙수그레한 그의 손을 잡고 별말씀을 다 한다고 공손하게 받아주었다.

김 씨 가족이 이곳에 들어온 지가 벌써 한 달이 넘었단다.

— 김씨 부인을 한번 만나볼 수 있을까요?

— 미안하지만 지금 집에 없어요. 오후에는 일하러 가니까요.

— 무슨 일을 하는데요?

— 뭐, 식당에서 일한다고 하더군요. 일이 밤 10시가 돼야 끝나기 때문에 우리 시설에 들어와서 잘 수 없어요. '미래 설

계"는 밤 9시면 문을 닫거든요. 누구에게도 예외란 있을 수 없답니다.

— 그러면 김씨 부인이 어디서 자는지 아세요?

— 그건 나도 모르지요. 남의 사생활을 알 필요도 없고……

그녀는 어떻게 해서라도 에바 엄마를 만나야 한다. 매니저는 오전 10시쯤에 오면 에바 엄마가 집에 있을 거라고 가르쳐 주었다.

그녀가 만나본 에바 엄마는 화장 한번 해본 적 없는 소박한 얼굴이 전형적인 한국 시골 여자 같았다. 표준어를 쓴다고는 해도 어딘가 남쪽 억양이 풍겼다.

한인 2세들이 공통으로 가지고 있는 고민거리 중의 하나는 한국말은 제대로 하지 못하면서도 듣는 능력은 훈련이 잘되어있어서 척하면 알아차린다는 특징이 있다. 그녀 역시 한국말은 제대로 구사하지 못해도 이해하는 데는 문제가 없었다.

에바 엄마는 한국 식당에서 보조로 일하고 있었다. 오후 4시부터 일을 시작해서 밤 10시에 끝난다. 부엌에서 설거지도 하고 음식 만드는 것도 도와준다. 온종일 많은 시간을 일했으면 좋으련만 식당 주인이 인건비 줄이느라고 저녁 6시간만 일을 시켰다. 이민 생활의 고된 여파로 피해의식 속에서 냉대만 받아온 에바 엄마는 모든 걸 포기한 사람처럼 보였다.

— 영어도 못 하는 나 같은 사람한테 누가 직장을 주겠어요. 한국 식당 보조 일도 감지덕지해야지요.

에바 엄마는 길든 하녀처럼 잔뜩 주눅이 들어 있었다.

'미래 설계' 노숙자 보호 시설이 저녁 9시면 문을 걸어 잠그는 게 문제였다. 식당 일이라는 게 밤 10시가 돼야 끝나는 건데, 늦게까지 남아서 마무리하고 쉘터로 오면 문이 잠겨 있다. 할 수 없이 차에서 자기 시작한 게 지금까지 이어지고 있었다.

매니저에게 딱한 사정을 호소해봤으나 한 사람에게 예외를 적용하면 너도나도 요구한다면서 예외를 받아주지 않았다. 결국, 아이들 둘이서만 자야 하는데 13세 미만인 아이들을 보호자 없이 방에 놔두는 게 불법이다. 엄마 없이 아이들끼리만 자는 것도 불법이어서 이러지도 저러지도 못하는 실정이라고 에바 엄마가 시름에 찬 얼굴로 한숨지었다.

— 나야 아무 데서나 잔들 상관없지만, 초등학교에 다니는 아들
  둘이 숙제도 하고 공부도 해야 하는데 도와주는 사람도 없고,
  감시하는 어른도 없어서 지들 맘대로 놀기만 할 텐데…….

아이들 걱정부터 하는 게 한국 엄마의 전형적인 모습이었다. 그녀는 에바가 커버넌트 하우스에서 학교에 잘 다니고 있다고 에바의 소식을 전해주었다. 그러면서 엄마가 보고 싶어 눈물을 흘린다고 말해주었다. 혹시 딸을 원망하고 있을까 봐 일부러 눈물이라는 말을 두 번씩이나 강조했다.

에바 엄마는 걔가 무슨 죄가 있느냐면서 손에 쥐고 있던 수건으로 눈물을 찍어냈다. 자책 비슷하게 "내가 너무 했지" 하면서 가늘게 한숨을 내쉬었다. 보고도 싶고 걱정도 돼서 잠이 오지 않는다며 한숨지었다.

그녀는 토요일 오전, 에바 엄마가 일하러 가기 전에 에바를

데리고 오겠다고 약속했다.

약속하면서도 그동안 가장 궁금하게 여겼던 에바 아빠는 어떻게 되었느냐고 물어보았다. 에바 엄마는 말하고 싶지 않은 말을 할 때의 그 뜨악한 표정으로 한참을 망설이다가 이야기를 꺼냈다.

남편이 구속되면서 변호사를 샀고, 김 씨의 변호사 프랭크 밀러 씨는 법정에서 "김 씨는 자기 딸을 극진히 사랑한다. 이 문제는 한국 문화와 미국 문화 사이에서 벌어진 문화 충돌에 불과하다. 한국인 가정에서 한국인끼리 벌어진 사건으로 미국 법으로 다루기에는 무리가 있다"라고 호소했지만 먹혀들지 않았다.

재판관은 '나라마다 문화가 다르지만, 미국에서는 미국 문화를 따라야 한다'면서 가중폭행죄를 적용 김 씨에게 364일 실형을 선고했다. 가중폭행죄는 1년 이하의 징역형에 해당하는데 김 씨는 법정 최고형에서 하루 모자라는 364일을 선고받은 것이다. 곧바로 교도소에 수감되었다. 변호사 프랭크 밀러 씨는 1심에서는 1년 형이 선고됐지만, 수감 생활을 모범적으로 하면서 2심으로 끌고 가면 6개월 미만으로 단축되면서 금방 풀려나올 거라고 말했다.

하지만 법조계란 곳은 어수룩한 구석이 하나도 없어서 가진 돈 없으면 한 발짝도 움직여주지 않았다.

그동안 변호사 비용을 감당하느라고 집도 날렸고, 가진 돈도 없어서 2심은 엄두도 내지 못했다. 국선 변호사라도 찾아야 할 텐데 어떻게 알아보는 건지 몰라서 그냥 있다면서 자신의 무지를 탓했다.

무지를 탓하는 것만 아니라 돈도 없고, 갈 곳도 없어서 아이 둘을 데리고 차 속에서 노숙 생활을 하며 지냈다. 이러한 사실을 알게 된 보안관이 '미래 설계' 노숙자 보호 시설로 데려다주었다.

그녀는 에바 엄마와 한 약속 때문에 지금쯤 LA 집에 가 있어야 하는 토요일이었지만, 집에 가지 못하고 에바 가족의 만남을 주선하고 있었다. 에바를 차에 태우고 샌 리앤드로 마리나 공원으로 향했다. 공원 주차장에는 에바 엄마의 차가 일찌감치 와서 기다리고 있었다.

에바가 차에서 내리자 남동생 둘이서 달려와 에바에게 매달렸다.

— 누나 어디 갔었어? 왜 이제 와?

막내 남동생이 울먹이면서 말했다. 에바는 아무 말도 하지 못하고 동생들을 부둥켜안았다. 엄마가 다가와 에바를 끌어안았다.

그녀는 가족이 뒤엉켜서 울고 있는 모습을 차마 눈 뜨고는 볼 수 없어서 고개를 돌렸다.

*
**

그녀는 매주 주말이면 가족이 만나게끔 시간 약속을 정했다. 가족이니까 그렇게라도 만나야 한다고 생각했다.

약속한 대로 토요일 아침이면 에바 엄마가 커버넌트 하우스로 에바를 데리러 왔다. 에바는 주말에 엄마를 만나면 그렇게 반가울 수가 없다. 남동생 둘이 신이 나서 지껄였다. 차 속에서의 만남이지만 한바탕 즐거운 비명을 지르고 시끌벅적 떠들었다. 일주일 만에 보는 동생들이 몇 달은 못 만났던 것처럼 반갑고 좋아서 가만히 있지 못했다. 차 속에 앉아 있어서 그렇지 아마 차 밖이었다면 깡충깡충 뛰었을 것이다.

　　엄마는 에바를 태우고 마리나 공원으로 나갔다. 샌프란시스코만(灣)이 보이는 공원 부두에 요트장이 있고 요트장에는 고급 요트들이 즐비하게 늘어서 있다. 토요일이라서 요트를 즐기려는 사람들이 선글라스를 걸치고 요트에 오르는 모습만으로도 멋져 보였다.

　　노숙자 엄마와 동생들과 점심을 먹는데 코카콜라를 곁들인 햄버거 맛이 그만이다. 가족이 함께 점심 먹는 것만으로도 행복한데 달콤한 코카콜라 맛이 행복감을 갑절로 높여주었다. 에바는 요트를 타고 바다로 나가면서 손을 흔드는 멋쟁이 부자들이 조금도 부럽지 않았다.

　　엄마는 아이들을 도서관에 내려놓았다. 에바는 도서관에서 동생들 숙제를 봐주었다. 막냇동생에게는 읽을 책을 골라주고, 큰동생의 밀린 공부를 챙겼다. 보나 마나 엄마는 보이스 앤드 걸스 클럽에 가서 샤워도 하고 빨래 기계에 동전을 넣고 돌릴 것이다.

　　'미래 설계'가 아동 보호 시설이라고는 하지만 아이들이 오십여 명이나 돼서 잘 관리한다고 해도 쉽지 않은 모양이다. 동생 둘이서 늘 붙어 다니는데도 막냇동생은 아직 어려서 걸핏하면 아이들한테 언어맞았다. 어른들이 보지 않는 데서 때렸다. 에바도 어렸을 때 당해 봐서 아는 건데 어딘가엔 늘 못돼먹은 애들이 있기 마련이다. 그런 애들은 낌새만 보이면 놀려대고, 멸시하고, 따돌리고, 업신여기고 심지어 침을 뱉었다. 동생들에게 물어보면 '미래 설계'에 있는 애들이 놀려대서 싫다며 고개를 흔들었다. 하다못해 여자애들도 깔보고 약 올린단다. 에바는 분통이 터져서 참을 수 없었다.

— 애들이 뭐라고 놀리는데?

큰동생에게 물었다.

— 칭 칭 칭크(chink)라고 놀려.

— '칭크'라면 '중국인'이란 말이잖아? 네가 왜 중국인이니, 한국인이라고 하지 그랬어?

— 한국인이라고 하면 '구크(gook)' 하고 놀리는걸.

거기에다가 차별이 심해서 보호 시설에서 살기 싫단다.

말로는 폭력이 금지되어 있다고 하지만 막냇동생은 언어맞는 게 제일 무섭다며 알밤 맞는 시늉을 지어 보였다. 같은 또래의 애들일지라도 그룹을 지어 몰려다니는 애들이 있기 마련이고, 게네들은 무서운 게 없는 애들이다. 무엇인가 맘에 안 들면 무조건 때리고 본다. 학교에 갈 때 길에서 때리기도 하고 보호 시설에서 밥 먹으러 식당에 갈 때도 몇 대 언어맞았다. 맞았다고 보모에게 일렀다가는 죽을 각오를 해야 하므로 함부로 맞았다는 보고도 하지 못했다. 맞지 않으려면 돈을 바쳐야 하는데 어린 동생들은 돈이 없다. 사실 어린애들의 무법천지를 어른들은 모른다.

동생들은 학교를 아동 보호 시설 근처 초등학교로 옮겼다. 새 학교로 전학 간 동생들은 학교에도 적응하지 못해서 학교도 가기 싫어했다. 학교가 가기 싫다 보니 꾀병처럼 아침이면 배가 아파서 병원에 가느라고 결석하는 날이 늘어만 갔다.

그녀는 에바의 고충을 덜어주기 위해 에바 엄마의 사정을 알아보았다. 에바 엄마는 가진 돈도 없는데 겨우 얻은 직장을 그만둘 수도 없고, 아이들이 싫어하는 곳에서 머물 수도 없어서 고민이라며 "오로지 희망은 내가 돈을 많이 벌어서 아이들과 함께 사는 길뿐인데……" 하면서 말끝을 흐렸다.

식당은 토요일, 일요일이 가장 바빠서 늦으면 안 되는데 아이들은 엄마에게서 떨어지기 싫다면서 몸을 비비 뒤틀고 있을 뿐 차에서 내리려 들지 않았다. 안 내리겠다는 아이들을 억지로 내려놓는 게 제일 힘들다는 게 에바 엄마의 하소연이었다. 이런 일은 반복해서 주말마다 일어났다.

아이들이 죽어도 아동 보호 시설로 돌아가기 싫다며 차라리 도망가든가 아니면 죽고 싶다는 바람에 에바 엄마는 덜컹 겁이 났다.

*
**

그날은 금요일과 13일이 겹치는 불길한 날이었다.

에바 엄마는 식당 뒤 주차장 구석진 곳에 차를 세우고 한동 안 차에서 내리지 않았다. 아직은 저녁 영업시간이 아니어서 주차장은 텅 비어 있었다. 아이들에게 꼼짝 말고 책이나 읽고 있으라고 신신당부했다. 일을 끝내고 돌아올 때까지 차 속에서 기다리라고 한 게 벌써 사흘째다. 밖은 어둠이 찾아들고 있었다.

에바 엄마는 주방에서 일이 손에 잡히지 않았다. 바쁜 와중에도 틈틈이 문밖으로 고개를 내밀었다. 그것도 미덥지 않아서 잠시 밖으로 나와 아이들이 차 안에 있는지 확인하고 들어갔다.

아무리 아이들이 원한다고 해도 노숙시키는 것은 불법이다. 에바 엄마는 경찰관한테 들키지 않으려고 숨어서 하는 노숙 생활이 낯선 가게에서 물건을 훔칠 때처럼 조마조마했다.

날이 어두워지면서 식당에는 손님이 몰려들었다. 손이 굼뜨기도 하지만 가스 불에 올려놓은 순두부찌개는 왜 이리 더디 끓는지, 주인은 독촉하는데 손이 열 개라도 모자랄 지경이다. 일이 바쁘다 보니 정신이 없어서 아이들이 차에 있는 것도 잊어버렸다. 싱크대에 닦아야 할 그릇이 쌓여갔다. 몸은 하나지, 해야 할 일은 많지, 주방에서 왔다 갔다 하느라고 정신이 없는데 느닷없이 주방 앞에 나타난 경찰관이 아이들의 엄마가 누구냐고 물었다.

에바 엄마는 무슨 일이 벌어졌나 보다 했다. 영어로 하는 말을 못 알아듣기도 했지만, 주인과 손님 사이에 문제가 생겼거니 하고 넘겨 버렸다. 돌아서야 할 경찰관이 에바 엄마만 노려보는 바람에 어리둥절했다. 정신을 차리고 보았더니 바로 차 안에 있는 아이들을 가리키는 게 아닌가?

— 에구머니나!

자신도 모르게 외마디 소리와 함께 들고 있던 접시를 떨어
뜨리고 말았다.

여러 말 할 것도 없이 경찰관은 아이들을 임시 아동 보호소
로 데리고 가겠다며 경찰차로 옮겨 태웠다. 에바 엄마가 울면서
사정했으나 매정한 경찰관은 달랑 명함 한 장만 건네주고 어디
론가 가버렸다.

에바는 아무것도 모르고 오늘 하룻밤만 지나면 즐거운 토요
일이 올 것이라고 손꼽아 기다렸다. 토요일 아침 일찌감치 엄마
가 커버넌트 하우스로 에바를 픽업하러 왔건만 동생들은 보이
지 않았다. 울먹이는 엄마의 이야기를 듣고 에바의 얼굴이 돌덩
이처럼 굳어졌다.

경찰관이 주고 간 명함을 들고 임시 아동 보호소를 찾아갔
다. 아무도 없는 넓은 홀에 동생 둘이서 한물간 만화 영화만 보
고 있었다. 동생들을 보자 잃어버렸던 약혼반지를 찾은 것처럼
반가웠다.

막냇동생이 "엄마" 하고 울부짖으며 달려들었고 큰동생도 달
려왔다. 엄마는 동생들을 부둥켜안고 큰소리로 엉엉 울었다. 반
가워서라기보다는 서러워서 우는 게 분명했다. 에바도 눈물이
나왔지만, 엄마처럼 소리 내어 울지는 않았다. 지켜보는 경찰관
의 시선을 의식해서 큰 소리로 우는 엄마가 창피했다.

*
**

수잔은 그동안 에바의 심리 상담이 얼마나 진척되었는지 알아보기 위해 '몸과마음심리상담센터'로 향했다. 노트북 컴퓨터를 들고나온 상담사는 에바가 불안장애의 일종인 '선택적 함구증' 증세가 있다면서 엄마, 아빠, 동생들에게 못했던 말을 글로 쓴 에바의 반성문을 보여주었다. 그중에서도 아빠에게 쓴 대목이 눈에 띄었다.

학교가 끝나고 집으로 가는 길에 친구들과 어울려 걸어가는데 잔디 깎는 기계 소리가 시끄러워서 친구가 하는 말이 들리지 않았다. 짜증이 나서 정원사를 쳐다보았는데 공교롭게도 아빠가 아닌가. 아빠가 정원사 일을 한다는 건 알고 있었지만, 막상 친구들 앞이라 창피해서 얼굴이 달아올랐다. 아빠를 보고도 못 본 척 고개를 숙이고 걸었다. 친구들이 알아차리지 못해서 다행이라는 안도감에 "푸" 하고 길게 숨을 내쉬었다. 하지만 아빠가 나를 보았을까? 하는 의문이 들었다. 그날 저녁 집에 돌아온 아빠는 아무 말도 하지 않았다.

상담사가 입가에 미소를 지으며 말했다.

— 에바가 많이 좋아졌어요. 심리 상태도 안정되었고, 자기 속내를 털어놓으면서 마음도 밝아졌고요, 앞으로 떳떳하게 말하는 용기를 갖게 해 주는 게 중요해요. 지난번엔 에바가 읽으면 딱 좋겠다고 생각되는 '아버지의 마음'이라는 짧은 글을

프린트해서 주었어요.

— 다행이군요. 잘 지도해 주셔서 고맙습니다.

심리 상담사와 면담을 마치고 나오면서 그녀는 어떤 보람 같은 것을 느꼈다. 기말고사에 A+학점을 받은 것처럼 안도하는 기분과 들뜬 기분을 동시에 맛보았다.

그녀가 커버넌트 하우스 상담실에서 에바를 기다리고 있을 때다. 문을 열고 들어서는 에바의 얼굴이 침울해 보였고 꾹 다문 입은 열릴 것 같지 않았다. 다른 날 같았으면 지난 일주일 사이에 일어났던 일들이라든가, 엄마에 관한 이야기, 동생들, 룸메이트 언니들의 이야기를 한참 지껄였을 테지만 오늘은 아무 말도 하고 싶어 하지 않아 보였다.

— 에바, 무슨 일이 있었어?

에바는 대답이 없다. 낌새로 보아 심상치 않은 일이 벌어졌다는 것을 그녀는 즉각 알아차렸다. 에바에게 다가가 오른팔로 에바의 어깨를 감싸주며 무슨 일이 있었는지 말해 보라고 다독였다. 에바의 표정에서 지난 주말 사건을 말해야 하나 말아야 하나 망설이는 낌새를 읽었다.

— 나한테 못 할 말이 뭐가 있니? 어서 말해봐.

재촉하는 소리를 듣던 에바가 마음을 바꿔 사실을 있는 그대로 털어놓았다. 그녀는 진지한 표정으로 책 읽어주는 여자의 목소리를 들을 때처럼 신경을 곤두세우고 귀 기울였다. 에바의 말을 들으면서 피뜩 아침에 읽은 뉴욕 타임스 기사가 떠올랐다.

뉴욕 타임스는 매년 고교생들의 대학 지원 에세이를 공모해 우수작을 발표한다.

예일대학에 입학한 한국인 학생이 제출했다던 '청소부 엄마 고마워'라는 글이 떠올랐다.

『6세 때 "윙윙" 거리는 진공청소기 소리가 이 방 저 방을 오가던 기억이 난다. 9세 때 방마다 걸려 있던 가족사진들, 12세 때 건조기에서 갓 꺼낸 셔츠를 개던 기억이 남아 있다. 하지만 그 진공청소기는 우리 것이 아니었다. 사진 속엔 다른 가족이 웃고 있었다. 내가 갰던 그 셔츠들을 나는 입어보지 못했다. 엄마는 그 집 청소부였고, 어린 나는 엄마를 따라다녔다. 한국에서 갓 이민 온 엄마는 여러 잡일을 하다가 집 안 청소일을 얻었는데 부부가 교수인 집이었다. 그 집이 우리 가족의 기반이었다. 엄마는 온종일 고무장갑을 끼고 살았다. 숱한 시간을 먼지 속에 무릎을 꿇고 보냈다.

그 집은 부유한 사람들은 어떻게 사는지 보여주는 표상이었다. 식탁 위에 펼쳐져 있는 신문, 반쯤 보다 엎어놓은 책, 내셔널 지오그래픽 채널에 고정되어 있던 TV……. 교수 부부의 집은 꿈의 성역이었다.

커가면서 엄마가 청소하는 동안 나는 그 집 책꽂이의 책들을 읽었다. 실리콘 밸리의 신화에 관해서 읽었고, 버락 오바마처럼 이민자의 아들로 대통령이 되는 꿈을 그려본 집도 그 집이었다. 오늘의 내가 있기까지는 진공청소기의 "윙" 하는 소리 덕분이다.

이제는 내가 엄마를 청소 인생에서 은퇴시켜 드려야 할 차례다.』

한국인 학생이 썼다는 바람에 기억 속에 생생하게 남아 있
었다.

— 에바, 너 에세이 잘 쓰잖아, CBS 지역 방송국에 에세이 하나
써서 보내지 않을래? 그냥 에세이가 아니라 너의 가족 사정을
자세히 써서 보내보렴. 그러면 시청자들이 보고 네게 도움의
손길을 주지 않겠니? 분명히 어떤 새로운 일이 벌어질 거야.
에바는 의아한 눈길로 그녀를 바라보고 있었다.
심리 상담사가 읽어보라고 준 프린트에서 '아버지의 마음'이
란 이야기가 에바의 마음속에서 메아리쳤다. '가족을 위해서,
자식을 위해서 자신의 모든 것을 희생하는 아버지의 사랑, 행여
자식이 잘못된 길로 갈까 봐 항상 지켜보는 존재, 자식의 올바
른 진로를 위해서 보살피는 보이지 않는 아버지의 손길'
에바는 아빠를 생각할 때마다 죄책감을 느꼈다. 아빠만이
아니다. 동생들을 구해야 한다는 의무감, 영어 못하는 엄마를
도와야 한다는 책무를 생각하면 마음이 무거웠다.
에세이를 써서 이메일로 보내기로 마음을 굳혔다. 그렇게라
도 해서 우리 가족이 함께 모여서 살 수만 있다면 하는 마음이
너무나 간절했다.

여름 방학을 며칠 앞둔 날이었다. 그녀는 출근하자마자 CBS 지역 방송국에서 걸려 온 전화를 받았다. 에바 에릭슨 김에 관한 내용이 사실인지 확인하는 전화였다. 필시 에바가 방송국에 에세이를 보냈구나! 직감했다. 에세이에 무엇이라고 썼는지는 모르겠으나 에바에 관해서 아는 만큼 말해주었다.

방송국 PD와 통화하면서 희망적인 예감이 드는가 하면 불길한 느낌도 받았다. 반신반의라는 말은 이럴 때 딱 들어맞는 말 같았다. 에바에게 좋은 일이 벌어졌으면 다행이겠지만, 실망스러운 소식이 올지도 모른다는 방정맞은 생각을 하면서 오후 3시까지 에바를 기다리는 시간이 너무 길었다.

— 에바, CBS 방송국에서 전화가 왔었어. 네가 이메일을 보냈다며?

에바는 고개를 끄덕였다.

그녀는 에바가 방송국에 보냈다는 에세이를 읽어보았다. 어떤 글은 읽고 난 다음, 기억에서 사라지지 않고 남아도는 부분이 있을 때가 있는데, 에바의 에세이를 읽고 나서도 끝부분이 뇌리에서 사라지지 않았다.

『……나는 부자가 되는 것도 원하지 않고, 좋은 자동차를 타는 것도 원하지 않습니다. 오로지 엄마와 아빠 그리고 동생들과 함께 살 수만 있다면 더는 바랄 게 없습니다. 존경하는 방송국 PD님 도와주십시오. 저의 소원을 들어주신다면 그 은혜는 잊지 않겠습니다.

　제가 열심히 공부해서 대학에 들어가 나처럼 가정 파탄에 빠진 불우한 아이들을 돕는 공부를 하겠습니다. 살아가는 동안 어린 노숙자들을 위해 헌신하겠습니다. 청소년 노숙자에게 희망의 상징이 되고 싶습니다. 기회를 주십시오. 꼭 약속을 지키겠습니다.』

* 이 소설은 '2013년 7월 29일 미국 뉴저지주 벌겐카운티 법원에서 미성년인 딸을 체벌한 한국인 동포 김창호(49) 씨에게 가중폭행죄를 적용 364일 실형을 선고했다'는 기사를 바탕으로 썼다.

검은 마스크

*

한 사람이 빠져나갔을 뿐인데 집이 텅 빈 것 같았다. 고등학교 졸업반인 딸이 산호세 이모네 집에 가서 잤다. 사촌 동생 에마의 생일 파티를 열기로 했기 때문이었다.

나는 샌프란시스코 SF 로고가 그려진 야구 모자를 쓰고 선글라스를 꼈다. 마스크는 접어서 몸에 걸친 가벼운 점퍼 주머니에 넣고 아내더러 함께 나가자고 했다. 곧 따라 나오려니 하고 먼저 문밖으로 나가 길가에 서서 기다렸다. 마스크를 쓰면 입김이 뺨 위로 새어 나와 선글라스에 김이 서리기에 마스크는 하지 않았다. 아내가 문을 잠그고 나오면서 나란히 걸었다.

아침을 먹고 나면 동네 한 바퀴 걷는 게 일상이 됐다. 전에는 혼자서 걸었는데 지금은 아내와 함께 걷는다. 코로나 팬데믹 이후로 헬스장이 문을 닫는 바람에 아내는 헬스장에 가지 못하게 되면서 내가 걷는 운동길에 따라나섰다. 코로나 사태가 벌어지기 전에는 동네 한 바퀴 다 돌아오도록 스쳐 지나가는 사람의 그림자도 보지 못했는데, 지금은 걷는 사람이 많아졌다.

코비드 19 봉쇄령으로 모두 마스크를 쓰고 다녔다. 마스크도 색깔과 모양이 제각각이다. 검은색 마스크를 쓴 사람을 만나면 섬뜩했다. 슬쩍 피하면서 내가 당신이 싫어서가 아니라는 표시로 손을 흔들어 인사했다. 참 희한한 풍습이 다 생겼다.

짧다면 짧은 30분 걷기 운동 코스는 평지도 있고 평지를 지나면 야트막한 언덕도 있어서 숨을 가쁘게 한다. 언덕을 지나면 조그마한 공원으로 들어서고, 공원을 반 바퀴 돌아서 나온다. 언덕길과 내리막길을 두어 번 지나고 나면 아침 운동으로는 충분했다. 오늘따라 까마귀가 굵은 목소리로 짖어댔다. 미국 까마귀는 덩치만 큰 게 아니라 목소리도 굵다.

걷기도 오래 하다 보면 숙달돼서 30분 걸릴 코스를 20분 만에 끝낼 수도 있다. 부지런히 동네 한 바퀴 돌아왔다. 아내가 집 문을 열려고 열쇠를 구멍에 밀어 넣고 미처 돌리지도 않았는데 문이 슬그머니 열렸다. 아내는 이상한 예감이 들었는지 고개를 갸웃거렸다. 집을 나설 때 분명히 잠갔는데. 그만 깜빡했나? 반신반의하면서 집에 발을 들여놓는다.

나는 그것도 모르고 아내의 뒤를 따라 덜레덜레 집 안으로 들어섰다. 늘 하던 대로 문을 잠그고 신발을 벗었다. 모자와 선글라스도 벗어서 장식용 조선 장롱 위에 올려놓았다. 아내가 부엌으로 가더니 놀란 언성으로 짧고 빠르게 말했다.

— 누가 들어왔어.

말하는 뉘앙스가 사뭇 겁에 질린 목소리다. 나는 '난데없이 무슨 소리인가?' 하는 생각에 아내를 바라보았다. 아내는 눈을 동그랗게 뜨고 다급하면서도 겁에 질린 목소리로 말을 이어갔다.

— 뒷문이 열려있어…….

아내는 도둑이 들었다는 걸 직감하고 2층 마스터 침실로 뛰어 올라갔다. 그때까지도 상황을 파악하지 못한 나는 그냥 서서 어리둥절한 채로 아내가 달려가는 뒷모습을 보고만 있었다.

갑자기 검은 마스크를 쓴 건장한 남자가 2층에서 내려오면서 층계를 올라가던 아내와 부딪치듯 스치고 비켜와 내 앞을 가로지르며 바람처럼 현관문으로 갔다. 순식간에 벌어진 일이었다. 남자는 오른쪽 어깨에 커다란 가방을 메고 있었다. 너무나 갑작스럽게 벌어진 일이어서 놀라기도 했지만, 멍하니 서서 '이게 누구지?' 하는 생각에 그냥 쳐다보고만 있었다. 덩치가 크고 희멀건 남자는 얼핏 보기에 중년으로 보였다. 모자를 눌러 쓰고 커다란 검은 마스크로 얼굴을 반이나 가리고 있어서 누구인지 알아볼 수 없었다.

휑하니 현관문으로 달려간 남자는 문을 열고 도망치려다가 문이 잠겼다는 걸 알아차리고 잠긴 문을 따고 있었다.

아내가 다급하게 소리쳤다.

— 도둑이야!

번개처럼 스쳐 간 남자가 도둑이라는 소리에 나는 번쩍 정신이 들었다. 자동차 엔진에 시동이 걸릴 때처럼 금세 심장 박동이 요동쳤다. 날듯이 달려가 문을 따는 남자의 손목을 내려치면서 문을 못 열게 막았다. 다시 문을 따려는 남자의 오른팔을 잡아당겼다. 못 나가게 필사적으로 잡고 늘어졌다. 남자는 나보다 건

장한 체구에 힘깨나 쓸법해 보였다. 내 팔을 뿌리치고 문을 연 남자는 밖으로 뛰어나갔다. 나는 급한 김에 신발도 신지 못하고 따라 나갔다. 양말 발로 쫓아가면서 "도둑이야!" 하고 외쳤다.

평상시에도 늘 그렇지만, 넓은 한길에는 지나다니는 차량이나 사람도 없다. 남자는 불과 100미터쯤 떨어진 길 건너편에 세워둔 차를 향해서 뛰었다. 오른쪽 어깨에 멘 묵직한 가방 때문에 빨리 뛰지는 못하고 오리처럼 뒤뚱거렸다. 뒤뚱거리던 남자의 호주머니에서 휴대폰이 길바닥에 떨어졌다. 남자는 돌아서더니 두어 발짝 되돌아와서 휴대폰을 집어 들고 다시 차로 향했다. 순간이나마 남자를 붙들고 늘어질 기회가 있었지만, 힘에 부칠 것 같아서 감히 덤벼들지는 못했다.

얼핏 자동차 번호판을 찍어야겠다는 생각이 머리를 스쳤다. 뒷주머니에서 휴대폰을 꺼내 사진을 찍으려고 하는데 손이 떨리고 휴대폰은 왜 이리 작동이 더딘지, 애가 탔다. 남자는 자동차 문을 열고 가방을 벗어서 옆좌석에 던져 넣고 몸을 숨기듯 차 속으로 들어가 문을 닫았다. 나는 급한 대로 차 뒤에서 번호판이 나오도록 사진을 두 장 찍었다. 시동을 건 남자는 차를 몰고 황급히 사라졌다.

호리호리하고 늘씬한 옆집 펠슨 부인이 마스크를 쓴 채로 휴대폰을 귀에다가 대고 내게로 걸어왔다. 돌아가는 상황을 보고 이미 경찰에 연락을 취하는 중이었다. 펠슨 부인에게 사진에 찍힌 차량 번호를 읽어주면서 경찰에 신고해 달라고 부탁했다. 부

인과 마주 서서 미처 몇 마디 정황을 나누기도 전에 플랫폼에
전동차가 들어오듯 경찰차가 들이닥쳤다.

마스크를 쓴 경찰관은 한쪽 귀로 내가 하는 말을 들으면서
한편으로는 경찰서에 무전으로 범인의 차종과 색깔, 차량 번호
와 인상착의를 설명해주느라고 바빴다. 백인 경찰관은 나보다 몸
집이 작았으나 다부져 보였다. 나는 경찰관에게 사건을 설명하면
서도 흥분이 가라앉지 않아서 말을 조리 있게 하는지, 어떤지조
차 가늠이 되지 않았다. 알아들었다는 표시로 고개를 끄덕이던
경찰관이 집 안에 들어서면서 도난당한 물건이 무엇인지 물어보
았다. 아내의 뒤를 따라 경찰관과 나는 2층으로 올라갔다.

마스터 침실 드레스 룸의 문이 활짝 열려있었다. 장롱 맨 위
서랍 7개를 모두 열어놓았고, 침대 옆의 붙박이장도 열어놓았
다. 무엇이 없어졌나 둘러보던 아내가 이것저것 기억해 냈다.

— 부엌 싱크대 위에 놔둔 핸드백이 사라졌고, 침실에서는 보
　석 상자가 통째로 없어졌어.

그러면서 서랍 속을 살펴보았다.

— 구찌 시계 케이스하고, 하모니카도 박스째로 없어졌네.

아내는 없어진 물건이 무엇인지 열심히 기억을 더듬었다. 보
석 상자라고 해봐야 옛날 뒤주를 본떠서 만든 것으로, 가로세
로로 성인 남자 한 뼘 반 정도의 크기로 전통 옻칠을 해서 겉만
그럴듯해 보일 뿐, 값나가는 보석은 없는 빈 상자였다. 장모님이
쓰던 진주목걸이와 전 대통령이 평통자문위원에게 준 손목시
계, 대통령 이름이 새겨진 만년필 정도가 들어있었다. 금전적인

가치는 없고 그저 유품에 불과한 물건들이었다. 구찌 시계 케이스는 시계가 들어있지도 않은 빈 케이스였고, 그까짓 하모니카는 없어도 그만인 물건이다.

아내는 핸드백에서 지갑을 빼서 별도로 보관했기에 핸드백에는 별로 중요한 물건도 없었다. 운전면허증과 렉서스 차 키에 묶여있는 집 열쇠가 들어 있었고, 버리지 않고 들고 다니던 유효 기간이 지난 비자카드가 한 장 있었다.

도둑도 급해서 그랬겠지만, 별것 아닌 물건들을 자기 가방에 담느라고 바빴던 모양이었다. 실제로 물건이 들어 있는 케이스인지, 빈 케이스인지조차 확인하지 않고 눈에 띄는 대로 허겁지겁 쓸어 담기에 바빴다는 걸 한눈에 알아볼 수 있었다.

범인은 부엌에서 뒷마당으로 나가는 문틈에 스크루드라이버를 끼워 넣고 어거서 문을 열었다. 들어오자마자 여차하면 도주할 요량으로 현관문 잠금장치를 풀어놓고 2층으로 올라가는 주도면밀함을 보였다.

경찰관에게 파손된 부엌 뒷문을 보여주기 위해 뒤뜰로 나갔다. 경찰관은 도둑이 들어온 과정을 살펴보면서 부서진 뒷문을 사진에 담았다. 2층으로 올라가 열려있는 장롱 서랍도 찍었다.

뒤따라 경찰차 2대가 연거푸 왔다. 경찰관 한 사람은 길 건너 후리오의 집으로 탐문 수사를 하러 갔고, 또 다른 경찰관은 후리오의 옆집인 자크네 CCTV를 보러 갔다.

처음부터 나와 이야기를 나눴던 경찰관은 즉석에서 조서를 꾸몄다. 조서를 노트북 컴퓨터에 입력하는 줄 알았는데 그렇지 않았다. 리포트 양식의 A4 용지를 꺼내놓고 볼펜으로 또박또박 써 내려갔다. 내가 기억나는 대로 말해 주면, 경찰관은 내 말을 받아 적었다. 깨알 같은 글씨가 A4 용지에 촘촘히 들어찼다.

범인은 50대로 보였고, 키는 나보다 조금 컸다. 체중은 그런대로 꽤 나갈 것 같았다. 거기까지는 확실한데 그다음에 어떤 옷을 입었는지, 무슨 색깔의 옷이었는지 묻는데 기억이 나지 않았다. 마치 꿈속에서 본 도둑처럼 아물거렸다.

짙은 남색 점퍼에 청바지를 입은 것 같다고 더듬거리며 말했다. 모자를 쓴 건 분명한데 무슨 모자였는지 기억해 내지 못했다. 옆에서 듣고 있던 아내가 털로 짠 모자, 스키 모자라고 해서 그런가 하면서 동의해 주었다. 장갑은 끼지 않았고 무기도 없었다. 검은 마스크를 쓰고 있었고 둘러메고 나가는 가방이 무척 커 보였을 뿐이다.

경찰관은 조서를 다 꾸민 다음에 마지막으로 내게 물었다.

— 범인이 잡히면 처벌을 원하십니까?

나는 의아해서 잠깐 머뭇거렸다. '무슨 질문이 이래?' 하는 생각도 들었다.

— 물론이지요. 범인을 처벌하는 게 당연한 거 아닌가요?

내가 되묻는 말에 경찰관은 "알았다"고 간단하게 말하고는 나의 의사를 기록으로 남겼다. 법에 〈반의사 불벌 조항〉이 있다는 사실은 얼마 후에야 알게 되었다.

그러면서 자기가 읽을 테니 틀린 부분이 있으면 말해달란다.

쭉 읽어가는데 다 내가 한 말 그대로였다. 맞으면 서명 날인하라기에 해 주었다.

경찰관과 함께 우리 집 CCTV를 되돌려 보았다. 다큐멘터리에 등장하는 수사반장처럼 영상을 아침 9시 부분부터 빠른 속도로 훑어 나갔다. 화면에 범인의 차가 나타났던 때는 9시 15분이었다. 범인은 도요타 밴인 주황색 시에나를 타고 와서 우리 집 앞 길가에 세웠다. 차 안에서 어느 집이 빈집인지 살펴보는 시간이 45분 정도 걸렸다.

그사이에 우리 옆집인 펠슨 부인의 집으로 음식 배달차가 왔다 갔고, 길 건너편에서 후리오가 현관문을 열고 나와서 자기 집 앞마당을 돌아보는 모습이 보였다. 돌아가는 상황을 지켜보던 범인은 그 두 집은 포기한 것으로 보였다. 드디어 차를 움직이더니 200여 미터쯤 가서 되돌아왔다. 이번에는 우리 집 길 건너편에다 세웠다.

10시 반에 우리 부부가 집을 나서는 모습이 CCTV에 찍혔다. 우리가 걸어가는 모습을 지켜보던 범인은 10분쯤 기다렸다가 게이트를 열고 뒷마당으로 들어가는 장면이 적나라하게 찍혀 있다.

자크네 집 CCTV 녹화 영상을 확인하고 온 경찰관이 또 다른 정보를 알려 주었다. 범인이 자크네 현관문 앞에서 두리번대는 모습이 찍혔는데 자크네 집 현관문에는 'ADT 보안 시스템 작동 중'(동작, 소음 등이 포착되면 자동으로 집주인 휴대폰에 알림이 뜨면서 이웃 ADT 멤버들에게 알려 준다) 이라는 스티커가 붙어있어서 포기하고 돌아선 것 같다고 했다.

내 기억력이라고 하는 게 이렇게 엉망인 줄은 미처 몰랐다. CCTV 녹화 장면을 돌려보았더니 조금 전에 내가 묘사한 것이 허상이라는 게 드러났다. 범인은 털모자가 아니라 야구 모자를 쓰고 있었고, 맨손이 아니라 장갑도 끼고 있었다. 점퍼도 짙은 녹색이었다. 야구모자를 눌러 썼고 커다란 검은 마스크로 얼굴을 가리고 있어서 알아볼 수 없었다.

경찰관은 범인이 우리 집을 노리고 온 게 아니라 어떤 집을 털까? 고르고 있다가 아내와 내가 집에서 나가는 걸 보고 순간적으로 우리 집을 선택한 것 같다면서 이런 말도 들려주었다.

— 범인이 사전 정보도 없이 아무 집이나 털겠다고 돌아다니는
  거로 봐서는 풋내기 도둑 같습니다.

그러면서 사건과는 무관한 것도 물어보았다.

— 실례지만 어떤 일을 하십니까?

— 비즈니스를 운영하는데요.

— 아! 그렇군요.

경찰관이 묻는 말투로 보아 내 직업이 무엇이기에 고급주택가의 큰 집에서 사는지 알고 싶어 하는 것처럼 들렸다.

*
* *

전화로 사건의 자초지종을 듣던 딸은 나보다 더 놀라는 목소리였다.

— 내가 집에 있었으면 큰일 날 뻔했어, 늦잠 자느라고 방에 누워 있었을 텐데 범인이 집을 털고 나가다가 나를 보았다면 죽여버렸을지도 몰라. 제니퍼도 그래서 죽었잖아. 범인이 집에 들어왔는데 제니퍼 혼자 있었거든, 범인이 잡히지 않으려면 목격자가 없어야 한단 말이야.

딸의 말마따나 정말 딸이 집에 없었던 게 천만다행이었다. 수년 전에 딸과 같은 중학교에 다니던 제니퍼란 여자아이가 집에서 살해당한 일이 있었다. 아직도 미제 사건으로 남아 있는 까닭은 목격자가 없기 때문이다. 딸의 끔찍한 말을 듣고 났더니 소름이 끼쳤다. 밝은 대낮인데도 이 방 저 방이 꺼림칙해서 드나들기 싫었다.

딸은 집에 오자마자 제 방에 들어가 혹시 없어진 물건이 있는지 들춰보았다. 나중에 들어서 알게 된 거지만, 대학에 갈 때 가져가려고 새로 산 노트북이 그대로 남아 있다면서 좋아했다.

딸은 당장 집 열쇠를 바꾸고 자동차 키도 프로그램을 새로 입력하라고 성화를 부렸다. 하지만 자동차 키 프로그램을 바꾸는 것도, 현관문 잠금장치를 갈아치우는 것도 예약 없이는 이뤄지지 않았다. 빨라야 내일 바꿔주겠다고 해서 오늘 밤은 그냥 지내는 수밖에 없었다.

범인도 시간이 없어서 그랬겠지만, 내 서재의 노트북도, 패밀리룸에서 아내가 쓰던 노트북도 그대로 남아 있다. 더군다나 패밀리룸에 있는 아내의 노트북 옆에는 휴대폰이 있고 휴대폰 케이스에는 카드 여러 장이 들어 있었다.

범인이 우리 집에 들어와 값나가는 물건들을 챙겨 가기에는 시간이 너무 촉박했던 모양이다.

온종일 마음이 뒤숭숭해서 아무 일도 손에 잡히지 않았다. 점심을 먹었는지, 어쨌는지도 기억이 나질 않았다. 오후도 한참 지났는데 은행에서 연락이 왔다. 범인이 주유소에서 비자카드로 기름을 넣으려다가 거절당했고, ATM 기계에서 현금 인출을 시도했다는 보고도 받았다. 하지만 효력이 정지된 카드여서 작동하지 않았다.

과도하리만치 스트레스가 쌓여갔다. 범인이 렉서스 자동차 키와 집 열쇠를 가지고 갔으니 앞으로 벌어질지도 모를 일을 상상만 해도 아찔했다. 언제든지 우리 집 문을 열고 들어와 차를 끌고 갈 것만 같은 불길한 예감도 들었다. 아니면 집 앞에서 기다리다가 아내가 차를 몰고 나가면 뒤따라가 주차장에 세워놓은 차를 끌고 달아날지도 모른다는 생각도 해 보았다. 스산하고 흉흉한 생각은 꼬리에 꼬리를 물고 이어지면서 감당하기 벅찬 불안감을 유발했다.

날이 어두워지면서 도둑이 들었던 집은 두려움이 밤안개처럼 깔려 있었다. 어딘가에 도둑이 숨어 있는 것 같고, 문을 따고 들어올지도 모른다고 생각하면 섬찟했다. 범인이 우리 집 열쇠를 가지고 있다는 게 불안감을 끊임없이 자극했다. 밖이 깜깜해지면서 더욱더 스산하고 두려웠다.

불안감을 덜어보려고 CVS 잡화상에서 컴비네이션 자물쇠를 사 왔다. 그것도 2개씩이나. 하나는 뒷마당으로 드나드는 게이트를 걸어 잠갔고, 다른 하나는 렉서스 차를 세워둔 차고 문을 잠갔다. 자물쇠를 잠갔더니 마음이 조금 놓이기는 했으나 그렇다고 해서 두려움까지 다 사라진 건 아니었다. 밖에도 불을 밝혔다. 앞마당과 뒷마당에 불을 밝힐까 했으나 아내가 그럴 필요는 없다고 해서 앞마당만 밝혔다. 그래도 마음이 놓이지 않아서 빈방에 불을 켜놓고 사람이 있는 것처럼 보이게 했다. 잠을 자려고 해도 어려서 무서운 귀신 이야기를 듣고 난 날 밤이면 눈을 감아도 귀신만 떠다니던 때처럼 불길한 생각이 꼬리를 물고 이어졌다.

잠깐 잠이 들었나 했더니 깨고 말았다. 새벽 3시도 안 된 시각이었다. 뒤척일 뿐 더는 잠이 오지 않았다.

아침에 일어나자마자 창밖을 내다보았다. 안개가 자욱했다. 하늘이 주저앉은 듯한 짙은 안개 때문에 앞이 잘 보이지 않았다. 잠을 설치고 났더니 쓸데없이 하품이 자주 나오고 두 눈에는 핏발이 서 있었다.

늘어지게 늦잠을 자야 직성이 풀리는 딸이 어쩌자고 일찍 일어나 부산을 떨더니, 샤워라도 하는지 화장실 문을 닫아걸고 마냥 시간을 끌었다.

아내와 아침 밥상 앞에서 마주 앉았다.

— 오늘 정임이 남자 친구가 집에 들른다네요.

— 남자 친구?

— 왜 있잖아요, 고속도로 건너편 가난한 동네에 사는 한국 남자애 에드 말이에요.

— 에드가 정임이 남자 친구라고?

— 아마 그렇게 됐다나 봐요. 졸업 댄스파티에 같이 가기로 했

다더군요.

— 어느새 무슨 남자 친구야.

— 무슨 얘기예요, 고등학교 3학년이면 알 만할 때도 됐지. 오늘 난 같이 걷지 못해요. 집에서 기다렸다가 에드가 오는 것도 보고 마실 거라도 챙겨 줘야지, 안 그래요?

나는 아무 대꾸도 하지 않고 알아들었다는 표정만 지어 보였다. TV 뉴스는 3차 코로나 팬데믹이라면서 저소득층은 심리적, 경제적 압박에 가정 폭력까지 더해져 팬데믹의 고충을 3배로 겪는다는 뉴스를 내보내고 있었다. 코로나19로 경기가 어려워지자 생계형 절도 피해가 늘어났다는 소식도 전했다. 아나운서는 차량 내 귀중품 절도, 우편물 절도, 노상강도가 빈번히 벌어져 주의가 요구된다면서 차 안에 가방, 귀중품, 전자기기 같은 물건을 놓고 내리지 말라고 강조했다.

코로나 팬데믹이 시작된 3월부터는 운영하던 가게 문을 닫았다. 집에 갇혀서 지내는 바람에 이제 막 걸음마를 배운 아기처럼 걷기에만 열중했다. 아침에 동네 한 바퀴, 오후에 또 한 바퀴를 걸었다. 아침에 한 번 걷고 나면 강제로 폐업한 비즈니스라든가 코로나에 걸리지나 않을까 하는 스트레스도 풀리고, 운동도 되고, 기분 전환도 되면서 그런대로 마음이 놓였다.

여름 한 철 동안 코로나 팬데믹의 불길이 잡히는 듯해서 이제 조금만 더 기다렸다가 백신이 나오면 코로나도 끝나겠거니 했다. 그러나 코로나바이러스라는 게 처음부터 그리 호락호락한 상대가 아니었나 보다. 이번 추수감사절에는 가족이라도 5인 이상은 모이지 말아 달라는 정부의 간곡한 당부에도 불구하고 많은 사람이 비행기 여행을 떠나더니, 결국 3차 팬데믹으로 이어졌다.

또다시 모든 영업이 중단됐다. 하다못해 식당의 야외 테이블 영업도 금지됐다. 직장인들은 출근하지 못하고 집에서 근무하고 소상공인들은 아예 영업을 접고 노는 형국이 되고 말았다.

우리 부부가 운영하던 창문 인테리어 사업은 가내 지출 5순위 업종에 속하다 보니, 사람들은 제일 먼저 먹고사는데 돈을 지출하고, 다음으로는 교통비나 주거비에 쓰고, 교육비, 각종 수리비 심지어 여유가 생기면 여행까지 다녀온 후에야 마지막으로 창문 인테리어 치장에 돈을 썼다. 코로나 직격탄을 맞은 우리 가게는 일찌감치 문을 닫고 좋은 세월이 돌아오기만을 기다리고 있었다.

그나마 다행인 것은 캘리포니아주 정부에서 영업 중단 업체를 구제하기 위한 '코비드 19 특별 상여금'이 나왔다. 그와는 별도로 연방 정부가 제공하는 소상공인 보호 프로그램 덕분에 주택담보 월부금도 연장받을 수 있었고, 가게 월세나 전기세도 지원받아서 그런대로 버티는 중이었다.

오늘따라 안개가 끼어 있어서 날씨도 칙칙하고 기분도 우울했다. 한참 걷다가 공원으로 들어섰다. 캘리포니아에 내려진 코로나19 봉쇄령인 '스테이 앳 홈(집에 머물러라)'에 따라 어린이 놀이터도 폐쇄되었다. 그네는 걷어 올려서 말아놓았고, 미끄럼틀은 타지 못하게 노란 비닐 테이프로 주변을 둘러놓았다. 신나게 뛰어

노는 아이들마저 사라진 공원은 쓸쓸하기 그지없었다. 미송 가지 위에서 짖어대는 까마귀 소리만 들렸다.

동네 한 바퀴를 걷고 집에 다 왔는데 집 앞 길가에 낯익은 차가 서 있었다. 도요타 시에나 밴이다. 그것도 주황색이 아닌가. 신경이 곤두섰다. 눈살을 찌푸리며 차 번호판을 보았다. 끝자리 숫자가 48번인 게 어제 도둑이 타고 도망간 차가 맞다. 화들짝 놀랐다. '도둑이 또 왔나?' 본능적으로 긴장하면서 단박에 혈압이 회오리바람처럼 치솟았다.

얼른 현관문을 열고 집안으로 들어섰다. 거실에는 아내와 딸과 에드가 앉아 있다. 에드가 일어서면서 뭐라고 인사를 했는데 내 귀에는 들리지 않았다. 엉뚱하게도 의심 가득한 눈초리를 번득이면서 뒤틀린 목소리로 물어보았다.

— 저 차가 자네 찬가?

— 아, 저 차요? 저희 아버지 찬데요, 오늘은 제가 끌기로 했어요.

— 아버지는 어디 가셨는데?

말을 하면서도 흥분이 가라앉지 않아서 내 목소리가 내 목소리 같지 않았다.

— 실직해서 집에서 쉬고 계세요.

— 실직했다고? 얼마나 됐나?

— 지난 3월 코로나 팬데믹 직후부터요. 일이 없대요.

다급하게 물어는 봤지만 나도 내 정신이 아니었다. 드러나지 않게 표정 관리를 하면서 더는 묻지 않았다. 얼추 계산해 보면 실직이 벌써 아홉 달째라는 말이었다. 미처 흥분이 가라앉지 않은 상태에서 대화에 잘못 끼어들었다가는 무슨 실수라도 저지를 것 같았다. 마음을 가다듬고 2층 서재로 올라갔다. 의자에 앉아서 두근거리는 가슴을 쓸어내렸다. 휴대폰을 꺼내 어제 찍은 사진을 열어보았다. 끝자리 숫자가 48번에다가 주황색 도요타 시에나 밴이 맞다. 어려운 수학 문제를 받아든 것처럼 머릿속이 복잡했다.

에드 아버지라는 작자를 한 번도 본 적은 없지만, 저 차의 주인이라니. '그렇다면 에드 아버지가 범인이 아닌가? 신고해야 하나, 말아야 하나?' 하는 생각으로 머리가 착잡하고 혼란스러웠다. 그것보다도 먼저 '이 사실을 아내와 딸에게 말해 줘야 하나?'하는 생각을 하면서 머리를 굴려 보았으나 판단이 서지 않았다. 마음을 가라앉히려고 컴퓨터를 켜고 오늘 아침 신문을 클릭해 보았다. 가슴이 두근거려서 글자가 눈에 들어오지 않았다. 이 신문 저 신문을 클릭하면서 타이틀만 읽다가 말았다.

에드가 돌아갔다면서 아내가 문을 열고 들어왔다. 아내는 문 앞에 서서 에드가 한 말을 늘어놓았다.

— 에드가 컬럼비아대학교와 듀크 대학교 두 군데에서 그래픽 디자인 예술과에 조기 합격했다는 통지서를 받았다네요. 받았으면 뭘 해요, 그래픽 디자인 학사학위를 받는데 들어가는 등록금만 60,000달러가 넘는다는 거예요. 거기에다가 교재비, 기숙사비는 별도구요. 경비가 너무 많이 들어서 포기하고 돈 안 드는 커뮤니티 초급 대학에 가기로 했다지 뭐예요. 아버지가 실업수당도 끊기고 힘들어하는데 차마 대학 등록금 내 달라는 말이

나오지 않더라고 하더군요. 어린 게 기특하기도 하지……;

아내는 마치 자기 일인 양 안타까워하면서 말을 이어갔다.

— 정임이가 대학교에 다니는 동안, 멀리 떨어져서 지내야 한다
며 섭섭해하는 게 딱해 보이더라고요.

딸은 500마일이나 떨어진 UC 샌디에이고에 가기로 했기 때
문이다. 그러면서 이런 말도 전해 주었다.

— 경찰서에서 전화가 왔는데요, 내일 정오에 사진을 가지고 올
테니 범인을 식별해 달라더군요. 사진으로 범인을 알아보겠
어요?

아내의 말 한마디, 한마디가 내겐 암묵적인 두려움으로 다가
왔다. 판단이 서지 않은 마음 때문에 굳게 닫힌 입은 열릴 엄두
가 나지 않았다.

도둑이 들었던 집은 어딘가 스산했다.

이틀째건만 불안하고 초조한 마음은 가시지 않았다. 그동안
등한시했던 고장 난 전구들을 다 갈아 끼웠다. 오후에는 자물
쇠 수리공이 현관문 잠금장치를 새것으로 바꿔주었고 핸디맨이
와서 부엌 뒷문도 수리해 주었다. 자동차 딜러에 가서 렉서스
키 프로그램도 바꿨다.

저녁이 되자 아내가 문을 잠갔다고 했건만 내가 다시 확인했
다. 그래도 불길한 생각이 가시지 않았다. 안방 문도 이중 잠금
장치로 바꿨다.

다음 날, 일어나자마자 뭐 달라진 게 없나 해서 하나하나 눈

여겨보았다.

한번 당했던 터라 아침에 운동하러 나서기가 꺼림칙했다. 그러면서도 '설마 또 당할까?' 하는 생각에 아내와 나는 마주 보고 웃었다. 걸으면서도 혹시 누가 우리 집을 노리는 건 아닌지 하는 불안이 가시지 않았다. 걷는 사람들은 늘 그 사람이 그 사람이다. 그렇다고 아는 사람은 아니지만 낯익은 얼굴들이다. Cal 로고가 붙은 야구 모자를 쓰고 걷던 할아버지가 우리를 보더니 아는 체를 했다. Cal은 UC 버클리의 로고다. 늙었을망정 자신이 UC 버클리 대학교 출신이라는 사실을 은연중에 자랑하고 싶어 한다는 걸 한눈에 알아볼 수 있었다.

할아버지는 아내를 붙들고 집에 도둑이 들지 않았느냐고 물었다. 아내가 그렇다면서 두 사람이 서서 도둑 이야기로 이야기꽃을 피웠다. 잃어버린 물건은 없느냐, 경고음 장치가 없었느냐는 둥, 한참 떠들기에 아내가 아는 사람이려니 했다. 헤어지면서 할아버지는 음향 보안 장치를 설치하라고 진심 어린 조언까지 해 주었다.

나중에 아내는 전혀 모르는 할아버지라면서 웃었다. 소문은 금세 퍼져나가 온 동네가 다 알고 있었다.

약속 시각 보다 일찍 나타난 경찰차가 집 앞에서 우리를 기다리고 있었다. 경찰관은 우리 부부를 따로 떼어놓고 먼저 나에게 범인 사진을 보여주었다. A4 용지에 꽉 들어찬 남자 얼굴이 너무 선명하게 나타나서 실물처럼 보였다. 경찰관은 조심스레 내 눈치를 살피면서 말했다.

— 한 사람의 운명을 가르는 일이니까 신중하게 처리해 주시기

바랍니다.

— 알았습니다.

가슴이 두근거렸다. 사진만 보고 야구 모자에다가 검은 마스크로 얼굴을 거의 다 가렸던 범인을 식별한다는 건 불가능에 가까웠다. 첫 번째 사진은 백인 남자였다. "노"라고 대답했다. 경찰관은 말로 대답하지 말고 사진 밑에다가 '확인 불가'라고 쓰고 서명 날인해 달란다. 두 번째 사진 역시 범인이 아니었다. 세 번째 사진은 동양인 남자였다. 자세히 보았다. 어딘가 에드의 모습이 묻어있었다. 특히 가느다란 눈매가 그랬다. '확인 불가'라고 적었다. 그리고 두 장을 더 보았지만 한 장만 빼고는 모두 백인이었다. 내게서 진범을 찾아내지 못한 경찰관은 저리로 물러나 있어 달라고 한 후, 다음 차례로 아내를 불렀다.

경찰관이 가고 난 다음에 아내가 말했다.

— 동양인의 눈매가 가늘게 찢어진 게 범인 같던데?

찔끔했다. 신경이 곤두서면서 나도 모르게 다급히 물었다.

— 그래서, 범인이라고 했어?

— 아니, 괜히 잘못 말했다가 엉뚱한 사람 감옥에 보내면 안 되 잖아.

안도의 숨이 절로 나왔다. 아내 모르게 가슴을 쓸어내렸다. 손바닥을 비벼 입과 언저리에 돋아난 소름을 마른세수하듯 씻어냈다.

한 달쯤 지났을 것이다. 알라미다 카운티 검찰청에서 편지 한 통이 날아들었다. 범인을 체포했으니 도둑맞은 물품과 파손된 기물의 수리비를 청구하라는 통지서다. 딸과 아내는 이것저것 목록을 작성하고 가격을 먹였다.

도둑이 부엌에서 밖으로 나가는 뒷문을 부수고 집에 들어오는 바람에 수리비가 많이 나왔다. 도둑맞은 물건 가격과 수리비를 합치면 상당한 금액이 산출되었다.

나는 인터넷으로 카운티 법원 사이트에 들어가 사건 번호를 입력하고 범인의 신상을 조회해 보았다. 범인은 1971년생으로 아시아인이다. 검은색 눈과 검은색 머리, 키가 5피트 10인치, 체중이 180파운드나 나가는 건장한 남자다. 초범이지만 1급 절도로 기소되어 산타리타 교도소에 구금되었다가 보석금 500달러를 내고 풀려나온 상태라고 적혀 있다.

나는 검찰청에 보낼 서류를 책상 위에 놓고 며칠을 고민했다. 범인이 사랑하는 딸의 남자 친구 아버지다. 아비로서 자식이 조기 합격한 대학에 보내지 못하는 심정이 오죽하겠는가.

범인에게 배상을 청구한다고 해도 배상해줄 만한 형편이 못 된다.

눈살이 찌푸려지기에 눈을 감았다. 범인에게 배상을 청구하는 것보다 '회복적 사법(Restorative Justice)' 절차를 밟게 하는 것이

낫겠다는 생각이 들었다.

회복적 사법 절차는 범인이 자신의 행위를 반성하고, 형벌보다는 재범을 저지르지 않기 위해 교육을 받고 사회의 일원으로 복귀하는 절차를 말한다.

아내와 의논한 끝에 우리의 뜻을 간단하게 적은 서류에 서명했다.

고백

....

*

여자한테서 데이트 신청을 받아보기는 난생처음이다.

다음 주 일요일에 기차 타고 눈 구경 가잔다. 뜻밖이라 놀랐지만, 너무 좋아서 앞뒤 가리지 않고 그러겠다고 했다. 블로그를 쓰기 위해 여행을 즐겨 다니는 김 여사가 겨울이 다 가기 전에 눈 구경을 하겠단다.

내가 그녀를 김 여사라고 부르는 까닭은 처음 만났을 때부터 그녀의 지성미가 만만히 대할 상대가 아니라고 느꼈기 때문이다. 타고난 건지, 아니면 관리를 잘해서인지 건강도 괜찮아 보였고 매너가 몸에 배어 있었다. 몸매도 그런대로 갖추었고 얼굴에 주름도 별로 없는 데다가 희끗희끗한 머릿결이 잘 어울렸다. 김 여사는 나와 동년배라고는 해도 나보다 훨씬 젊어 보였다.

게다가 김 여사는 나처럼 매사에 우물쭈물하는 게 아니라 성격도 활달해서 표현력도 똑 부러졌다.

나는 미국에서 오래 살기는 했지만, 기차는 타 볼 기회가 없었다. 그러던 참에 김 여사가 같이 기차를 타고 눈 속을 달려보자니 재미있을 것 같았다. 엉뚱한 호기심도 발동했다. 기차로 리노까지 가서 하룻밤을 자고 다음 날 돌아오는 일정이다. 이게 웬 떡인가 싶었다.

그러려면 호텔에서 하룻밤을 자야 하는데 김 여사가 나하고 같이 자자는 건지, 아니면 따로 자자는 건지는 분명치 않았다. 김 여사가 무슨 생각을 하고 있는지는 모르겠으나 만일 같이 자자고 한다면 나로서는 난감한 일이다. 젊은 여자를 봐도 욕정이 살아나지 않는데 하물며 김 여사를 상대로 변화를 기대한다는 건 말도 안 된다. 그렇다고 대놓고 나랑 같이 잘 거냐고 물어볼 만큼 가까운 사이도 아니다. 살다 보니 별 희한한 고민에 다 빠지게 되었다.

내게서 여자에 대한 호기심이 사라진 지는 오래됐다. 늙으면 감정은 일 년에 3% 비율로 줄어들고, 욕정은 더 많은 분량인 8%씩 감소한다는 연구 보고서를 어디선가 읽은 적이 있다. 나도 나이가 들다 보니 감정과 욕정이 소진되다시피 했다. 요새는 약이 발달해서 비아그라 말고도 얼마든지 '어쩌고저쩌고……' 하는 소리를 듣기는 했으나 그것도 사람 나름이지, 나처럼 아예 생각조차 사라진 사람에게 의욕이 일어나게 하는 약이 있다는 말은 아직 들어보지 못했다.

샤워를 끝내고 수건으로 물기를 닦으면서 거울 앞에서 내 모습을 바라보았다. 어젯밤에 고민하느라고 잠을 설쳤더니 목살 피부가 유난히도 늘어져 주름이 많다. 주름만 없어도 조금은 젊어 보일 텐데, 영 마음에 들지 않았다. 힘없이 늘어져 있는 건 목살만이 아니다. 아래를 내려다보면 더 실망스럽다. 자생력을 잃은 게 꼭 나이 탓만은 아니다. 30년째 먹는 혈압약도 한몫했음이 분명했다.

조물주는 참으로 신기한 존재다. 나이가 들면 그냥 육체적으로 힘을 못 쓰는 정도가 아니라 아예 뇌에서 음탕한 생각마저 사라지게 만드셨으니 말이다. 생각이 없으니 힘이 없어도 상관없게 되고 만다. 이제 팔십 대 문턱에 다다랐다.

*
**

병원에 전화를 걸어 주치의를 만나고 싶다고 했다.

― 어디 아픈 데가 있나요?

접수 담당자가 상냥하게 물었다.

― 아픈 데는 없지만, 의사의 처방전이 필요해서요.

― 무슨 처방전이 필요한데요?

미성년자에게 판매가 금지된 술을 사려고 가게 앞을 기웃거리는 청소년처럼 우물쭈물하다가 겨우 입을 열었다.

― 비아그라가······.

말하면서 살짝 말끝을 흐렸다. 전화로 대화하길 천만다행이었다. 만일 전화를 받는 여성이 내 얼굴을 보았다면 주책없는 늙은이라고 생각했을지도 모른다.

— 그렇다면 주치의보다는 임상간호사에게 연결해 드릴게요.

잠시 후에 전화를 받은 임상간호사는 '꼭 그런 것까지 물어봐야 하나?' 하는 생각이 들 정도로 꼬치꼬치 캐물었다. 하다못해 옷을 벗고 누워 있는 여자를 상상하면서 바지에 손을 넣고 하는 식으로……

하지만 처방전을 받기 위해서 모든 수모를 꾹 참고 일일이 대답해 주었다. 그녀는 무엇이 그리도 당당한지 훈육 선생님이 지각생을 다루듯이 근엄한 목소리로 말했다.

— 당신의 건강 차트를 훑어보니 신장 기능이 스테이지 4군요. 성 기능 강화 보조제는 신장 기능이 25%도 남지 않은 당신 같은 환자에게는 치명적일 수도 있어서 처방해 드리지 못합니다.

임상간호사가 내뱉는 뜻밖의 선언에 당황했다. 약이 꼭 필요한데 복용하면 안 된다니? 전화통에 대고 따질 수도 없고, 사정해서 될 일도 아니다. 이번만은 봐줄 수 없겠느냐고 말하려다가 참았다. 신장 기능이 약해졌다는 건 알고 있지만, 그렇다고 성 기능 보조제까지 복용하지 못한다니? 실망이 이만저만이 아니다.

작년에 왼쪽 엄지발가락 관절이 붓고 통증이 심해서 의사에게 보여줬더니 "통풍이네요"라고 하는 바람에 놀랐다. 처음 듣는 병명이었다. 통풍은 과다한 술과 고기 섭취가 원인인데 나로서는 별로 먹지도 않는 음식들이었다. 의사는 나보다 더 의아해하면서 무엇이 원인인지 발병 원인을 찾기 위해 피검사를 위시해서 정밀 검사에 들어갔다. 신장에서 요산을 걸러내지 못하는 게 원인으로 밝혀졌다. 혈압약 장기 복용에 따른 부작용이라면서 신장 기능 스테이지 4는 75%의 사구체가 기능을 유지하지 못하는 단계라고 설명해 주었다. 한 번 기능을 상실한 사구체는 원상 복구가 안 된다면서 다음 단계는 투석으로 들어가야 한다는 바람에 덜컥 겁이 났다.

최소한 죽는 날까지 투석으로 진행되는 것만은 막아야 한다는 일념에서 식단 조절을 하는 중이다. 저염식은 물론이려니와 술과 육류, 심지어 고등어, 시금치, 토마토까지 피한다. 그렇다고 해서 채식만 고집하는 건 아니지만 흰쌀밥도 조금, 닭고기도 가슴살로 하루에 달걀 크기만큼만 먹는다. 그래도 혼자 살기 때문에 식단 조절은 무리 없이 잘하고 있다.

임상간호사의 성 기능 강화 보조제 처방 불가 선고는 내 인생의 종말 같은 충격으로 다가왔다. 특별히 이성에 관한 관심이 유별나서가 아니라 언제든지 약만 먹으면 기능이 살아날 것으로 믿고 있다가 약마저 먹지 못한다는 바람에 상실감이 더욱 크게 느껴졌다.

성 기능 강화 보조제 없이는 일이 안 된다는 걸 알고 있는 나로서는 김 여사와 함께 갈 여행이 즐겁기보다는 불안하고 두려웠다. 김 여사에게 미리 고백할까 하는 생각도 해 보았다. 그러나 상대방은 생각지도 않고 있는데 엉뚱한 고백을 하는 것처럼 황당한 일이 어디 있겠는가. 이러지도, 저러지도 못하고 고민만 하며 지냈다.

***

아내가 살아 있을 때는 비아그라를 애용했었다. 아내는 약을 감춰뒀다가 꼭 필요할 때만 꺼내 주는 버릇이 있었다. 무슨 비밀병기나 되는 양 숨겨 두었다가 내가 물어보면 선심 쓰듯 한 알을 꺼내 들고 의기양양한 표정으로 으스댔다. 한번 얻어먹기 위해서는 아내가 하기 싫어하는 일들을 도맡아서 해줘야 했다. 기름이 덕지덕지 낀 그릇을 설거지하고 소파를 끌어 내놓고 묵은 먼지도 다 닦아냈다. 사랑을 위해서라면 힘들어도 힘든 줄 몰랐다. 내가 원하기도 했지만, 아내가 행복해하니까 좋은 척하면서 넘어가 준 적도 많았다.

아내가 폐암 투병에 들어가면서부터 사랑이란 교감 자체가 영영 사라지고 말았다. 어떻게 하면 치료를 잘 견뎌내느냐가 삶의 전부였다. 죽기 얼마 전에 아내는 남아 있던 비아그라를 꺼내 오라고 했다. 자기가 보는 앞에서 모두 박살을 내서 쓰레기통에 버려달라고 했다. 죽은 사람 소원도 들어준다는데, 이까짓 게 대수냐? 하는 생각으로 알약을 하나하나 내려치면서 아내에게 말해 주었다. 당신이 없는데 이까짓 약이 뭐하게 필요하겠냐고, 말로만 그런 게 아니라 정말로 그렇게 생각했다.

악몽처럼 길었던 병간호에서 해방되면서 이제는 살만하다 싶었는데 세상은 그렇게 녹록지 않았다. 이번에는 병간호보다 더 무서운 외로움이 몸서리칠 정도로 집요하게 달려들었다. 아내가 떠난 빈집은 적막만 맴돌았다. 방에 홀로 누워 있으면 마치 관속에 누워있는 것 같은 기분마저 들었다. 시간은 왜 그리 더디게 지나가는지, 한잠 자고 깨어보면 여전히 깊은 밤이었다. 그나마 책이라도 읽었으니 망정이지, 그렇지 않았다면 우울증에 걸려도 오래전에 걸렸을 것이다.

나는 막내로 자라나서 그런지 어려서부터 유별나게 외로움을 많이 탔다. 홀어머니와 누님들 밑에서 크면서 늘 누군가와 같이 있어야 마음이 놓였다. 나 혼자 집에 있게 되는 날에는 아예 문밖에 나가 쪼그리고 앉아서 어머니가 돌아올 때까지 기다렸다. 지금 생각해 보면 병든 아내일망정 같이 있어 줘서 나의 외로움 병이 도지지 않았다는 생각이 든다.

아내가 죽은 지 5년이 지나면서 그런대로 홀로 사는 데 익숙해졌다. 하지만 외로움만은 어쩔 수 없이 끼고 산다.

딱히 할 것도 없으면서 고속버스를 타고 달리는 것처럼 노년의 하루해가 휑하니 지나간다. 늦는 일밖에 남지 않은 나이가 서글펐다. 궁여지책으로 아내 대신에 인터넷이 유일한 친구가 되고 말았다.

한동안 인터넷을 헤매다가 마음에 드는 블로그를 찾아냈다. 바로 김 여사가 운영하는 '금잔디'라는 블로그였다. 글이 산뜻하고 살아온 세월이 엇비슷해서 그런지 통하는 데가 많았다. 이 사람의 글을 살펴보니 글 쓰는 솜씨가 보통이 아닌 데다가 싱글로 산 지도 오래된 모양이다. 게다가 나처럼 미국에서 살고 있었다. 나를 더욱 흥분하게 만든 건 '금잔디'가 바로 나의 이웃 어디쯤 산다는 글이었다. 그때부터 그녀의 글에 댓글을 달았다. 그녀가 쓰는 글들은 대부분 공감이 갔기 때문에 맞장구를 쳐주었다. 그러나 아무리 댓글을 단다고 해도 '금잔디'가 누구인지 알아낼 재간은 없었다. 그렇다고 당신이 누군지 물어보거나 전화번호나 이메일 주소를 달라고 할 수도 없는 노릇이어서 그냥 댓글로 듣기 좋은 소리나 해주는 정도로 지내고 있었다.

*
**

　멀리 플로리다에서 사는 친구한테서 전화가 왔다.
　내가 대화를 나누는 유일한 친구지만, 어쩌면 그렇게도 저녁 먹으려고 밥상을 차려놓으면 영락없이 전화를 거는지 알다가도 모를 일이다. 플로리다 시간으로 밤 9시이니 잠자리에 들기 전에 거는 모양인데 그 시각이면 캘리포니아는 저녁 6시 저녁 먹는 시간이다. 아내의 장례식에 참석한 고등학교 동창이어서 편하게 떠들어도 되는 친구다.
　동창 중에서는 그런대로 성공한 동창 친구는 부부가 모두 의사로 은퇴해서 기후가 따뜻한 플로리다 은퇴촌에서 산다.
　오늘도 친구는 남자가 혼자서 어떻게 살려고 그러느냐며 장가나 가라고 너스레를 떨었다. 자기가 다니는 교회에 늙은 과부들이 많은데 한번 와서 보란다. 듣기 싫으니 그따위 소리나 하려거든 전화하지 말라고 했건만, 친구는 전화만 걸면 늘 똑같은 소리였다. 자기는 마누라 없이는 잘 수 없다면서 변함없는 자기

능력을 과시했다. 친구가 하는 소리가 말 같지 않아서 그러냐고 적당히 대답해 주면서도 믿지는 않았다. 입으로는 믿지 않는다고 하면서도 한편으로는 '정말 그런가?' 하는 의구심이 드는 것도 사실이다. 한 번 전화를 받으면 한 시간은 우습게 지나갔다.

— 야! 전화 요금도 만만치 않게 나오겠다, 아무리 부자라고 해도 통화 길게 하면 요금이 많이 나올 텐데. 이제부터는 카톡으로 해, 카톡으로 하면 돈이 안 든다니까. 문자도 보낼 수 있고 통화도 거저야.

나는 친구에게 돈 안 들이고도 소통하는 방법을 말해 주었다.

— 난 카톡 할 줄 몰라, 눈이 어두워서 작은 글씨는 보이지도 않고, 카톡은 우리 와이프가 잘하지. 내 전화기는 접었다, 폈다 하는 폴더블 폰이어서 카톡이 안 될 거야. 집사람이 스마트폰을 가지고 있으니 그 번호로 하면 되겠다.

그러면서 와이프를 부르는 소리가 들리더니 전화가 끊겼다.

'카톡' 하는 알림이 귓전을 울리기에 휴대폰을 열어보았다.

〈굿 이브닝. 카톡이 연결되었다. 이젠 여기로 연락하면 돼〉

〈알았다〉

간단하게 문자로 대화를 끝내고 늦게나마 다 식어 빠진 저녁을 먹었다.

*
**

나처럼 산전수전을 다 겪은 사람은 누군가를 처음 만나서 사귀기 시작해도 과거는 묻지 않는다. 어떻게 살아왔는지, 무엇을 했는지, 학벌이 어떤지, 재산은 얼마나 되는지 등, 그런 것은 물어볼 이유도 없고 알고 싶지도 않다. 공연히 잘못 건드렸다가 혹이나 붙이는 게 아닌지 겁이 나서다.

다만 현재가 중요할 뿐이다. 지금 건강은 괜찮은지, 먹고 있는 약이 몇 종류나 되는지, 주변에 속 썩이는 인물은 없는지 등, 이런 게 궁금할 따름이다.

대부분의 한인 노인들이 노인 아파트에서 사는 것과는 달리 나는 아내와 살던 집에서 그냥 눌러산다. 노인 아파트와 멀리 떨어져서 혼자 살다 보면 매사 요긴한 정보조차 더디 알게 된다. 모여서 사는 노인들은 서로 정보를 공유하는 관계로 다양한 상식을 알고 있었다.

들리는 소리에 의하면 요새 샌프란시스코 재팬타운 주차장에서 한인 할머니들의 핸드백을 날치기해가는 사건이 빈번히 일어난다고 했다. 한인들의 핸드백에는 현금이 많다는 소문이 퍼져서 범인들이 가장 선호하는 일차 타깃이다. 경찰에서는 이러한 문제들을 홍보로 막아보려고 가끔 '범죄 예방 교육'강의 자리를 만들었다.

이번에는 한인 노인들에게 풍족한 노후 생활 준비 방법을 알려주는 세미나가 열린다고 해서 참석해 보았다. 사회보장 연금의 혜택을 극대화하고 이를 기반으로 은퇴 이후의 탄탄한 재정계획을 세우는 방법을 설명해 주는 자리였다. 재팬타운에 있는 미야코 호텔에서 열린다고 해서 일찌감치 입장해서 자리에 앉았다. 시간이 되면서 사람들이 옹기종기 모여들었다. 나처럼 혼자 온 사람은 없었고 모두 끼리끼리 나타났다. 두리번거리는데 누가 뒤에서 어깨를 툭 치기에 돌아보니 제임스 송이다. 웃으면서 악수하는데 혼자가 아니다. 할머니 네 분과 함께 차를 타고 왔다면서 할머니들을 보고 웃었다. 제임스 송이 뒷줄로 와서 같이 앉자고 해서 그의 오른편 자리로 옮겨 앉았다. 제임스 송은 옆자리 할머니를 내게 소개해 주면서 이분이 바로 블로그로 유명한 김 여사라고 했다. 뭐, 블로그에 글 쓰는 사람이 한두 명도 아니었기에 '할 일 없는 할머니가 또 글 쓰는 모양이구나' 하고 가볍게 넘겼다. 하지만 조금은 궁금한 면도 없지 않아서 어디에다 블로그 글을 올리는지, 블로그 이름은 무엇인지 물어보았다. 듣고 보니 내가 늘 방문하는 사이트였다. 속으로 깜짝 놀랐다. 그렇다면 이 할머니가 '금잔디'일지도 모른다는 생각이 머리를 스쳤다.

— 혹시 '금잔디'……?

내가 말끝을 다 맺지 못하고 얼굴만 바라보고 있는데 그녀가 대답했다.

— 네 맞아요, 블로거 '금잔디'에요.

나는 갑자기 눈이 동그래지면서 길바닥에 떨어진 임자 없는 돈을 발견한 것처럼 반가웠다.

— 아, 그러세요. 만나 뵈어서 영광입니다. 이렇게 만나게 될 줄은 몰랐네요. 그동안 꼭 뵙고 싶었어요. 그런데 찾을 길이 없

어서 애만 태우고 있었는데 정말 반갑습니다.

너무나도 반가운 나머지 나도 모르게 너스레가 흘러나왔다.

— 무엇 때문에 날 만나려고 했는데요?

그녀는 의아해하는 표정으로 나를 빤히 쳐다보았다.

— 아, 제가 '금잔디' 팬이에요.

— 호호, 그래요? 난 그것도 모르고. 블로그에 무슨 팬이 있어요?

말로는 톡 쏘아붙이면서도 눈빛은 싫지 않아 보였다.

— 있고 말고요. 댓글 달던 '보통 사람'이 접니다.

— 보통 사람? 맞아요, 그런 사람이 있지요.

우리가 하도 반가워하니까 가운데 끼어 앉아 있던 제임스 송이 일어서면서 자리를 바꿔주었다. 덕분에 우리는 붙어 앉아서 오랜만에 만난 친구처럼 쌓였던 이야기로 꽃을 피웠다.

세미나가 끝나자 모두 재팬타운에서 점심을 먹고 가자면서 식당가로 걸어갔다. 소화 기능 저하로 점심은 거르던 나로서는 점심 생각이 없었다. 나는 점심은 거르는 사람이라고 말하고 대열에서 빠졌다. 인사를 나누고 헤어지려는데 김 여사가 한 차에 여럿이 끼어 앉아서 가기 싫다면서 나에게 동승 할 수 있겠느냐고 물어왔다. 내가 고개를 끄덕이자 김 여사는 나와 동행하게 되었다. 무리에서 빠져나온다는 게 조금은 떨떠름했지만, 나와 김 여사는 뒤통수에 꽂히는 눈총을 의식하면서 주차장으로 걸어갔다.

김 여사의 선글라스 위로 희끗희끗한 은빛 머리 물결이 출렁거렸다.

샌프란시스코 베이브리지를 건너는 데만도 10분은 족히 걸 린다.

김 여사는 오클랜드에 있는 노인 아파트에서 살았다. 같은 아파트에 한국 노인들이 이십 명 사는데, 모두 다 할머니들이 다. 부부가 사는 집이 딱 한 가구이고 나머지는 싱글들이라고 했다. 친구가 많아서 좋겠다고 했더니 말이 많아서 싫단다. 내 가 보기에는 말이 많으면 좋을 텐데 의아했다. 게다가 여럿이 모 여서 사니 외롭지도 않을 것이다.

나는 혼자서 온종일 말 한마디 못 하고 지내는 날도 많다. 며칠씩 말을 안 하고 살다가 갑자기 말을 하려 들면 반은 쉰 목 소리가 나왔다. 말을 더듬거릴 때도 있었다. 제대로 된 목소리 로 조리 있게 말하려면 적으나마 연습이 필요했다.

외로움의 정점에 도달해보지 않은 사람은 알지 못한다. 말할 상대가 없이 산다는 게 얼마나 고통스럽고 지독한 고문인지 당 해보지 않은 사람은 모른다. 세상에서 가장 무서운 것이 무엇이 냐고 묻는다면 서슴없이 말하리라 외로움이라고…….

김 여사는 주변 할머니들에게서 얻어들은 이야기를 전해주 었다.

샌프란시스코는 아파트 세가 비싸기로 유명하다. 일반 아파 트 월세보다 노인 아파트는 십분의 일만 내면 되기 때문에 인기 가 높다. 당연히 입주 신청을 해 놓고 대기하는 노인이 많다. 입 주하기까지 4~5년은 기다려야 한다. 하지만 한인 할머니들은 관리자에게 뇌물로 1년 치 월세를 현금으로 주고 새치기해서 들어간다고 했다. 입주해서 1년만 살면 그다음부터는 거저나 마찬가지라는 계산에서다.

샌프란시스코뿐만이 아니었다. 다리 건너편의 애쉬랜드에 새로 짓는 노인 아파트 역시 다들 뇌물을 두둑이 주고 입주 우선권을 받아 간다고 했다.

— 이게 다 한국 할머니들 머리에서 나온 불법 행위예요. 늙었다고 해서 이것이 불법이라는 걸 왜 모르겠어요. 불법을 저지르는데도 불감증이 걸려서 그것을 자랑으로 알고 한국인들끼리 낄낄대면서 웃어댄다니까요. 이게 어디 자랑할 만한 이야기인가요? 뇌물을 주고 천당도 예약해놨을 만한 할머니들이라고요.

김 여사는 상기된 얼굴로 말했다. 마치 신문기자가 취재한 것처럼 상세하게 내용을 파악하고 있는 김 여사가 대단해 보였다. 이런 이야기를 들려주는 김 여사는 적어도 자신은 그렇게 치사한 부류에 속하지 않는다는 것을 은연중에 내게 들려주고 싶어 하는 것처럼 보였다.

김 여사에게는 아들과 딸이 있는데, 딸이 비자카드를 만들어 주면서 마음껏 쓰고 싶은 대로 쓰라고 했단다. 하지만 별로 쓸데도 없다고 했다. 듣고 보니 김 여사가 부러웠다. 그런 효녀 딸이 내게도 있었으면 얼마나 좋을까? 부럽기만 했다.

내게는 아들만 둘이다. 둘 다 잘살고 있기는 하지만 나를 닮아서 돈에는 인색하다. 어느 자식 하나 내게 용돈을 줘본 예가 없다. 물론 내가 도움을 바랄 만큼 궁색하게 사는 건 아니지만,

그래도 자식이라면 가끔 아비를 위해서 저녁이라도 사주고 영화 관람이라도 시켜주면 고맙겠건만, 내 자식들은 그런 면에서는 못돼먹었다.

한 달이면 한두 번씩 들르던 것도 제 어미가 죽고 나서는 뜸해졌다. 어쩌다가 전화나 걸어와서 별일 없느냐고 묻고는 이내 끊어버렸다.

늘그막에는 손주들과 같이 노는 재미가 쏠쏠하다고들 하는데, 내 손주 놈들은 벌써 다 커버려서 대학 기숙사나 외지에 나가서 살고 있으니 그런 시절도 지나가 버렸다.

*
**

김 여사한테서 전화가 왔다. 눈 구경 가려면 겨울 코트가 있어야겠는데 차가 없어서 쇼핑센터에 갈 수 없으니 데려다줄 수 있겠느냐고 물었다. 남아도는 건 시간이요, 넘쳐나는 건 외로움인데 구태여 마다할 이유가 없어서 그러자고 했다. 마침 이 기회에 내 고민거리도 슬쩍 털어놓으면 좋겠다는 생각이 들었다. 기왕이면 나도 옷을 한 벌 마련할 겸 해서 아웃렛 쇼핑센터로 향했다. 겨울 해는 짧아서 저녁을 먹고 났더니 금세 어두워졌다. 수요일 저녁의 쇼핑센터는 한산하다 못해서 텅텅 비어있었다.

죽은 아내와 주말에만 다녀봐서 쇼핑센터는 늘 복작대는 줄만 알았다. 아내는 쇼핑이라면 사족을 못 쓰는 여자였다. 적어도 일주일에 한 번은 다녀와야 직성이 풀렸다. 그렇다고 무엇을 사대는 것도 아니었다. 바지 하나 샀다가 다음 주에는 다시 무르는 식이었다. 샀다, 물리다만 반복하는 아내가 딱해 보였다. 우리 부부는 쇼핑센터에만 가면 티격태격 싸움이 잦았다. 내가 사겠다는 건 아내가 말렸고, 아내가 사겠다는 건 내 마음에 안 드는 것들뿐이어서 그랬다. 어떤 때는 서로 떨어져서 다닌 적도 있었다.

그러나 김 여사와의 쇼핑은 달랐다. 한가하게 노닐면서 즐기는 쇼핑이다. 주중의 저녁인지라 영업사원들도 하는 일 없이 놀고 있었다. 우리는 쇼핑센터 가로등 불빛 아래를 천천히 걸었다. 영화 촬영 세트장처럼 폭이 좁은 길 양편으로 유명한 명품 상점들이 빼곡하게 늘어선 길을 두 사람이 다정히 걸어가는 늦은 날의 데이트다.

쇼핑센터는 축구 경기장만큼 넓어서 한 바퀴 돌아 보는 데도 한참 걸렸다. 중간중간 상점에도 들어가 봤지만, 김 여사나 나나 마음에 드는 코트는 찾지 못했다. 요새 유행하는 옷들은 스타일이 거슬렸고, 사고 싶은 물건도 없었다. 젊어서는 그렇게도 갖고 싶은 게 많더니 그 욕망이 어디로 다 가버렸는지 모를 일이다. 지지고 볶고 싸우면서도 꼭 사야만 했던 것들이 지금은 시시하게 보이니 이게 웬일인가 싶었다. 젊어서는 몸에 착 달라붙는 옷이어야만 샀는데, 이젠 그런 거 안 따지고 헐렁해도 좋다. 꼭 마음에 안 들더라도 편하면 그만이니 누가 우리를 이렇게 만들었나? 하는 생각이 들었다. 빈손으로 상점을 나서면서 우리는 마주 보고 웃었다.

김 여사와의 쇼핑은 싸우지 않아서 좋았다. 프레즐 한 봉지 사서 나눠 먹으면서 걸었다.

백화점처럼 넓은 상점을 몇 군데 드나들다가 여름 폴로셔츠를 한번 만지작거렸다. 그것도 입고 싶어서가 아니라 젊어서 좋아했던 셔츠여서 그립다는 생각에서 그랬다. 아무것도 산 것 없이 쇼핑센터를 한 바퀴 돌아서 나오는 발길은 옛날처럼 즐겁지 않았다. 마치 사랑에 실패하고 돌아누울 때처럼……

집에 와서야 생각났다. 김 여사에게 물어보기로 했던 고민거리를 그만 깜박 잊고 꺼내지도 못했다는 것을……

*
**

막상 카톡이 연결되기는 했으나 친구와 직접 소통하는 게 아니고 친구 와이프를 가운데 두고 문자를 보낸다는 게 영 꺼림칙해서 한 번도 문자를 보내지는 않았다. 친구 와이프를 실제로 본 적도 없거니와 알지도 못하는 생면부지의 여자에게 먼저 문자를 보내는 건 예의가 아니라는 생각에 아예 보낼 엄두도 내지 못했다.

오랜만에 카톡 알림이 울리기에 받아보았다. 친구의 쓸데없는 소리가 이어졌다. 자기가 다니는 교회 목사님의 누님이 홀로 사시는데 한번 만나보겠느냐는 문자였다. 서울 송파구 노인회

부회장인데 한국에 가면 찾아가 보라고 했다. 말 같지 않은 소리여서 답신을 안 하려다가 친구가 의사라 '이 친구한테 비아그라 좀 부탁하면 되겠네' 하는 생각이 떠올랐다.

〈한 가지 물어볼 게 있는데, 너 나한테 전화 좀 걸어줄래?〉

〈뭔데, 문자로 보내 봐〉

친구는 와이프를 시켜서 문자를 보내면서도 지가 보내는 문자처럼 반말로 해댔다. 조금은 헷갈렸다. 문자로 보내면 와이프가 볼 텐데 하는 생각에 께름칙해서 보내고 싶지 않았다.

〈직접 통화하면 좋겠는데, 다음에 하지, 뭐……〉

〈무슨 이야기인데, 문자로 보내라니까?〉

〈알았다. 생각해보고〉

문자로 소통을 끝내 놓고 다시 생각해 봤지만, 친구 와이프가 읽을 터이니 마음이 놓이지 않아 그만두기로 했다.

시간이 지나도 내게서 문자가 없자 친구한테서 독촉하는 메시지가 왔다. 독촉까지 받고 났더니 생각이 달라졌다. 에라, 모르겠다. 할 수 없지, 친구에게 문자를 보냈다.

〈비아그라 한 알만 구했으면 좋겠는데, 혹시 너 쓰다 남은 거 없니?〉

〈야, 난 그따위 약이 필요 없는 사람이야. 그런데 너 여자 생겼냐?〉

〈그게 아니라, 필요할 때 써먹으려고 준비해 둘까 해서〉

〈내가 말했잖아, 난 약 같은 거 필요 없이 그냥 타고난 체질이라고, 부러울 거다. 이게 다 젊었을 때 관리를 잘해서 그런 거야〉

더는 문자를 보내지 않았다. 아무리 동창이라고 해도 지 자랑만 해대는 녀석은 도움이 되지 않는다고 생각했다.

한참 시간이 흐른 후에 카톡이 왔다.

〈남편이 애용하는 구입처인데 몰래 보내드리는 거예요. 이리로 전화하면 처방전 없이 다음 날 받을 수 있어요〉

무료 전화번호가 적힌 문자를 받았다. 친구 와이프가 남편 몰래 보내 준 게 분명했다. 모르는 여자였지만 친구 와이프가 내심 고마웠다.

한편 친구가 자신을 과장해서 떠들던 말이 긴가민가했는데, 그렇지 않다는 확신이 들어서 위안이 됐다. "그러면 그렇지……." 하는 역전 드라마를 혼자서 완성해 냈다.

*
**

일요일 아침, 리노로 가는 기차를 기다리고 있었다. 에머리빌 기차역은 작은 듯 넓었으며 탑승객도 많은 듯 적었다. 1월 중순이면 한겨울인데도 춥지 않았다. 그래도 겨울인지라 지난날에 입던 코트를 꺼내 입었다. 옷이 커서 그런지, 내가 너무 말라서 그런지 몸에 걸친 코트가 마치 부대 자루처럼 겉돌았다.

역사 로비에는 두툼한 코트를 입은 사람이 있는가 하면 춥지 않으니 얇은 반소매 티셔츠만 입은 사람도 있었다. 아무리 미국이 자유의 나라라고는 해도 시도 때도 없이 아무 옷이나 입고 다니는 사람들은 계절도 모르는 멍청이처럼 보였다.

정시에 맞춰 기차가 플랫폼에 들어오자 우리는 2층 칸으로 올라갔다. 자리는 텅 비어있었다. 몇 안 되는 승객들의 좌석은 뒤편에 몰아 놓았다. 스피커를 통해 차장의 목소리가 흘러나왔다. 트러키에 도착하면 손님이 꽉 찰 것이니 이동할 생각하지 말고 자기 자리를 지켜달라는 부탁이다.

김 여사를 창가 쪽에 앉히고 나는 통로 쪽 자리에 앉았다. 좌석은 매우 넓어서 두 다리를 쭉 뻗어도 남아돌 만큼 널찍했다. '미국인들은 키가 커서 좌석이 널찍널찍한가?' 하는 생각이 들었다. 그러나 의문은 곧 풀렸다. 이 기차는 시카고까지 가는 기차다. 시카고까지는 꼬박 사흘이 걸린다.

기차 시스템은 매표부터 전부 디지털화돼 있는데, 가장 중요한 속력만큼은 아날로그식 그대로 느렸다. 아주 느릿느릿 구렁이 지나가듯 천천히 달렸다. 달린다는 말이 무색할 정도였다. 모든 게 빨리빨리, 자동차도 빨리 달려야 하는 디지털 시대에 그와는 반대의 경험을 맛본다는 것이 흥미로웠다.

기차를 타고 캘리포니아 시에라 네바다산맥을 넘는 기분은 자동차를 탈 때와는 달랐다. 자동차는 앉은자리에 묶여서 자유를 잃은 채로 가는 여행이지만, 기차는 서서 다닐 수도 있고 식당이나 매점에 들러서 원하는 걸 사 먹을 수도 있다. 심심하면 로비에 가서 커피를 마실 수도 있어서 자유를 만끽하는 여행이다.

높은 혈압과 약해진 신장 때문에 커피를 마시지는 못했지만, 김 여사를 위해서 한 컵 사 들고 자리로 왔다. 김 여사는 커피를 좋아했다. 그것도 주로 아메리카노 블랙으로 마셨다.

자리에 앉아서 창밖을 내다보려면 시야에 김 여사의 얼굴도 함께 들어왔다. 커피 마시는 그녀의 모습은 창밖의 풍경보다 더 아름다웠다. 가슴이 두근거리고 괜히 기분이 좋다. 그동안 우울하게만 살다가 모처럼 맞이하는 즐거움에 웃음꽃이 절로 피어났다.

김 여사가 손가방을 뒤적이더니 작고 투명한 플라스틱 박스를 꺼냈다. 박스를 열고 곶감 하나를 건네주는데, 하얀 분꽃이 곱게 피어있는 곶감의 주름살이 마치 노인의 피부처럼 쭈글쭈글했다. 곶감을 한입 물었다. 부드럽게 씹히는 맛이 쫀득쫀득한 게 먹을 만하다. 초콜릿은 너무 달아서 감당하기 힘든 데 비해서 곶감은 은근히 달콤했다. 노인이 먹기에는 쭈글쭈글할망정 곶감이 월등히 낫고 먹기에도 편했다. 겨울에 먹는 곶감의 맛은 별미 중의 별미였다.

기차는 버클리역에서 한 번 정차했다가 그다음에는 바닷물이 만조를 이룬 리치먼드만을 따라서 북상했다. 중간중간에 시골의 고풍스러운 골동품 같은 역에 들려서 몇 명 안 되는 승객을 내려놓고, 다시 태우고 출발했다. 해발 1,000피트에 있는 콜팩스를 지나도록 눈은 보이지 않았다. 그러다가 2,000피트에 도달하자 눈 덮인 산이 나타났다. 흰 눈이 온 천지를 뒤덮고 있었다. 심지어 하얀 눈은 미송의 푸른 잎에도 덕지덕지 붙어서 떨어질 줄 몰랐다. 크리스마스카드에서나 보던 그런 풍경이다.

기차는 뱀처럼 코너를 굽이굽이 돌며 높은 산맥을 넘어갔다. 천천히 달리는 기차 안에서 내다보는 눈 구경이 경이롭다. 아름다운 경치에 감탄사가 저절로 나왔다. 동화 속의 꿈나라로 입성하는 기분이다. 나뭇가지마다 소복이 내려앉은 눈이 내 마음과 영혼을 어린 시절로 데려갔다. 근심 걱정 없이 눈 속에서 뒹굴던 행복했던 날들을 떠올렸다.

깊고 푸른 도널드 호수를 내려다보며 경치를 즐겼다.

김 여사는 휴대폰을 들고 연신 사진을 찍었다. 나는 김 여사가 기차 여행하는 모습을 사진에 담아 주었다. 휴대폰을 들이대고 "치~즈"하면 김 여사가 활짝 웃었다. 여행은 인생을 즐겁고 행복한 시간으로 몰아간다. 즐거운 시간 중에서도 사진 촬영이 행복한 순간의 정점이다.

사랑의 클라이맥스처럼 행복의 정점은 짧기만 했다.

올해는 날씨가 춥지 않아서 도널드 호수가 얼지 않았다. 호수를 지나면서 트러키에 다 왔다는 차장의 목소리가 들렸다. 나는 김 여사에게 옛날이야기를 하나 해 주었다.

— 갓 서른을 넘었을 때였어요. 트러키에 뻔질나게 드나들었지
  요. 아내 친구가 이곳으로 이사 와서 살았거든요. 아내 친구
  경자 씨나 남편 존은 아깝게도 일찍 하늘나라로 가고 없네요.

지나가 버린 옛 추억이 떠올랐다.

40여 년 전만 해도 트러키는 작은 간이역에 불과했다. 오늘 내가 보는 트러키는 옛날의 트러키가 아니다. 관광 붐을 타고 열 곱은 더 발전했다. 반면에 내가 사는 오클랜드는 40년 전이

나 지금이나 그 모양 그대로 머물러 있다. 돈벌이에 무능한 나로서는 한번 정해진 자리를 떠나면 무슨 큰 변이 생기는 줄 알고 꼼짝도 못 하고 제자리만 지키면서 산다. 아내가 죽은 지 5년이나 됐어도 그냥 그 집에서 사는 것도 다 내 미적미적하는 성격 탓이다. 매사에 소극적이고 결단력 없는 내가 나 자신도 싫지만, 어쩔 수 없이 끌려가며 그럭저럭 산다.

김 여사도 젊어서 겪었던 이야기 한 토막을 들려주었다.

그녀는 어려서부터 똑똑했다고 한다. 대학교를 졸업하자마자 자신보다 열 살이나 많은 검사와 결혼하겠다고 나섰다. 아버지가 극구 반대하는 바람에 집을 나와서 먼저 살림부터 차렸다. 신촌에 방 한 칸을 얻어서 살았다. 그때는 정말 행복하기만 했다. 저녁이면 둘이서 밖에 나가 외식을 즐기고 주말이 되면 인천 송도에 가서 석양을 바라보며 달콤한 케이크를 먹었다.

어느 날 어머니가 찾아와 울면서 말했다. 아버지가 뒷조사를 해봤더니 검사가 아니더라고……. 그래도 믿지 않았다. 우리를 떼어놓기 위한 거짓말로 들렸다. 그러면서도 한편으로는 유심히 살펴보았다. 보면 볼수록 남편의 행동이 부자연스러워 보였다. 직업이 검사라면서 법률 서적 한 번 들추는 걸 본 일이 없었다. 정시에 출근하는 것도 아니었다. 무엇인가를 숨기고 있는 눈치여서 뒤를 캐기 시작했다. 남편이 자주 들르는 명동 다방 마담을 찾아가 어머니에게서 들은 이야기를 해주었다. 화장을 짙게 한 중년 마담이 한심하다는 듯이 빤히 바라보더니 입을 열었다.

— 이런 말 해서는 안 되는 줄 알지만, 사정이 딱해 보여서 어

쩔 수 없이 말해 주는 건데요. 그 사람, 검사도 아니고 시골에 처자가 있는 분이에요.

말을 듣는 순간 입이 딱 벌어지면서 앞이 캄캄했다. 그렇게도 멋지게 보이던 남자가 이제는 흉악범처럼 보였다. 한동안 고민에 빠져 있다가 헤어지기로 마음을 굳혔다.

듣고 보니 그런 남자와는 일찍 헤어지기를 잘했다는 생각이 들었다. 보통 여자들은 그런 사실을 알고도 질질 끌려가기 마련인데, 지혜롭게 결단을 잘 내렸다고 말해주었다.

— 그래요, 다들 그렇게 말하더군요. 하지만 난 사회생활에 자신이 있었거든요. 그래서 결단을 쉽게 내렸던 거예요.

— 그러면 다시 재혼했나요?

— 재혼한 게 아니라 곧바로 신문사에 기자로 취직했어요.

아! 김 여사가 과거에 기자였구나, '어쩐지 글을 잘 쓴다고 했지' 하는 생각이 머리를 스쳤다. 김 여사가 글을 재미있게 잘 쓰기에 수필가 정도로 알고 있었지, 그녀가 한국에서 신문기자로 지냈을 거라고는 상상도 하지 못했다.

*
**

겨울 해가 꼬박 넘어간 다음에야 리노에 도착했다. 어둑어둑해진 거리에는 눈이 내리고 있었다. 눈이 내리는 바람에 마음도, 기분도 '붕~' 들뜬 느낌이었다. 흰 눈이 우리를 축복해 주었다. 소리 없이 내리는 눈은 고요함을 자아내 편안하고 포근한 분위기를 만들어 주었다.

오랜만에 찾아온 리노는 많이 변해 있었다. 다운타운에 있던 기차역이 지하로 내려갔고 거리도 잘 정비되어 있다. 그러나 중심가를 가로지르는 대형 아치 네온사인인 〈World's Biggest Little City〉는 옛날에나 지금이나 그대로였다.

간단한 손가방 하나만 달랑 들고 김 여사를 따라 실버 레거시 카지노로 들어섰다. 요란한 불빛 사이로 여기저기 슬롯머신에서 동전 떨어지는 소리가 들렸다.

김 여사를 따라 길게 늘어선 슬롯머신 대열을 지나서 호텔 로비로 향했다. 괜히 가슴이 두근거렸다. 호텔 방에 들어서면 뭐라고 말을 꺼내야 할지, 행동은 어떻게 해야 할지 감이 잡히질 않았다. 점점 초조해지면서 자신감마저 사라지는 게, 주눅 든 강아지처럼 숨을 곳만 찾았다.

김 여사의 얼굴을 바라보았다. 김 여사가 나를 마주 보면서 미소를 지었다. 오늘따라 유난히 환한 김 여사의 얼굴을 보는 순간 덜컥 겁이 났다. "약을 어디에 뒀지?" 안주머니에 손을 넣고 찾아보았다. 약이 손에 잡혔다. 안도의 숨이 절로 나오면서 마음이 놓였다.

방 열쇠 카드에는 '2216'이라는 번호가 또렷하게 박혀 있었다. 카드를 받아서 주머니에 넣는 순간 나도 모르게 얼굴이 굳어지는 느낌이 들었다. 엘리베이터를 타고 방까지 가는 내내 말 한마디 하지 못하고 김 여사의 얼굴도 쳐다보지 못했다.

방은 넓었지만, 그만큼 휑해서 썰렁해 보였다. 침대보를 씌워 잘 정돈된 침대 위에는 베개가 여러 개 있었다. 호텔 침대를 보니 아득한 옛날에 죽은 아내와 부산 해운대로 신혼여행 갔을 때 겪었던 첫날밤 생각이 났다. 그때는 침대 위에 장미꽃 한 다발이 놓여있었다.

그러나저러나 이 밤이 우리들의 첫날밤이 될지도 모르는데, 그냥 지나치면 김 여사가 섭섭해할지도 몰라서 프런트 데스크에 전화를 걸었다. 붉은 장미 스물네 송이 한 다발을 주문했다.

— 웬걸 스물네 송이나 주문해요?

김 여사가 놀란 듯 토끼 눈을 뜨며 말했다. 나는 웃으면서 농담조로 말했다.

— 24시간 사랑한다는 의미로 주문하는 거예요.

김 여사의 얼굴이 환해지면서 소리 내어 웃었다. 나는 분위기가 어색해지기 전에 얼른 저녁이나 먹으러 가자고 둘러댔다.

뷔페 레스토랑은 한산했다. 훈제연어에 갓 구운 빵으로 입가심하고, 로스트비프와 매시트 포테이토까지 한 접시를 듬뿍 담아왔다. 먹고 싶은 음식들이 많아서 신장 때문에 조심해야 할 음식 목록도 잊어버리고 신나게 먹었다.

김 여사는 생선과 홍합을 담은 접시와 굴만 하나 가득 담은 접시를 들고 왔다. 굴이 담긴 접시를 내 앞에 놓아주면서 정력에 좋으니 많이 먹어 두라며 웃었다. 농담인지, 진담인지 감이 잡히지 않았으나 나를 위해서 하는 말 같아서 따라 웃었지만 한편 불안했다.

김 여사가 웃으면서 말했다.

— 약은 무슨 약을 복용하세요?

— 혈압약하고 요산 거르는 약을 먹고 있어요.

— 요산 약은 무슨 약이지요?

— 신장 기능이 스테이지 4라 요산을 거르지 못해서……

내 말을 주의 깊게 듣던 김 여사가 잠시 무엇인가를 심각하게 생각하는가 싶더니 고개를 갸웃거리며 말했다.

— 신장 기능이 스테이지 4라면 함부로 약물을 복용해서는 안 되겠군요.

김 여사는 뭘 좀 아는 것처럼 말하고 있었으나, 나는 내심 속으로 '신장에 관해서 알고 있어 봤자지'라고 생각했다.

우리는 천천히 카지노를 둘러보다가 누가 먼저라고 할 것도 없이 엘리베이터를 탔다.

방에 들어서자 탁자 위에 놓여있는 붉은 장미 다발이 눈에 들어왔다. 풍성한 장미 다발을 김 여사에게 안겨주면서 이마에 가볍게 키스했다. 김 여사는 장미를 가슴에 안은 채 얼어붙은 조각상처럼 눈을 감고 그 자리에 그냥 서 있었다. 김 여사를 꼭 껴안았다. 장미 다발이 두 사람의 밀착을 방해하고 있었지만, 고개를 삐쭉 내민 장미꽃의 웃는 표정도 사랑스러워 보였다.

침대 옆으로는 안락의자와 티 테이블이 놓여있고 벽은 넓은 유리창으로 되어 있다. 창가로 다가가서 도시의 야경을 내려다보았다. 눈발은 멎었지만, 하늘은 여전히 찌뿌둥했다. 거리의 반

짝이는 불빛이 별처럼 빛났다. 멀리 보이는 차가운 LED 불빛은 마치 별이 땅에 떨어져 있는 것 같았다.

뒤에서 그녀의 목소리가 들렸다.

— 먼저 샤워하세요.

말을 하면서도 그녀는 조용한 음악을 찾아서 라디오의 다이얼을 돌리고 있었다. 슬며시 속옷을 꺼내 들고 초조했지만 태연한 척하며 샤워장으로 향했다.

신장 기능이 약해지면서 피부의 비계 층이 얇아지고 수분이 빠져나가 까칠하고 가려웠다. 긁으면 비듬만 떨어졌다. 피부과 의사가 비누칠은 하지 말라고 해서 비누칠 없이 물로만 샤워한 지도 오래됐다. 샤워장에 들어서자마자 물만 묻히고 나왔다.

자리에 누워서 김 여사가 샤워를 끝내고 나오기를 기다렸다. 가슴이 두근거리고 조마조마했다. 라디오에서는 클라리넷으로 연주하는 '해변의 길손'이 들릴까 말까 한 작은 소리로 흘러나오고 있었다.

왼손에 비아그라를 쥐고 망설였다. '30분 전에는 먹어둬야 하는데, 신장 기능 스테이지 4에는 치명적이라던데 그래도 먹어야 하나? 아니면 사실을 고백할까?' 하는 고민만 이어졌다.

무슨 샤워를 그리 오래 하는지, 샤워장에 들어간 김 여사는 나오지 않았다. 샤워가 아니라 목욕으로 몸을 녹이는 모양이었다. 기다리는 시간이 길어지면서 별별 생각이 다 들었다. 혹시 김 여사가 실망하지나 않을까 하는 생각과 폼 한 번 잡으려다가 건강을 망치는 건 아닌지 하는 생각에 이러지도 저러지도 못하고 고민만 깊어갔다.

문득, '친구 뒀다 뭐 하나? 이럴 때 써먹어야지'하는 생각이 들었다. 네바다가 저녁 8시면 플로리다는 밤 11시일 것이다. 너무 늦어서 카톡을 보낼까, 말까 망설이다가 '에라, 모르겠다. 내가 급한데 어쩌겠어?' 하는 마음에 보내고 말았다.

〈신장 기능 스테이지 4에서 비아그라를 먹으면 신장이 나빠진다는 게 사실이냐? 너 혹시 알아?〉

〈괜찮아 먹어〉라는 대답을 기대했지만, 답신은 오지 않았다. 기다려도 오지 않는 게 이미 자는 모양이다. 곧바로 괜히 보냈다는 후회가 밀려왔다. 보내버린 문자를 취소하겠다고 스마트폰을 두드렸더니 문자가 내 폰에서는 사라졌지만, 상대는 이미 읽었을지도 모를 일이었다.

김 여사가 샤워를 끝내고 나오기만을 기다리는 초조한 시간이 한없이 길었다. 스마트폰에서 '카톡'하고 알람이 울렸다. 잽싸게 열어보았다.

〈남편은 자고요. 신장 기능 스테이지 4에서 비아그라를 복용하면 독이 되겠네요. 신장에 악영향을 끼칩니다〉

고맙게도 친구 와이프가 밤이 깊었는데 잠도 자지 않고 답글을 달아주다니 미안하기만 했다.

'친구 와이프도 의사인데……' 하는 생각과 정보를 믿어야만 한다는 생각이 맞물리면서 섭섭하기도 하고 미안하고 창피하기도 했다.

얇은 잠옷으로 갈아입은 김 여사가 목욕을 끝내고 나왔다. 드라이어로 말린 머리를 핀 컬로 정성스럽게 말아 올렸다. '김 여사의 은빛 머리가 부드럽고 우아한 웨이브를 유지하는 건 거저가 아니구나' 하는 생각이 들었다.

김 여사가 불을 끄더니 미끄러지듯 침대로 들어와 내 곁에 누우면서 말했다.

— 푹 주무세요.

뜻밖의 말에 귀를 의심했다. '김 여사가 한 말 맞아?' 하는 생각도 들고, 의아하게 느껴지기도 했다. 확인부터 해야 했다.

— 뭐라고 하셨어요?

— 주무시라구요.

분명하게 들었다. 전혀 내가 예상인지, 상상인지 했던 상황이 아니었다. 내가 뭘 잘못했나? 하는 생각도 들었다. 물어볼까 말까 망설이다가 나직한 목소리로 말했다.

— 무슨 일이 있었나요?

— 자자는데 무슨 일이 있어야 해요?

그녀가 되물었다. 뜨끔하면서 헷갈렸다. 예상은 이런 게 아니었는데 하는 생각에 잠시 침묵이 흘렀다. 김 여사는 라디오를 끄면서 매사 똑 부러지게 처리하는 김 여사답게 말을 이어갔다.

— 손이나 잡고 자자구요.

나는 얼떨결에 김 여사에게 오른손이 잡힌 채로 눈을 감았다.

보보스(Bobos)

*

아내는 내게 불만이 많다.

자기는 외모나 교양으로 보아 소위 '사자' 붙은 부인 정도는 돼야 했다고 믿고 있다. 내게서 얻지 못한 성취감을 아들에게로 대물림해 이어갔다.

아들 브라이언은 어려서부터 오로지 의사가 되어야 한다는 소리만 듣고 자랐다. 늦을 대로 늦어지기는 했지만, 이제 의사 면허도 받았다. 유명한 의사의 엄마이기를 바라는 아내는 오늘도 아들을 향한 집념을 놓지 못했다.

— 여보, 브라이언 말이에요. 지금쯤은 생각이 바뀌지 않았을까?

— 생각이 바뀌다니?

— 아, 지난번에 브룩스하고 헤어질 때도 갑자기 달려와서 이혼하겠다고 하지 않았수. 이번에도 에밀리와 헤어지겠다고 하지 않을까?

아내가 무슨 말을 하려는지 나는 이미 알고 있었다. 그것도 벌써 몇 년 전의 일이다. 하루는 브라이언이 달려와 새로 결혼한 브룩스와 이혼하겠다면서 열변을 토했다. 브룩스의 이메일을 훔쳐봤더니 부정한 여자라는 걸 알아냈단다.

얼마나 부정한 짓을 했는지는 모르겠으나 이랬다저랬다 하면서 갈라서겠다는 아들이 한심해 보였다. 그렇다고 부정한 여자와 살라고 할 수도 없는 노릇이었다. 브룩스와는 그렇게 헤어졌다.

아내는 아침부터 부산을 떨었다. 파마해서 구불구불한 웨이브에 잘 어울리는 은테 안경을 낀 아내는 기숙사 사감 같은 인상을 풍겼다. 오늘은 석 달 만에 아들이 방문하는 날이다.

나는 탁자 앞에 앉아서 신문을 펼쳐 들었다. 아내는 핫 워터 팟(전기 주전자)에 물을 붓고 스위치를 켰다. 불과 1분도 안 돼서 물이 끓었다. 참 편리한 세상이다. 지난번 아내의 생일에 아들과 같이 사는 에밀리가 사다 준 독일제 명품 라이녹스의 스테인리스 제품 핫 워터 팟이다.

아내는 캐비닛을 열고 내 커피 머그잔과 자신의 커피잔에 맥스웰 인스턴트커피를 타서 들고 왔다. 탁자 앞에 앉으면서 커피 머그잔을 내게 내밀었다. 표현은 안 했지만 나는 속으로 놀랐다. 이상하다는 생각도 들었다.

모닝커피야말로 늘 내가 타 주던 입장에서 갑자기 대접받고 보니 뭔가 잘못 돌아가고 있었다. '오늘이 내 생일도 아닌데……?' 아내의 눈치를 살폈다. 아내는 기분이 좋아 보였다. 입가에 미소까지 지으면서 소곤소곤 말을 꺼냈다.

— 지난번에 브라이언이 집에 들렀을 때, 눈치를 봤더니 헤어질
준비가 다 된 것 같더라고요. 아, 저도 알지. 마흔을 넘긴 게
언젠데⋯⋯. 애도 낳아야지. 언제까지 저러고 살 거예요? 이
번에는 기회를 놓치면 안 돼요. 정신 똑바로 차리고 있다가
다짐을 받아내야 해요.

나는 아내가 무슨 말을 하려는지 짐작이 가고도 남았다.

아내는 에밀리를 무척 싫어한다. 싫어하다 못해 이혼하기만
을 바라고 있다. 에밀리와 결혼한 지 2년이 지났으니 지금쯤은
사랑도 식었을 것이다. 아이도 없겠다, 이참에 이혼했으면 딱 좋
겠다는 게 아내의 바람이다.

브라이언도 의사 면허를 땄겠다, 봉급도 올랐겠다, 이제 사정
이 전과는 달라졌다. 그렇다고 나이 먹은 아들더러 "나는 에밀
리가 싫으니 헤어져라" 하고 대놓고 말할 수는 없었다. 아내는
브라이언의 입에서 헤어지겠다는 말이 먼저 나오기만을 학수고
대하고 있었다.

나는 어떻게 해서라도 말려보려고 했지만, 아내는 내 말은
듣지 않았다.

— 아니, 그렇게 미루다가 애까지 낳으면 어쩌려고 그래요?

아내가 언성을 높이는 거로 봐서 이번에는 꼭 결판을 내려는
것처럼 보였다.

— 그렇게 태평하게 있지만 말고 어떻게 좀 결단을 내려요. 브

라이언을 불러놓고 "더는 집안 망신시키지 말고 헤어져라!" 이런 식으로 똑 부러지게 말을 해줘야 브라이언도 알아들을 게 아니에요.

아내는 침까지 튀기면서 속사포처럼 말을 퍼부었다. 나는 말도 안 되는 요구라고 생각했지만, 그렇다고 맞받아칠 만한 말주변도 없고 입장도 못 된다.

— 그런 얘기를 왜 나더러 하라는 거야? 하려거든 당신이 하지.

나는 우물거리며 물러섰다.

— 중요한 말은 아버지가 나서서 해야 먹혀들 게 아니에요?

아내는 고압적이면서도 천박하게 재촉했다. 그러면서 한바탕 사설을 늘어놓았다.

— 그동안 브라이언이 두 번이나 이혼하게 된 건 학생 신분에다가 돈이 없어서 일어난 일 아니유? 돈이 웬수지, 돈이 웬수야. 말이야 바른말이지, 브라이언이 에밀리와 결혼한 것도 다 돈 때문이잖아요? 간호사로 돈을 잘 버는 바람에 아들이 붙어사는 거 아니냐는 말이에요. 브라이언을 의사로 키워놓았으니 떵떵거리며 자랑해도 모자랄 판에, 이놈의 며느리 때문에 아들 자랑도 못 하고 쉬쉬해야 하니 이게 어디 말이나 되느냐고요?

아내의 말투로 보아 정말 속이 타는 모양이다. 사실 나는 그냥 내버려 두면 됐지, 헤어지라는 말은 하고 싶지 않았다. 그렇다고 가만히 있을 수도 없어서 슬쩍 한마디 던졌다.

— 정 말하고 싶으면 당신이 하지 그래.

내 말이 떨어지기가 무섭게 아내는 입을 벌린 채로 내 얼굴을 빤히 쳐다보았다. 아내의 눈빛으로 보아 '어이가 없다, 놀랐다'라는 표정이었다.

내가 아내의 말을 정면에다 대고 거절하기는 이번이 처음이다. 같이 살아온 지 40년이 넘었어도 "노"라고 대답한 적은 거의 없었다. 나는 "노"라고 대답할 처지가 못 된다. 지금까지 아내 덕에 살아왔다. 아내는 나보다 다섯 살이나 많은 연상이라 엄마나 누님처럼 의지하면서 살았다.

나는 어려서 어머니를 잃었다. 어머니 없이 성장하면서 어머니 콤플렉스를 갖고 있었다. 어머니에 관한 이야기는 입 밖에 꺼내지도 않았고, 누가 어머니 이야기를 하면 슬며시 자리를 피했다. 아내는 굶주린 모정을 채워주는 존재이면서 동시에 나의 앞날을 열어준 수호천사였다. 허구한 날 술에 절어 실업자로 방황하던 나에게 미국에 가서 잘살아보자고 용기를 북돋아 준 사람이 지금의 아내다. 미국에서 사는 아내의 언니가 우리를 초청해주었다. 이래저래 나로서는 아내를 함부로 대할 수도 없으려니와 미국에 오면서는 아내의 말을 거역하면 안 된다는 엉뚱한 열등감마저 생겼다.

— 어휴. 답답한 양반 같으니라고. 아, 이런 문제도 하나 해결 못 하는 주변머리 하고는……. 에그, 쯧쯧쯧…….

아내는 특유의 못마땅하다는 표정을 지으면서 늘 하던 대로 "끌 끌 끌" 혀를 찼다.

*
**

에밀리는 정식 간호사여서 돈은 잘 벌었지만, 케냐에서 온 흑인 여자다. 피부가 까맣다 못해 윤기가 반들반들 날 정도로 반짝인다. 나이는 아들보다 10년은 어렸다.

아내는 에밀리를 며느리로 받아들일 수 없다면서 괴로워했다. 자존심이 상해서 도저히 누구에게 말하고 싶지도 않다고 했다. 친척들에게까지 쉬쉬하면서 살았다. 한 번은 조카딸 결혼식 날짜도 아들에게는 알려주지 않았다. 그런데도 브라이언은 어떻게 알아냈는지 결혼식장에 에밀리를 데리고 나타나 친척들에게 일일이 인사시켰다. 결혼식이 끝난 후 아내는 창피해서 고개를 들 수 없었다고 내게 속내를 털어놓았다.

화장실에 다녀온 아내는 물 내리는 소리가 끝나기도 전에 다시 나를 다그쳤다.

— 나 혼자 브라이언이 이혼하게 해달라고 기도하면 무슨 소용
  이 있어요? 당신도 협조해야지. 사랑의 콩깍지는 2년이면 벗
  겨진다고 했잖아요.

이제 사랑도 식을 때가 되었다. 이쯤에서 헤어지고 정식으로 한국 며느리를 얻어서 손자도 봐야 한다. 아내는 나를 바라보면서 내가 한 말이 틀리냐고 따져 물었다. 나는 고개를 끄덕이면서 말은 맞는 말이라고 맞장구를 쳐주었다.

하지만 속으로는 은근히 통쾌했다. 여자들 앞에서 당당하게 칼자루를 쥐고 흔드는 아들이 부러웠다. 아내에게서 받아온 구

박과 서러움을 아들이 복수라도 해주는 것 같아서 속이 후련하고 한편으로는 고맙기도 했다.

사실 나라고 해서 왜 꿈이 없었겠는가. 나도 젊어서 한때는 시도 써보고 낭만을 즐기면서 지내던 시절도 있었다. 예쁜 여자를 만나서 사랑에 빠져도 보고 싶었다. 주머니가 늘 비어있어도 술 사주는 친구가 있었고, 술에 취해 시를 읊어도 아내처럼 타박하는 친구는 없었다. 그러나 미국에 온 이후로 내 주머니는 늘 비어있다. 주급은 아내의 통장으로 들어가고 나는 밥이나 얻어먹고 살았다. 그러면서도 이것이 다 아내의 덕이라고 생각하며 살았다. 아내는 아들 장가보낼 때까지만 고생하면 고생도 끝이라고 했다.

그러나 아들이 세 번씩이나 장가를 들어도 끝은 보이지 않았다.

브라이언은 의과대학에 입학하자마자 한국에 다녀왔다. 한국에 다녀오더니 비행기 안에서 만났다는 스튜어디스를 사랑하게 됐다면서 시도 때도 없이 전화질이었다. 한번 통화가 시작되면 끝낼 줄 몰랐다. 그해 겨울, 한국에 나가서 결혼식을 올리겠다고 했다. 아들의 나이가 겨우 22살이었다.

안사돈 될 사람한테서 전화가 왔다. 결혼식 준비는 다 해놓을 터이니 몸만 나와달라고 했다. 아내와 나는 쪼들리는 살림에서 비행기 삯을 카드로 긋고 한국에 나가 결혼식에 참석했다. 색시는 스튜어디스 출신답게 늘씬하고 예쁘장했다. 결혼식은 강남 르네상스 호텔에서 성대하게 치렀다.

그동안 새색시가 모아놓은 돈으로 신혼집도 마련했다. 그러나 알콩달콩 살아야 할 신혼 생활인 데도 아들은 몇 달 살아보지도 않고 느닷없이 이혼하겠다고 나섰다. 여자가 술 마시고 담배 피운다는 것이 표면적인 이유였다. 하지만 사람이 이럴 수가 있는가. 버릇이야 고쳐가면서 살면 된다고 여러 번 말렸으나 아들은 막무가내였다. 사돈댁에서 전화가 왔다. 들어보나 마나 이혼은 안 된다는 이야기였고, 지당한 말씀이라고 대답해주었다.

다시 아들을 설득해보았지만 소용없었다. 하는 수 없이 어정쩡하고도 비열한 절충안을 내놓았다. 색시가 영주권을 받을 때까지만 기다렸다가 이혼하든지 말든지 하라고 했다. 말은 그렇게 해놓았지만 설마 하는 기대를 버리지 않았다.

그러나 일 년 뒤에 아들은 결국 이혼하고 말았다. 색시가 장만했던 집을 팔아서 둘이 나눠 가졌다. 캘리포니아 법에 따르면 이혼 시 부부의 재산은 반씩 나누기로 되어 있기 때문이다.

아들은 이혼하면서 생긴 돈으로 BMW 컨버터블을 사서 몰고 다녔다. 내가 낳은 아들이지만 어떻게 이따위로 생겨 먹었는지 이해가 되지 않았다. 참으로 지각없는 아들이라는 생각이 들었지만, 어쩌겠는가!

나는 아내에게 목이 매여있어서 꼼짝도 못 하고 끌려다니면서 사는데, 아들은 그렇지 않았다. 내가 할 수 없는 것들을 아들은 거침없이 척척 해냈다. 참으로 어처구니없어 보였지만, 한편으로는 용감하고 자신의 인생을 확실하게 사는 아들이 부러웠다.

지나고 난 다음에야 알게 된 사실인데 아들의 결혼이 파탄에 이르기까지는 문화 충돌이란 복병이 숨어 있어서 사사건건 부딪쳤다는 문제가 있었다.

아무튼, 이 일로 아내는 몹시 속이 상해 있었다. 아들이 의과대학에 다니는 것만으로도 자랑스러운데 거기다가 늘씬하고 예쁜 스튜어디스 출신의 며느리까지 얻었으니 얼마나 의기양양했겠는가. 그런 꿈이 한순간에 사라지고 말았으니 속상해할 만도 했다.

*
**

― 여보! 이 구찌 핸드백 어때? 얼마짜리 같아 보여?

― 보나 마나 짝퉁이겠지.

― 짝퉁이나마 한번 사 줘봤어?

아내는 명품이라면 사족을 못 쓴다. 입고 있는 옷도 가짜일망정 모두 명품뿐이다. 핸드백은 물론이려니와 하다못해 신발이며 양말까지 명품이 아니면 걸치지 않았다.

오늘 점심때는 교인들이 우리 집에 모여서 바자회를 준비하기로 했다면서 나더러 나가 있다가 저녁에나 들어오란다.

'의논은 무슨 놈의 의논. 짝퉁 명품 백을 든 여자들이 모여서 수다나 떨고 싶어서 하는 수작이지' 하는 생각이 들었지만, 대놓고 말은 하지 못했다. 늘 하던 대로 설거지를 끝내놓고 밖으로 나왔다.

슬슬 걷다가 동네 리커 스토어에 들러 감춰놓았던 돈으로 로또 티켓을 샀다. 한 번만 당첨되면 원수를 갚고도 남는다. 원수가 돈이고 돈이 원수다. 돈만 있으면 나도 남자답게 살 수 있다. 돈만 있으면 아내는 납작 엎드려서 내가 하라는 대로 할 것이다. 아내는 돈에 약하다. 희망은 오직 로또에 당첨되는 길밖에 없었기에 나는 다시금 간절히 기도했다.

로또 티켓을 두 번 접어서 지갑 속에 잘 간직해 두었다. 이제부터 늦은 저녁까지는 집에 들어가면 안 된다.

나는 도서관으로 발길을 돌렸다. 도서관 2층에서 이것저것 잡지를 들추다가 창가 쪽 테이블이 비어있기에 그곳에 가서 앉았다. 창밖을 내다보았다. 간밤에 내리던 비가 아침이 되면서 멎었다. 2층 높이만큼 자란 가로수는 잎은 다 떨어지고 가지만 앙상했다. 가지마다 빗방울이 초롱꽃처럼 영롱하다. 크리스마스트리의 작은 전등처럼 일정한 간격을 유지하면서 나란히 매달려 있었다. 길 건너 인도교를 따라 젊은이가 한 손에는 스마트폰을, 다른 손에는 스타벅스 커피를 들고 걸어가는 모습이 보였다.

비가 언제 왔었냐 싶게 햇볕이 반짝 나는 겨울비 멎은 아침이다. 아이폰을 꺼내 소리를 죽이고 아들에게 문자를 보냈다. "언제 집에 올 거냐?" 그리고 다시 주머니에 넣었다.

집어 온 잡지를 펼쳐보았다.

"140세까지 살 준비가 되어 있는가?"라는 제목의 기사였다. 말도 안 되는 이야기 같아서 바로 페이지를 넘겼다.

"캘리포니아 존엄사법 통과" 존엄사법은 기대 생존 기간이 6개월 이하인 불치병 말기 환자만 치사약을 처방받아서 스스로 생을 마감할 수 있도록 규정하는 법이다. 존엄사라니. '죽는 데도 무슨 격이 있나?' 하는 생각이 들었다.

어떻게 사는 게 진정한 삶인지, 어떻게 죽는 게 진정한 죽음인지 헷갈렸다. 목숨이 붙어 있는 한 살아야만 하는 건지, 죽고 싶으면 죽어도 되는 건지, 아들처럼 하고 싶은 대로 하면서 살아야 옳은 건지, 한번 정했으면 불만이 있어도 참고 살아야 하는 건지, 참으로 인생은 아리송하다.

나는 인공지능을 지닌 가짜 인간처럼, 허우대는 멀쩡하지만 속은 텅 빈 인생을 살고 있는지도 모른다. 인간 본연의 삶은 무엇인가? 그것을 찾고 싶다는 생각에 도달하자 골치가 아파서 자리를 걷어차고 일어났다.

도서관에는 그런대로 사람들이 꽤 있었다. 테이블마다 빈자리가 없을 정도였지만 도서관답게 조용했다. 아이폰이 메시지가 왔다고 몸을 흔들어 댔다. 꺼내서 열어보았다.

"오후 6시쯤에 집에 갈 거예요."

*
**

아들이 스튜어디스 출신의 아내와 이혼하고 의과대학에 다닐 때였다. 하루는 젊고 예쁘장하게 생긴 여자를 집으로 데리고 왔다. 브룩스라고 하면서 한국 교포인데 결혼할 거라고 했다. 현직 변호사로 좋은 아파트에서 살고 있다고 소개했다. 아내와 나는 별말 없이 여자를 맞이했다. 미국에서 한국 여자를 신붓감으로 만나기도 쉬운 일은 아닌데 잘됐다 싶었다.

아내는 브룩스를 처음 만나는 색싯감인 만큼 조심스럽게 대하고 있었다. 앉을 자리를 가리키며 앉기를 권했고, 커피 대접을 하겠다고 먼저 물어보기도 했다. 늙은이만 살던 집에 젊은 여자 한 사람이 들어왔을 뿐인데 집 안이 다 환해졌다.

— 그래, 부모님은 다 계시고요?

— 아버님은 안 계시고 어머니만 계세요.

부모가 다 계시면 좋으련만 어머니만 있는 것도 괜찮다고 생각했다.

— 사람은 두고 겪어봐야 아는 것이니 시간이 좀 지나면 서로
  알게 될 거예요. 아들이 아직 학생 신분이니 서두를 것 없이
  사귀다가 결혼은 천천히 해도 괜찮지, 뭐.

아내는 두 사람을 향해 넌지시 일러두었다. 하지만 이게 웬일인가. 아들은 즉석에서 말을 끊더니 선전포고하듯 내뱉었다.

— 우린 벌써 혼인신고 마쳤어요.

나는 깜짝 놀랐다. 나만 놀란 게 아니라 아내도 놀랐다. 아니, 언제 만났다고 벌써? 아들은 우리가 미처 숨을 고르기도 전에 한술 더 떴다.

— 브룩스의 아파트에다가 신혼살림을 차렸어요.

나는 아들의 말에 아연실색하고 말았다. 나보다도 아내가 말

문이 막혀서 입을 벌린 채로 한동안 멍하니 두 사람을 바라보고만 있었다. 아무리 내 아들이지만 이런 못된 놈이 있나? 결혼은 인류지대사인데 부모에게 한 마디 의논도 없이 제 맘대로 해대다니! 더는 참을 수 없었다.

아들을 쥐어박으려고 해봤자 힘에 부칠 것이고, 돈을 대주고 있는 것도 아니니 돈으로 협박할 수도 없었다. 그렇다고 부자지간에 관계를 끊자니 늘그막인 나만 손해다.

— 혼인신고부터 해놓고 결혼식은 천천히 해도 되니까 염려 마세요.

아들은 뭐 별걸 다 가지고 심각하게 생각하느냐는 투였다.

아니, 결혼이 심각한 문제가 아니면 뭐가 더 심각하단 말인가? 대체 누굴 닮아서 이렇게 날라리 같은 생각을 하고 사는지 알 수 없었다. 그렇다고 인제 와서 뾰족한 수가 있는 것도 아니고, 별수 없이 그의 의견에 끌려갈 수밖에 다른 방도가 없었다.

그런 일이 있고 난 뒤 아들은 한동안 집에 오지 않았다. 아내가 전화해도 늘 바쁘다는 이유로 길게 말하려 하지도 않았다. 그리고 6개월쯤 지났을까? 아들이 왔다. 그날은 매우 담담한 표정으로 혼자서 들렀다. 학교는 방학이지만 밀린 공부가 많아서 마음이 편치 않다고 했다. 그러면서 일주일 동안 집에서 묵겠단다.

아내가 의아하다는 표정으로 부드럽게 물어보았다.

— 브룩스는 어떻게 하고 혼자 왔니?

— 헤어졌어요.

짤막한 한마디에 깜짝 놀랐다. 참으로 알다가도 모를 노릇이
었다.

— 의과대학을 졸업하기 전에 이혼해야지, 만일 졸업 후에 이
혼하게 되면 의사 면허를 따도 면허 권리의 반은 부인의 몫
이 되고 말기 때문에 서둘러서 이혼했어요.

아내와 나는 어처구니가 없어서 서로 쳐다만 보았다. 그래도
모처럼 만난 아들이고, 아무튼 집에서 일주일이나 쉴 거라니 천
천히 두고 물어봐도 될 일이었다.

그날은 저녁 먹으러 밖에 나갔다. 식당에 앉아서 아들이 먹
고 싶다는 음식을 주문하면서 아내가 말했다.

— 내가 그 애를 처음 보았을 때 알겠더라. 그 애가 눈을 맞추
려 들지 않는 게 무엇인가 석연치 않은 구석이 있더구나. 잘
헤어졌다. 네가 일찌감치 헤어진 건 잘한 일이야. 바다에 물
고기가 개 하나뿐이냐? 잊어버려. 내가 참하고 좋은 여자로
구해줄게.

아내는 오히려 잘됐다는 표정이었다. 다만 아들이 시무룩해
하는 것이 마음에 걸렸나 보다. 아내는 아들이 집에 와 있는 동
안 아들 곁에 붙어 다녔다.

아내는 그동안 아들에게서 얻어들은 이야기를 내게 전해주
었다. 브라이언은 브룩스의 부자연스러운 행동이 의심스러워
서 지켜보았다고 했다. 그녀는 직업이 변호사라면서 집에 법률
책 하나 없었고, 출퇴근하는 것도 아니었다. 무엇인가 숨기고 있

는 것 같아서 기회가 있을 때마다 그녀의 아이폰을 검색해 보았으나 통화 내용도 별로 없었다. 그래도 감시의 눈초리를 늦추지 않았다. 틈만 나면 그녀의 비밀번호를 찾아서 여기저기 뒤지고 다녔다. 그리고 그녀의 이메일 비밀번호를 알아내는 데 성공했다. 브라이언은 브룩스의 이메일을 열어보고 깜짝 놀랐다. 그녀는 브라이언 몰래 한국 대기업에서 미국으로 파견 나와 있는 김 상무와 교제하고 있었다. 심지어 브룩스보다 스무 살이나 많은 남자였다. 아니, 교제라기보다 아예 현지처 노릇을 하고 있었다. 이메일의 내용은 주로 김 상무가 왜 관계를 끊으려고 하느냐는 독촉이었다.

그리고 보니 그녀가 변호사라는 것도 거짓으로 보였다. 브라이언은 한동안 깊은 고민에서 헤어나지 못했다. 그리고 마침내 헤어지기로 마음먹었다. 브룩스는 쉽게 동의했다. 듣고 보니 잘 헤어졌다는 생각이 들었다. 그런 여자라면 일찍 헤어지기를 잘했다 싶었다.

이윽고 브라이언은 의대를 졸업하고 대학병원에서 인턴 생활을 시작했다. 재활의학 전문의가 되려면 내과 인턴십을 거치고 3년간의 레지던트와 2년간의 펠로십을 마친 후 1년의 보드 준비 기간을 거쳐야 한다. 재활 의사라고 하면 의학 계통의 문외한들은 별 볼 일 없는 의사 정도로 생각하기 쉬운데, 내용을 알고 보니 그렇지만도 않았다.

그런데도 아내는 브라이언이 재활전문의가 되겠다는 것에

불만이 많았다. 돈을 잘 벌면서도 유명 분야의 명성 있는 의사가 돼서 떵떵거리며 살기를 바랐다. 브라이언에게 직접 대놓고 털어놓지 못하는 불만을 나에게는 거침없이 늘어놓았다. 그래야만 속이 풀리는 것 같았다. 아내의 속풀이를 다 받아줘야만 하는 나로서는 죽을 지경이었다.

브라이언은 학교에 다니면서 융자를 얻어서 썼기 때문에 빚이 많았다. 계속해서 들어가는 돈은 우리 집을 담보로 은행 융자를 얻어서 뒷바라지해 줬다. 레지던트 2년 차에 들어서더니 근무하는 병원을 우리 집에서 멀지 않은 모데스토로 옮겼다.

그리고 전공을 바꿨다. 응급실 전문의로 방향을 바꾼 것이다. 매사 이랬다저랬다 하는 브라이언의 성격은 공부에서도 드러났다. 아무튼 그런 탓에 이래저래 햇수가 많이 걸렸다. 전문의가 되기 전까지는 돈벌이가 충분한 것도 아니었다. 브라이언은 남보다 시간이 오래 걸렸다. 인턴과 레지던트 생활을 하면서 6년 세월을 격일이기는 해도 늘 병원 당직 제도에 묶여있었다.

*
**

브라이언은 모데스토 병원에서 레지던트를 하면서 그곳에서 간호사로 근무하는 지금의 아내 에밀리를 만났다. 에밀리는 매끄럽고 까만 피부에 말할 때마다 드러나는 치아가 유난히 하얗게 빛났다. 하얀 치아 사이로 짙은 분홍색 혀가 조금씩 보일 때도 있었다. 청바지를 즐겨 입고 다녔는데 아담한 여자가 웬만큼 몸매도 갖추고 있었다. 에밀리는 정식 간호사(RN)여서 돈도 잘 벌었다.

브라이언과 에밀리는 아프리카 케냐의 수도 나이로비 외곽에 있는 우펜도의 친정집에 가서 결혼식을 올렸다. 당연히 아내와 나를 초대했지만, 우리는 아내의 반대로 참석하지 못했다.

브라이언은 미국에서 태어나기도 했지만, 개성인지, 개인주의인지가 발달해서 자기가 좋으면 부모의 의견도 개의치 않고 저 좋은 대로 밀고 나갔다. 자기주장이 뚜렷한 아들이 부럽기도 하지만, 한편으로는 한심할 때도 있었다. 내가 봐도 아들은 인종에 대한 편견이 없는 것이 신통해 보였다. 타인의 시선으로부터 자유로운 아들은 눈치라는 게 없는 사람 같았다. 부모를 위시해서 주변의 친지들이 지켜보고 있다는 사실에 대해서 조금도 구속받지 않았다.

브라이언이 그러거나 말거나 욕심이 많은 아내는 처음부터 에밀리를 못 마땅해했다. 아들은 아내의 희망이요, 꿈이자 자랑이었다. 아내 인생의 전부였다. 그런 아들이 아프리카 케냐 출신의 피부색도 새까만 여자와 같이 산다는 것을 아내로서는 이해할 수도, 어디에다가 내세울 수도 없었다. 아내의 자존심이 이런 현실을 용납할 수 없다는 것을 나는 잘 알고 있었다. 농경 사회에서 얻은 사고방식을 못 고치는 아내에게 인공지능사회에 젖은 아들을 이해해달라는 것부터가 무리였다.

아들의 결단을 못 마땅해하는 아내를 볼 때마다 나는 속으로 후련해지는 느낌을 받았다. 자기 잘난 줄만 아는 아내가 내가 당해온 좌절과 고통이 어떤 것인지 아들을 통해서 알아차렸으면 싶었다.

브라이언과 에밀리가 결혼식에 참석하지 못한 아버지, 엄마를 모시고 저녁을 대접하겠다고 해서 따라나섰다. 브라이언이 운전하는 차를 타고 샌프란시스코 리치먼드로 갔다. 네온이 번쩍이는 '보헤미안'이라는 레스토랑에서 저녁을 먹었다. 저녁 식사 후에는 입가심하겠다며 술 마시는 바로 자리를 옮겼다. 바 입구에도 보헤미안 바라고 적혀있었다. 레스토랑과 바 이름이 보여주듯 이곳은 보헤미안 클럽 멤버들만 드나드는 음식점처럼 보였다. 브라이언은 클럽 멤버여서 바텐더와 악수하면서 농지거리도 해댔다. 나는 보헤미안이 무엇을 하는 사람들인지 알지도 못하면서 아들이 하는 대로 저녁 늦게까지 앉아서 보드카 마티니도 마셨다.

남자들끼리 한쪽에 모여서 술을 마시던 서너 명이 갑자기 화형식을 올린다면서 술집에 있던 남자들을 자기네 테이블로 불러 모았다. 브라이언도 합세했다. 대표로 보이는 남자가 "모든 불안과 고민을 불살라버려!" 하며 오른손으로 술잔을 번쩍 치켜들었다. 모여든 여러 명의 손님도 따라서 술잔을 들어 올리며 "불살라버려!" 하고 화답했다.

남자는 큰 소리로 "스트레스 날려버려!, 불안 불태워버려!" 하면서 높이 쳐든 술잔을 옆 사람의 술잔과 "쨍!" 하며 부딪쳤다.

모두 따라서 "스트레스 날려버려!, 불안 불태워버려!" 하며 합창하듯 소리치며 술잔을 부딪치는 퍼포먼스를 했다. 그리고 한바탕 크게 웃었다.

아내와 나는 남들이 하는 짓거리를 바라보면서 불안을 불살라 버리라는 외침을 듣고 스트레스가 날아가 버리는 것 같은 느낌을 받았다. 반은 어리벙벙하면서도 남들이 하는 대로 따라 웃었다.

나중에서야 알게 된 사실인데 브라이언은 오래전부터 보헤미안 클럽의 멤버로서 자신도 보보족이었다. 말로만 듣던 보보스(Bobos)가 무엇인가 알아보았다. 고학력, 고소득에 디지털 시대가 요구하는 조건에 합당한 사람인 것이다. 유행이나 유명 브랜드에 관심을 두지 않는 것이 특징이라고 했다.

*
**

오후 6시가 훨씬 지났다.

아내는 아들의 이혼을 기대하는 근거로 결혼한 지 2년이 넘었으니 눈에 낀 콩깍지가 벗겨질 때가 되었다는 것과 의사 면허를 받았기 때문에 돈에 구애받지 않기 때문이라는 이유를 들었다.

이번에 아들이 이혼하면 한국에 있는 사촌 언니에게 명문 대학을 나온 색싯감을 부탁할 예정이었다. 그동안은 아들이 공부하느라고 돈을 못 벌었지만, 이제부터는 상황이 다르다. 나이가 좀 많기는 해도 남자 나이 40 좀 넘었다는 게 뭐가 문제인가.

이윽고 기다리던 브라이언과 에밀리가 들어왔다. 아내는 속내를 감추고 아들과 며느리를 유심히 살펴보았다. 별다른 기색이 보이지 않자 아내에게서 실망하는 표정이 역력해 보였다. "이혼도 때가 있는 것이다. 아이 생기기 전에 이혼해야지, 아이 낳고 나면 이도 저도 안 된다." 아내가 늘 입버릇처럼 하던 말이 생각났다. 브라이언이 주스라도 마시겠다기에 아내는 부엌으로 갔다.

브라이언이 밝고 들뜬 목소리로 말했다.

— 기쁜 소식이 있어요. 에밀리가 임신했어요. 두 달 반이나 됐는데 모르고 있었지 뭐예요.

브라이언의 말을 듣는 순간 나는 가슴이 철렁 내려앉았다. 그러지 않아도 혈압이 높은 제 엄마는 어떻게 하라고 함부로 지껄이나 하는 생각이 머리를 스쳤다. 부엌에 서 있는 아내를 보았다. 일그러진 아내의 얼굴이 보였다. 아내는 힘이 다 빠졌는지 스스로 서 있을 수조차 없어 보였다. 냉수 한 컵을 단숨에 들이켜는 게, 곧 무너질 것 같았다.

— 아이는 둘만 낳을 거예요. 곧 장인, 장모님도 모셔다가 같이 살 거구요.

브라이언이 웃으면서 말하자 그동안 한국말도 배워서 곧 잘하는 에밀리가 아들의 말을 이어갔다.

— 넓은 집으로 이사도 할 거예요.

아들과 며느리는 죽이 맞아서 연신 지껄였다.

축하해달라는 듯 웃고 있는 며느리의 눈동자가 유난히 반짝였다. 나는 걱정이 돼서 아내를 바라보았다. 아니나 다를까, 아내의 얼굴이 붉으락푸르락하면서 눈이 충혈되어 보였다. 제대로 서 있지도 못하고 비틀대는 것 같았다.

나는 잽싸게 아내에게로 다가갔으나 아내는 이미 부엌 바닥에 주저앉으면서 뒤로 벌렁 나자빠졌다. 올 것이 왔다고 직감했다. 얼른 아내를 일으키려고 하다가 양쪽 볼이 부르르 떨고 있는 것을 보고 그만 깜짝 놀랐다. 얼굴이 너무나 붉으락푸르락하고 눈동자가 충혈돼서 곧 터질 것처럼 보였다. 말도 하지 못하는 게 제정신이 아니었다.

곧바로 아들과 며느리가 달려들어서 상반신을 높게 해서 심장보다 머리를 높여주었다. 머리를 뒤로 젖혀 기도가 바로 열리게 하여 숨이 막히지 않게 조처하면서 며느리가 잽싸게 911에 전화했다. 그리고 찬물 수건을 하나는 이마, 또 하나는 가슴 위에 올려 열을 끌어내렸다. 나는 가슴이 두근거려서 지켜보고 있는 것만으로도 심장이 멎을 것 같았다.

집 안은 금세 아수라장이 되고 말았다. 아들과 며느리가 없었다면 아내는 죽었을지도 모른다. 아내가 죽으면 안 된다. 나는 안절부절못하고 집 안팎을 들락거렸다.

언제 왔는지, 응급요원이 문을 두드렸다. 요원 둘이서 아내를 바퀴 달린 들것에 눕혀 벨트로 움직이지 못하게 묶었다. 구급차는 요란한 금속성 경보음을 울리면서 가까운 병원으로 내달렸다.

아내가 인공호흡기를 매달고 응급진료실로 들어갔다. 지루하고 답답한 기다림은 그날 밤 자정까지 이어졌다. 한 차례 뇌수술에 동의한다는 서류에 서명한 것 외에 내가 한 일은 아무

것도 없다. 집과 가까운 이 병원은 오래된 병원이어서 좀 후져 보였다. 아들이 근무하는 최첨단 시설을 갖춘 병원이었으면 좋으련만 하는 생각도 해보았다.

뇌출혈은 빨리 대처하지 못하면 죽는 병인데 다행히도 아들과 며느리가 옆에 있어서 응급조처를 취했기에 망정이지, 나 혼자 있을 때 발병했다면 어찌할 뻔했나 하는 생각을 하면 아찔했다.

전 과정을 지켜본 아들의 설명이 있기까지 나는 긴 기다림 속에서 아내가 죽는 줄만 알았다. 나는 아내를 원수로만 알고 살았는데 막상 아내가 죽어가는 모습을 보니까 그게 아니라는 생각이 들었다.

수술 후 3일째 되던 날, 아내는 일반 병동으로 옮겼다.

입원실로 아들과 며느리가 찾아왔다.

— 어머님께서 신경을 너무 많이 썼기 때문에 발생한 병이에
  요. 이제부터는 안정을 취해야 해요.

에밀리는 한국말로 설명해주었다.

— 천만다행인 것은 빨리 병원에 왔기 때문에 생명을 건졌어
  요. 아니면 큰일 날 뻔했어요.

에밀리는 말로만 그러는 게 아니라 실제로 하루에도 몇 번씩 전화로 물어보곤 했다. 나는 에밀리가 고마웠다. 솔직히 말해서 나는 아내에게 원한이 많은 사람이다. 목에 줄을 달고 끌려다니는 강아지처럼 살았다.

미국에 온 후로는 죽어라 일만 했어도 아내는 늘 불만이었다. 벌이가 신통치 않다는 것이 가장 큰 이유였다. 아내의 주도

권에 휘둘려 내가 입는 옷도, 먹는 음식도 자율권이 없었다. 남편으로서의 대접은 물 건너간 지 오래여서 나는 꿈도 없는 인간 취급을 받았다. 불만은 겹겹이 쌓이고 종내에는 화병까지 날 지경이었다. 언제 이 원수를 갚을 수 있으려나 했다.

바라던 것은 아니었지만, 아내에 대한 원망은 그런대로 아들이 대신 풀어주었다. 난 그런 아들이 부럽기도 했지만, 그보다는 불만이 더 많았다. 무슨 일을 해도 진득하게 한 우물을 파지 못하고 이리저리 옮겨 다니는 꼴은 못 봐줄 지경이었다. 누굴 닮아 그런지 알 수 없었다. 아들이 보보스라는 것도 최근에서야 알았다. 아들이라고 해서 내 맘대로 되는 것도 아니었다.

누워있는 아내를 보면서 그동안의 원한은 온데간데 없고 원수라기보다는 측은한 생각이 앞섰다. 아내라고 사랑을 모를 리 있겠는가. 다 돈 때문이었다. 내가 돈만 잘 벌어다 주었다면 아내도 좋은 여자가 되었을지 모른다.

브라이언은 어쩌다가 시간이 날 때면 들렀지만, 에밀리는 하루에 한 번, 퇴근 후에는 꼭 찾아와서 아내를 보살폈다. 이것저것 챙기면서 다음 스케줄을 확인했다. 누구보다도 에밀리가 다녀가고 나면 궁금한 게 다 풀렸다.

아내도 에밀리에게서 큰 고마움을 느꼈는지 오늘 아침에는 어눌한 어투로 이런 말도 했다.

— 내~가 죗~값을 치르는 것 같아.

말하는 아내의 눈에는 눈물이 고여있었다.

인형의 비밀

*

베란다 슬라이딩 도어즈 앞 흔들의자에 앉았다. 천천히 몸을 앞뒤로 흔들면서 창밖을 내다본다. 먼 산 능선을 타고 떠오르는 태양이 싱그럽다. 하루 중에 아침나절이라야 그나마 정신이 맑다. 정신이 말똥말똥한 시간에는 글이라도 읽거나 쓰고 싶지만, 양로원 좁은 2층 방엔 책상도 없다. 벽에 걸린 그림도 한 장 없이 달랑 연명 의료 거부 서류만 붙어 있고 싱글 침대와 네 개짜리 서랍이 달린 작은 옷장 하나 뿐인 방은 쓸쓸하기 짝이 없다.

노크 소리와 함께 도우미 아주머니가 문을 열고 들어오면서 인사했다.

— 백두산 할머니 잘 주무셨어요? 아픈 데는 없고요?

에덴 양로원 직원들은 나를 백두산 할머니라고 부른다. 지난번 102살 내 생일을 축하해 주면서 나이에 비해서 너무 정정하다며 '백두산'이라는 별명을 붙여주었다.

— 맨날 그래.

아주머니는 침대를 정돈하면서 물었다.

— 인형은 어디에다 두셨어요? 아! 여기 있구나.

침대 머리맡에 던져놓은 성경책만 한 헝겊 인형을 집어다가 내게 안겨주었다. 나는 자나 깨나 늘 사내 아기 인형을 노리개 삼아 안고 살아서 요양원 직원들은 내 몸에서 인형이 없으면 곧 찾아다가 안겨 주곤 했다. 구질구질하고 고리타분한 아기 인형이지만, 안고 있으면 나도 모르게 마음이 편안하다. 내가 늘 인형을 끼고 사는 이유는 외로움을 달래기 위해서다.

100살이 넘으면서 웬만한 기억은 다 사라졌다. 지나온 세월을 모두 기억하기란 기억의 무게가 너무 무겁다. 하지만 어릴 적 기억은 선명하게 남아있다. 남아있는 수많은 기억 중에서도 인형의 기억이 명료한 까닭은 잃고 싶지 않은 사람들을 잃었기 때문이리라.

어머니가 운영하던 세탁소에서 점심으로 흰쌀밥을 먹을 때면 빠지지 않고 들려주시던 인형 이야기. 인형을 지니고 있으면 행운이 온다고 믿고 사신 어머니. 지겹도록 들어서 외우고 있다. 많은 세월이 흘렀어도 그때가 그립다.

사람들은 볼품없이 늙어버린 백두 살 먹은 할머니에게도 어머니가 있나? 어머니가 그립나? 하고 의아해할지 모르지만, 정말 나이는 숫자에 불과할 뿐 마음은 19살 처녀 같아서 어머니가 그립고, 보고 싶다. 그리운 내 어머니 이야기를 하겠는데 결코 먼 나라 이야기처럼 생각하지 말았으면 좋겠다.

내 어머니에게는 사진 신부란 꼬리표가 붙어 다녔다.

그러니까 열아홉 살 어머니가 아버지를 만나던 때가 1914년 2월이었다. 어머니는 그때를 이렇게 말해주곤 했다.

　— 요코하마항을 떠난 증기선이 하와이에서 일주일이나 정박했잖니. 배에서 내리지 못하고 대기하고 있었는데 어떤 한국인 신사가 다가와서 내가 입은 서양 옷을 보고 칭찬하더구나. 이전의 몇몇 사진 신부들이 입었던 치마저고리보다 여행하기에는 서양 옷이 더 적합하다는 거야. 한국에서 재단사였던 큰오빠가 일본으로 치수를 보내서 주문해온 양복이었거든.

　어머니는 양장을 입었다는 걸 은근히 자랑했다.

　증기선은 다시 샌프란시스코를 향해 출발했다. 공해상에서 3주간 여행하는 내내 어머니는 뱃멀미에 시달렸다. 배에서 제공하는 일본 요리는 싫증이 났기에 몇 주 동안 굶다시피 했다. 샌프란시스코항에 닿자마자 어머니는 포로수용소 같은 출입국 관리사무소에 들어가서 기다려야 했다. 출입국 관리사무소는 샌프란시스코만(灣)의 에인젤 아일랜드에 있었다.

　이민자들이 미국에 질병을 옮길지도 모른다는 이유로 출입국 관리사무소에 2주일간 격리되었다. 당시로서는 큰돈인 100달러 보증금을 내고 풀려나면서 다시 배를 타고 샌프란시스코 부두로 나왔다.

　부두에는 남편이 될 신 한이라는 청년과 샌프란시스코 감리교회 이대위 목사님이 기다리고 있었다. 청년 신 한씨는 배에 오를 수 없었고 대신 목사님이 올라왔다. 이대위 목사님은 국민회 회장이었기에 패스를 받아 배에 올라와서 이민 서류에 서명해 주었다.

내 나이가 백 두 살이라는 말을 듣는 순간 사람들은 할머니에게도 어린 시절이 있었나 하고 의아해하지만, 내게도 귀염받던 꽃다운 소녀 시절이 있었다.

내가 어렸을 때 어머니는 아버지에 관한 이야기를 이렇게 해주곤 했다.

아버지는 어머니보다 10살이 많았다. 어머니는 샌프란시스코 부두에 첫발을 디디면서 처음 본 아버지의 인상을 또렷이 기억하고 있었다.

― 그이는 그리 나쁜 외모는 아니었어. 나이가 좀 많아서 그렇지, 사진에서 본 얼굴이더라구. 나는 너무 수줍어하지 않았지. 저 남자가 내 남편이 될 사람이라는 걸 알고 있었으니까. 그때 나는 나이가 어려서 사랑이 뭔지 몰랐어. 그이는 내가 상상했던 남자의 평균이더라고. 나는 아무것도 두렵지 않았지. 그이가 좋은 사람일 거라고 믿었거든.

청년 신 한씨는 먼저 어머니를 중국 식당으로 데리고 가서 점심을 먹었다. '아! 흰 쌀밥!' 바로 어머니가 갈망하던 밥이었다. 어머니는 김이 모락모락 나는 뜨거운 밥 세 공기를 놀라운 속도로 허겁지겁 먹어 치웠다. 청년은 그녀가 작은 몸집임에도 불구하고 어떻게 그 많은 밥을 먹어 치우는지 놀라워했다. 어머니는 입을 꾹 다물고 있었지만, 속으로는 이렇게 말하고 싶었다.

'세 개의 작은 중국 밥공기가 우리의 한국 밥그릇 하나만도

못하다고요. 게다가 나는 거의 굶어 죽을 지경이었어요!'

그이는 내가 한 달 동안 아무것도 먹지 못했다는 사실을 모르고 있는 것 같았다.

— 그때는 네 아버지가 나를 얼마나 놀렸는지 몰라. 여자가 무슨 밥을 그렇게 많이 먹느냐는 둥, 뱃속에 거지가 들었느냐는 둥 하면서 말이다.

어머니는 샌프란시스코에 온 후, 열심히 일해야 밥이라도 먹을 수 있다는 것과 편견이란 무엇인지를 뼈저리게 느꼈다. 백인들 동네에 가서 살 수도 없었고 동양인에게는 세도 주지 않았다. 그 당시에 동양인은 대학을 졸업하더라도 직장을 구할 수 없었다. 길을 가다가 백인 애들을 만나면 피해 다녔다. 아이들이 동양인에게 돌을 던졌으니까.

아버지는 18살이 되던 해인 1904년 하와이 사탕수수밭에 노동자로 입국했다. 고향인 황해도에 흉년이 들면서 먹을 게 없었다. 과부인 어머니와 유일한 여동생을 부양해야 하는 가장으로서 일자리를 찾아 하와이 설탕 재배 협회가 모집하는 공고를 보고 지원했다.

2년 동안 적은 임금에 노동 착취까지 당하면서도 착실히 저축했다. 노동 계약이 끝나자마자 배를 타고 샌프란시스코로 건너왔다.

열여덟 살 생기발랄한 어머니는 마산에서 예배당에 다녔다. 그때를 어머니는 이렇게 기억했다.

— 1910년대에는 일본 지배하에서 모두 굶주릴 때였단다. 사람들은 미국이 살기 좋은 나라라고 말하곤 했지. 그보다도 나는 학교에 가서 뭔가를 배우고 싶었어. 그 시절에는 집안 누구도 여자가 학교에 가는 것을 도와주지 않았단다. 마침, 내 친구가 1년 전에 이미 미국에 가서 살면서 신랑감을 소개해 줘서 어느 정도 알고 있었어. 사진도 보내와서 보았고. 그때만 해도 집안이 엄해서 나 대신 큰오빠가 신랑에게 편지를 썼단다. 오빠와 신랑은 서신 왕래를 하면서 결혼 약속이 되었던 거지. 하지만 나는 미국에 가면 공부하고 싶었어. 그때 마침 우리 집 추녀 밑에 제비가 집을 짓고 새끼를 낳았는데 흰색 제비 한 마리가 태어났단다. 흰색 제비는 행운을 가져온다고 온 동네가 야단법석이었어. 외할머니는 손녀가 미국으로 시집가게 된 것도, 다 제비가 복을 가져왔기 때문이라면서 멥쌀로 백설기를 쪄서 동네에 돌리기까지 했단다.

어머니는 미국에 오기 전에 한국에서는 초등학교만 다녔다. 5학년이 되면서 가사 시간에 조각천으로 남자아이 인형을 만들었다. 찬송가만 한 크기의 인형이었지만 팔과 다리가 달렸고 동그란 얼굴엔 눈과 코 그리고 입을 그렸다.

어머니가 만든 인형을 보고 일본인 선생님께서 잘 만들었다는 칭찬을 해 주었다. 칭찬을 듣고 나서 어머니는 자신이 만든 인형에 애착이 갔다. 인형을 늘 끼고 살았다. 집에서는 물론이려니와 학교에 갈 때도 책과 함께 싸 들고 다녔다.

어머니는 왠지 인형을 품고 있으면 행운이 찾아오는 것 같았다고 한다. 어쩌면 아버지를 만나게 된 것도 행운의 부적 같은 인형 덕이란 생각도 들었다.

미국에 올 때도 인형을 가방에 넣어 들고 왔다. 오자마자 결혼했고 그 이듬해에 첫 딸로 언니를 낳았다. 그게 1915년이다. 딸을 낳으면서 아기가 인형을 대신했다. 그다음 해에 두 오빠를 연이어 낳았다. 그리고 막내인 나를 낳았다. 나는 경신년 원숭이띠다. 어머니는 아이들이 줄줄이 태어나면서 공부에 대한 꿈은 점점 멀어졌다. 공부만 시든 게 아니라 슬그머니 인형도 어머니 곁을 떠나고 말았다.

일본이 하와이 진주만을 공격하면서 미국은 2차 세계 대전에 휘말려 들어갔다. 서부 해안을 군사 지대로 선포하고 일본계 주민들을 강제 추방, 집단 수용했다. 스파이 활동으로 국가 안보를 해칠 위험이 있다는 논리였다.

외모가 비슷한 한국인들을 일본인으로 오인하는 바람에 갖은 수모와 모욕을 겪기도 했다. 국민회에서는 한국인이라는 포스터와 배지를 만들어 동포들에게 나눠주었다. 포스터는 집 창문에 붙이고 배지는 달고 다녔다.

1940년대는 전쟁이 온 세상을 휩쓸던 때여서 남자들은 군대에 나갔기 때문에 남자가 귀했다. 두 오빠도 해군에 나가고 집에는 어머니와 아버지 그리고 언니와 나 그렇게 네 식구만 살았다. 전쟁이 한창 치열하던 때에 큰오빠가 전사했다는 통지가 날아들었다. 청천벽력 같은 소식에 어머니는 머리를 싸매고 자리에 눕고 아버지는 매일 술과 담배에 찌들어 지냈다. 둘째 오빠마저 전사했다는 기별을 받던 날 아버지는 심장마비로 돌아가셨고 어머니는 죽겠다고 식음을 전폐하고 자리에 누워 일어나지 못했다. 한동안 우울증에 시달리던 어머니는 매일 아침 먼동이 트기 전에 집 앞에 나가 돌아보곤 했다. 누군가 우리 집을 시기하는 사람이 짚으로 만든 허수아비 인형이나 저주의 인형을 놓고 갔을지도 모른다고 의심했다.

그때만 해도 어린 나는 미신 같은 이야기여서 믿지 않았다. 하지만 어머니는 인형을 부적처럼 여겼다. 늦게나마 어머니는 행운의 인형을 찾겠다면 온 집안을 들쑤셨다. 한번 사라진 인형은 나타나지 않았다.

지금도 생생한 그때의 악몽 같은 기억은 떠올리고 싶지 않다.

*
**

백두산 할머니가 17살 때였으니까 언니는 22살 때의 일이다.

언니는 표정이 밝고 활기차기도 하지만 생글생글 웃는 얼굴이 마치 생동하는 인형 같았다. 어린 내가 봐도 예쁜 게 사실이었다. 하지만 나는 질투심에서 사실을 고대로 인정하고 싶지 않았다. 그럼에도 불구하고 남들이 다 그렇다니까 나도 할 수 없이 그렇다고 봐주었다. 얼굴만 예쁜 게 아니다. 몸매도 나와는 달랐다. 먹기는 나보다 더 많이 먹는데 허리는 나보다 가늘었다. 부럽기도 하고 시샘도 났지만, 선망의 대상이기도 했다. 자라면서 어머니에게 여러 번 불평도 해봤다. 한배에서 나왔는데 참으로 공평하지 못하다고……

상냥하고 예뻐서인지 대학에 들어가자마자 귀티가 나는 멋진 남자 친구가 생겼다. 언니는 성격도 낙천적이어서 외부 자극에 빠르고 강력한 반응을 보였다. 그런가 하면 스스로 격려하고 칭찬도 해댔다.

나는 혼자 있을 때면 언니처럼 거울을 보고 칭찬을 아끼지 않았다.

'나도 괜찮은 여자야. 이것 봐 늘씬하잖아.'

뒤꿈치를 치켜들고 발돋움하며 서 보았다. 한결 키가 커 보였다. 키만 큰 게 아니라 날씬한 것도 같았다.

언니의 잘난 척하는 게 내가 보기엔 웃기는 것 같았지만 어떤 때는 그게 효과를 내는 것도 같았다. 언니는 옷도 고급으로 구해다가 입고 얼굴에 화장도 했다. 나는 언니 몰래 화장품을 꺼내 찍어 발라보았다. 립스틱도 칠해보았다. 언니는 화장품 용기만 봐도 누가 썼는지 단박에 알아차렸다. 곧바로 욕을 먹곤 했다.

언니는 미모에 자신이 있어서 그랬겠지만 다른 여자에게 신경을 쓰거나 비교해보는 것도, 여자의 본능인 질투심도 없어 보였다. 예쁘다는 미모가 주는 자존심 때문인지 남자 친구가 조금만 아니꼽게 굴어도 만나주지 않았다. 나 같으면 그까짓 거 이해해 주고도 남을 일을 언니는 보란 듯이 콧대를 세웠다. 너 말고도 다른 남자가 줄을 서 있다는 식으로 고개를 꼿꼿이 쳐

들고 다녔다.

하루는 남자 친구가 준 선물이라면서 헝겊으로 만든 아기 인형을 들고 왔다. 선물 받았다는 인형은 봉제 완구치고는 별로 비싼 것 같지 않았다. 몸통이 통통했고 머리와 팔다리가 달렸다. 작은 도넛만 한 얼굴에 눈코입을 그려놓았는데 과히 밉게 보이지는 않았다. 나는 내가 만들어도 저것보다는 낫게 만들 것 같았다.

언니는 인형이 예뻐 죽겠다면서 두 팔로 부둥켜안고 어쩔 줄을 몰라 했다. 집에 있을 때는 어딜 가나 손에서 놓지 않았고 책상에 앉아 있을 때는 등에 업고 끈으로 묶어 매고 있었다. 잘 때도 꼭 껴안고 잤다. 꼴사나운 짓거리가 보기 싫어서 한마디 했지만, 사실 속으로는 은근히 부러웠다. 나도 남자 친구가 생기면 예쁜 인형을 사 달라고 해야지 하는 시기심이 저절로 샘솟았지만, 아닌 척하고 넘겼다.

어느 날 언니는 남자 친구와 헤어졌다면서 예뻐서 죽겠다던 인형을 내동댕이쳐버렸다. 며칠 동안 이불을 뒤집어쓰고 침대에 누워서 일어나지 않았다. 그러더니 남자 친구와는 헤어졌어도 다시 인형은 머리맡에 끌어다 놓았다.

언니는 대학을 졸업하고 난 후에도 인형은 늘 끼고 살았다. 그러던 언니가 육군 중위인 백인 남자가 생겼다. 제복이 잘 어울리는 애인이 생긴 다음엔 인형은 쳐다보지도 않았다. 이제 싫증이 났나 보다 하고 내 딴에는 때가 묻어 꾀죄죄한 인형을 빨아서 빨랫줄에 널어놓았다. 빨랫줄에 널면서도 언니가 좋아할 것 같아서 속으로 비시시 웃었다. 어쩌면 칭찬이라도 받을 것 같은 기분이었다. 그러나 외출했다가 돌아온 언니는 달랐다. 빨랫줄에 널려 있는 인형을 보고는 기겁을 하면서 화부터 냈다. 발끈하는 목소리로 왜 자기에게 물어보지도 않고 빨았느냐고 성질을 부렸다.

나는 기가 막혀서 벌린 입을 다물지 못했다. 나도 화낼 줄 아는 사람이라는 걸 보여주기 위해서 앙칼진 목소리로 한마디 해줬다.

— 언니! 더러운 인형 빨아줬으면 고마운 줄 알아야지! 뭐가 어
떻다고?

언니가 미안하다고 할 줄 알았는데 그게 아니었다.

— 인형을 비누칠해서 빨면 그동안 배어있던 고귀한 냄새가 다
사라지잖아? 이 바보야! 너는 그런 간단한 상식도 몰라?

나는 어리벙벙했다. 고귀한 냄새라니! 냄새면 냄새지 고귀한 냄새도 있나? 말 같지 않아서 다시는 상대해 주고 싶지 않았다.

그 난리법석을 치던 언니는 결혼해서 남편 따라 도쿄 맥아더 사령부로 가면서 인형은 두고 갔다. 두고 가면서도 버리지 말라고 엄포를 놓고 아쉬워하던 모습이 생생하다. 그러던 언니는 도쿄에서 첫아기를 낳다가 죽었다. 버리고 떠난 주인에 대한 인형의 저주인지, 미인은 단명하다는 말을 증명하려는 건지 허무하게 가버렸다.

후일 나는 언니의 방을 치우다가 옷장에 짓눌려 솜이 터져

나온 인형을 찾아냈다. 인형은 생명력이 있는 사물이 아닌데도 죽은 인형처럼 보였다.

*
**

언니와는 달리 나는 젊었을 때도 또래 남자에게 주목받을 만큼 눈에 띄는 여자는 아니었다. 빛나는 젊음과 아름다움이 한창이어야 할 나이에도 느슨하고 무덤덤하게 지냈다. 피부가 곱고 흰 것도 아니다. 예쁘게 생긴 것도 아니고 호리호리하고 늘씬 하지도 않다. 그저 적당한 키에 통통하지도 않았다. 그렇다고 병약한 체질도 아니다. 특별난 재주가 있는 것도 아니고 별로 솜씨가 있는 것도 없다. 목소리가 곱다거나 노래라도 잘 불렀으면 남들의 눈에 띄었을 것이다.

나는 그저 그런 평범한 여자다. 눈과 코, 입술 그저 그런 생김새다. 아침이면 일어나서 밥해 먹고 집안에서 눈에 띄는 일을 하다가 저녁이면 잠자리에 들었다. 샌프란시스코 주립대학에 다닐 때도 남들처럼 꿈이 있었던 것도 아니다. 남들이 다니니까 나도 다녀야 하나보다 했다. 대학 졸업 후에도 직장은 얻지 못했다. 그때는 동양인에게 일자리를 내주는 사장님이 없기도 했지만 고생하는 어머니를 도와서 어머니와 함께 세탁소를 운영했다.

나의 남편은 한국인이라야 한다는 바람에 그러지 않아도 남

자가 귀한데 한국인 남편감을 찾는다는 것은 시집가지 말라는
것과 같았다. 맞선도 여러 번 보았다. 늦은 나이에 맞선 봐서 만
난 남자는 나보다 13살이나 많았다. 하지만 꼭 붙들어야 한다
고 생각했다. 지금도 잊을 수 없는 건 맞선보는 자리에서 남자
가 하던 말이다.

— 난 장남이 돼서 아들을 낳아야 합니다.

— 아들 낳을 자신 있어요.

나도 모르게 엉뚱한 대답이 툭 튀어나왔다. 말을 해 놓고도
당황했다. 미묘한 분위기가 흘렀다. 주책없는 여자 같기도 하고
모자라는 여자 같아 보일 것도 같아서 그게 아니라는 걸 보여
주어야 했다. 방법은 매사 적극적으로 나서기로 했다.

후일 남편이 그러는데 내가 마음에 안 들어서 아들을 낳아
야 한다는 엉뚱한 말까지 꺼냈다고 했다. 하지만 만나면서 여자
가 당당하고 적극적인 게 마음에 들더란다.

그이나 나나 나이가 차서 떠밀려가듯 결혼했고 아기가 생겨
서 낳았다.

데이트랍시고 따라다니면서 영화도 보고 저녁도 같이 먹었지
만, 남들이 말하는 사랑 같은 건 느껴보지 못했다. 내가 덤덤해
서 그랬는지 그가 촌스러워서 그랬는지 그냥 평범하게 살았다.

딸 하나 낳고 남편은 폐병으로 시름시름 앓다가 내게 죽기
싫다고 몇 번이나 말하고는 결국 떠나고 말았다. 전염병으로 죽
은 사람은 화장해야 한다고 해서 하라는 대로 했고 재는 바다
에 뿌렸다. 그것도 해안에서 5마일 밖에 나가 뿌려야 한다기에

배를 타고 먼바다로 나갔던 생각이 난다.

　남편이 죽으면 남들은 괴롭다느니 죽고 싶다느니 하지만 나는 그런 거 몰랐다. 한동안 어영부영 지내다가 수공예품 만드는 클래스를 듣기로 했다. 아마 정을 줄 대상이 필요해서 그랬던 것 같다. 어머니가 초등학교 5학년 무렵에 헝겊을 꿰매서 인형을 만들었다는 이야기를 들은 적이 있어서 나도 잘 만들 수 있을 것 같았다.

　클래스에서 아이들 장난감을 만들기로 한 이유도 간단했다. 그나마 내가 사람들의 관심을 받을 수 있는 단 한 가지 재주라면 재주인 바느질 솜씨 때문이었다. 바느질 솜씨라고 해서 거창하게 옷을 만든다거나 수를 잘 놓는 그런 게 아니다. 그냥 세탁소에서 뜯어진 옷단을 꿰매 준다거나 기워주는 정도였다. 때로는 심심해서 꼼상스럽기는 해도 어린애들이 좋아할 만한 장난감 같은 인형을 천 조각으로 만들어 보기도 했다.

　그것도 다양한 종류의 장난감을 만들지는 못했다. 빈약한 경험 탓에 여러 가지를 상상할 수 없었다. 흔하디흔한 아기 인형을 만들었다. 언니가 두고 간 남자 아기 인형이 모델이 돼서 늘 그와 비슷하게 만들었다.

　쪼가리 헝겊으로 만든다고 해서 돈 안 들이는 취미 활동인 줄 알았는데 막상 가 보았더니 그게 아니었다. 형형색색 다양한 헝겊들로 각양각색의 동물들을 인형으로 만들었다.

　이름이 인형이라고는 하지만 공룡, 돌고래, 병아리, 펭귄은 물론이요, 꽃이나 잎사귀, 나무도 만들었다. 동식물뿐만 아니라 음식까지 인간형이 아닌 인형들 또한 다양했다. 심지어 바이러스와 인체 내장을 형상화한 인형도 있었다. 누가 저런 징그러운 내장 인형을 만들까 했는데 의외로 위장이며 간을 헝겊으로 만드는 여자들이 있었다.

어린이들의 장난감이므로 아기자기하고 귀여운 것이 많지만 성인 취향의 인형도 있다. 인형은 '여아들의 전유물'이라는 인식이 강해서 초등학교 저학년 이후로는 남자가 인형을 가지고 놀면 놀림 받기 딱 좋았다.

세월이 흐르면서 그러한 인식과 분위기는 상당히 줄어들었다. 오히려 적당한 인형 놀이는 상상력 자극이나 감수성 발달에 좋다는 인식으로 바뀌었다. 하지만 인형하고만 노는데 빠져들면 사람보다 인형이 더 익숙해져서 대인관계를 늘려주는 사회성 발달이 다소 저해될 수도 있다고 수공예품 만드는 클래스 선생님이 설명해 주었다.

선생님은 인형이 태어난 이유는 단 한 가지 사랑받기 위해서라면서 인형에 얽힌 이야기도 들려주었다. 태평양 전쟁에서 포로가 된 병사의 이야기였다. 병사는 끔찍한 포로수용소에서도 엄마가 만들어 준 손바닥만 한 헝겊 인형을 부적처럼 늘 주머니에 넣고 다녔다. 엄마가 생각나면 주머니에 손을 넣고 인형을 만지작거렸다고 한다. 인형을 만지면 괴롭고 막연한 나날을 버텨낼 힘과 용기가 생기더란다.

나는 인형 클래스에 다니면서 숨어있던 인형에 대한 애착이 슬그머니 싹텄다. 선생님에게서 아기 인형을 잘 만들었다는 칭찬을 듣고 난 후부터 나도 모르게 인형 만드는 취미에 빠지고 말았다. 남자아이 인형도 만들고 여자아이 인형도 만들었다. 그렇다고 시장에 내다 팔 정도로 견고하거나 상품 가치가 있어 보이지는 않았지만, 아이들이 휘뚜루마뚜루 가지고 놀면서 던져도 뜯어지지 않을 만큼 탄탄하게 만드는 재주를 보였다.

아기 인형을 만들어 딸에게도 주고 지인들에게 선물도 여러 번 했다.

피붙이라고는 딸밖에 없어서 어린 딸에게 정을 쏟았다. 딸에게 정만 붙이고 산 게 아니라 딸과 함께 재미있고 행복하게 살았다. 내가 자랄 때 그랬듯이 딸은 내가 운영하던 세탁소에서 온종일 나와 함께 지냈다. 아이스크림 트럭이 지나가면 불러서 아이스크림도 사주고 팥빵도 만들어 먹고 아동 만화 세서미스트리트도 같이 보았다. 딸이 초등학교에 들어가면서 등하교 때마다 태워다 주고 태워 오곤 했다.

우리 동네에는 '일곱 고갯길'이라는 좁은 언덕길이 있다. 오래된 길이어서 길은 좁아도 등하교 시간에는 차량이 제법 많다. 한 동네에 초등학교, 중학교, 고등학교가 있어서 이 동네에 사는 사람들은 같은 학교에 다녔다.

도시로부터 산 고개를 하나 넘어야 마을이 있는 지역이 돼서 도시의 한 지역으로 편입하기에는 너무 떨어져 있고, 새 도시로 승격시키기에는 인구가 적고, 경제적 자립도 부족해서 현재로서는 독립된 지역으로 존재하지만, 치안과 소방 같은 업무는 이웃 도시에 의존하는 타운이다. 하지만 행정과 교육은 독립

적으로 해 가고 있었다.

평지가 아닌 산골 지역이 돼서 높은 산은 아니지만 야트막한 언덕들이 많을 수밖에 없다. 그중에 주택가를 가로지르는 오래된 길이 있는데 이름하여 '일곱 고갯길'이다. 길 이름 그대로 야트막한 고개를 일곱 번 넘어간다. 옛길이어서 길이 좁고 양옆으로 인도교도 없다. 하지만 딸을 학교에 바래다주려면 이 길을 거쳐야 했다. 등하교 시간에는 교통체중이 말이 아니다.

매번 고개를 넘으면 스톱 사인이 있다. 불과 길지도 않은 고개를 넘자마자 스톱해야 하고 다음 고개를 넘자마자 스톱해야 한다. 짧은 거리에 스톱 사인이 연거푸 일곱 번이나 있어서 짜증이 날만 한 길이다.

딸이 중학교에 다닐 때였다. 그날따라 딸이 예쁘지도 않은 인형을 학교에 가지고 가겠다며 옆구리에 끼고 놓지 않았다. 자동차 안에서 나는 학교에 인형 가지고 가지 말라고 말리고 딸은 우기고 서로 옥신각신하면서 달리는데 뒤에서 누군가 경고등을 켜고 바짝 따라왔다. 난 응급 차량이 급히 지나가려나 싶어서 재빨리 비켜섰다. 경고등을 켠 경찰차도 내 뒤에 섰다. 백밀러로 보았더니 경찰관이 내게로 걸어오는 게 아닌가? 잘못한 일도 없는데 웬일인가 싶었다.

— 면허증과 차 등록증을 보여주시지요?

그때까지만 해도 내가 뭘 잘못 했는지 알지 못했다.

— 경찰관님, 제가 뭘 잘못했나요?

— 정지 사인에서 정지하지 않았습니다.

'나는 한 것 같은데……! 안 했나?' 경찰관의 얼굴을 흘낏 보았다. 유순한 게 마음씨 좋은 아저씨처럼 보였다.

— 한 번만 봐주시면 안 될까요? 저 지금까지 티켓 받은 적이 없는데 …….

슬쩍 사정해 봤지만 어림도 없었다. 경찰관은 내 말은 들은 척도 하지 않고 티켓을 내밀었다.

— 앞으로 운전 조심하십시오.

들으나 마나 한 말만 남기고 가버렸다. 티켓을 받으면 벌금도 내고 교통 교육도 받으러 가야 해서 귀찮은데……. '아 짜증나.' 그날은 억수로 재수가 없는 날이었다. 티켓은 처음인데! 경고장만 줘도 될 일을 티켓까지 띠다니. 경찰관이 야속했다. 그것보다도 딸이 들고 가는 인형 때문이란 생각에 미치자 나는 딸의 옆구리에서 힘껏 인형을 잡아챘다.

— 내가 학교에 인형 가지고 가지 말라고 했어? 안 했어!

엉뚱하게도 딸에게 홧풀이를 해댔다.

오로지 행복만을 가져다주던 딸도 내게 손주 두 녀석을 남겨 주고 명을 다 했다. 백두 살이라는 나이는 온갖 보기 싫은 일들을 다 겪어야 하는 나이다. 딸이 들고 다니던 인형은 내게 와서 딸을 대신한다.

지금은 증손자가 다섯이나 되지만 내가 낳은 자식만큼 애착이 가지 않는 것도 사실이다.

*
**

옆구리에 클립보드를 끼워 든 보조 간호사가 들어왔다. 들어오면서 호들갑을 떨었다.

— 백두산 할머니 혈압 재셔야지요.

보조 간호사는 수동 혈압 밴드를 내 오른팔에 감으면서 잠시도 입을 다물지 못했다.

> — 어쩌면 백두산 할머니는 깔끔도 하셔. 어느새 머리도 빗고 옷도 갈아입으셨어요? 365일 감기 한번 안 들고 이렇게 건강한 할머니는 처음이야. 오늘은 가르쳐 줘요. 장수 비결이 뭔지. 나한테만 살짝 말해 봐요…….

하지만 혈압계가 작동하는 동안엔 말을 해서는 안 된다. 나는 행운의 인형을 왼팔로 감아 안고 있었다.

> — 오늘 아침에 3층 올리비아 할머니가 병원에 실려 가셨어요. 갑자기 혈압이 뚝 떨어지는 바람에 모두 놀랐지 뭐예요. 조금 아까 전화 받았는데요. 정상으로 돌아왔대요.

혈압계가 작동을 멈추면서 수치를 알려 주었다. 보조 간호사는 수치를 차트에 적으면서 말했다.

> — 할머니는 혈압도 정상이시고. 누가 할머니를 100살이 넘었다고 하겠어요.

눈을 흘키면서 호들갑을 떨었다. 그러면서 입이 근지러워서 못 참겠다는 표정으로 생글생글 웃으면서 말을 이어갔다.

> — 있잖아요. 리리안 김 할머니 말이에요. 그저께 소란을 피웠

185

잖아요.

— 그랬지. 그런데 왜?

그저께 경찰차가 석 대씩이나 들이닥쳐 야단법석을 떨었다. 무슨 큰일이 나기는 난 것 같았으나 나는 구태여 밖에 나가 구경하지는 않았다. 보조 간호사는 속삭이듯 나한테만 말해준다면서 리리안 김 할머니 이야기를 들려주었다.

— 그저께 오전에 갑자기 리리안 할머니가 사라졌지 뭐예요.

점심시간이 됐는데 리리안 할머니가 보이지않았다. 양로원이 발칵 뒤집혔다. CCTV로 확인한 바로는 집 밖으로 조용히 걸어나간 오전 10시뿐. 그다음 행적은 묘연했다. 양로원 직원들은 애가 탔다. 경찰이 총출동해서 양로원 주변을 샅샅이 뒤졌다. 헬리콥터 2대가 뜨고, 심지어 할머니가 사용하던 베개에 남아있는 체취를 경찰견에게 맡게 한 다음 주변을 돌아다니며 찾았는데 도무지 흔적을 발견하지 못했다. 모두 지쳐서 기진맥진할 무렵 어느 백인 남성이 할머니를 발견하고 구글을 통한 연락처를 찾아 소식을 전해왔다. 소식을 들은 직원들이 너무 기뻐서 합창이나 하듯 함성을 질렀다.

이런 이야기를 들려주는 보조 간호사는 고개를 절레절레 흔들면서 스릴 넘치는 영화라도 본 것처럼 신이 나서 입을 다물지 못했다. 그러면서 어제 아침에 리리안 할머니 방에 들어갔더니 진작에 본인은 이 같은 사실을 기억하지 못하더란다. 점심도 거른 채 숲길을 헤매었던지 손톱 밑의 흙부스러기, 옷자락에 묻은 먼지자국, 신발 안 수북한 나뭇가지와 작은 돌멩이가 명확한데도 본인은 아무것도 모른다며 천연덕스럽게 말하더란다.

— 정말 내가 그랬나?

— 이러는 거예요. 아이구머니나. 이럴 수가 있어요? 할 수 없지. 어쩌겠어요! 그게 사실이라고 말해줬지요. 그랬더니 뭐라고 하신 줄 아세요? '창피해서 어떻게 하나. 나는 조용히 있다가 죽으려고 하는데 이런 사고를 치다니……' 이러시는 거예요. 그게 어디 사고예요? 치매지. 아침에 병원에 가 보기로 했어요. 이제 결과를 보면 알겠지요. 어쩌면 양로원을 떠나야 할지도 몰라요.

그리고 다음 날 리리안 할머니가 자살했다는 소리가 들렸다. 내가 이제 겨우 칠십 대인 리리안 할머니와 친하게 지내지는 않았지만 얌전하고 깔끔해서 인테리전트하다 했는데 그녀가 간호사 출신이라는 건 미처 몰랐다. 안락사 약을 지참하고 있다가 자신이 치매라는 것을 확인하고 어젯밤 스스로 약물을 투여했다고 들었다.

이런 말을 들려주는 보조 간호사는 양로원에서 돌아가는 일들을 꿰뚫고 있었다. 그러면서 나를 안심시켜 주는 말도 잊지 않았다.

— 백두산 할머니는 건강하니까 염려하지 마시고 아래층 로비로 내려오세요. 곧 차 마시는 시간이 됐잖아요. 차도 마시고 운동도 하셔야지요.

나야말로 보조 간호사의 너스레를 듣느라고 장수의 비밀을 깜빡했다. 나는 보조 간호사에게 장수의 비밀을 말해주지는 않았지만 속으로 '비밀이 있기는 있지' 했다. 그러면서 피식 웃었다. 비밀을 누설하면 효험이 사라진다는 옛 어른들의 말이 떠올랐기 때문이다.

내가 백두 살이나 살면서 터득한 건데 인형과의 만남도 인연이라서 함부로 대할 일이 아니다. 매사가 그렇듯 인형도 아끼고 잘 보살펴주면 보은으로 다가온다. 없던 인형이 생기면 긍정적인 변화가 이루어지는 게 사실이기 때문이다.

돌아가신 어머니는 인형을 지니고 있으면 행운이 온다고 했다.

행운은 어머니나 언니에게 애인으로 다가왔다. 하지만 인형을 홀대하는 순간 행운은 저주로 변했다. 나는 나와 인연을 맺은 인형을 저버리지 않는 게 장수의 비결이라면 비결이라고 믿는다.

살아생전 어머니의 인형에 대한 주술같은 믿음이 내게는 허황하게 들렸었는데, 오래 살아오면서 나도 인형의 비밀을 믿게 되었다.

* 신 한씨의 사진 신부 신강애 할머니가 1975년 80세의 나이로 인터뷰한 기사가 소설의 모티브가 됐다.
  등장하는 청년 신 한. 사진 신부 신강애 그리고 이대위 목사는 실존 인물이었다.

절반의 배반

*

오늘따라 어머니는 콧노래를 흥얼대며 아침상을 차렸다.

테이블 위에는 아침상과 함께 노트북 컴퓨터가 놓여 있었다. 어머니는 동규의 눈치를 살피면서 말을 걸었다.

— 애, 이 사진 좀 봐라. 서울 사는 막내 이모가 너 보라고 보
  내준 색싯감이야.

어머니는 웃음 띤 얼굴로 동규를 바라보았다. 동규는 모니터 속 여자들에게 시선을 돌렸다. 여자 얼굴 셋이 화면을 가득 채우고 있었다. 동규의 눈에는 그 여자가 그 여자 같아 보였다. 한술 뜨고 다시 힐끔 보았다.

어머니는 밝고 들뜬 목소리로 여자 얼굴을 하나하나 가리키면서 서현이, 신애, 지수라며 어느 아가씨가 마음에 드는지 골라보라고 했다. 동규보다 어머니가 더 들떠 있었다.

동규는 아침을 먹는 둥 마는 둥 해치우고 자리에서 일어났다. 매사에 신중한 편인 동규는 주로 아는 길로만 다녀서 예측할 수 있는 결과를 얻어내곤 했다. 완벽주의까지는 아니지만,

융통성이 없어서 고지식한 편이다. 오늘도 어김없이 출근길은
붐볐다. 이럴 줄 알고 일찍 나왔기에 출근 시각에 맞춰서 새 직
장인 이민 단속국(ICE: US Immigration and Customs Enforcement) 문을 열
고 들어섰다.

감독관 개인 면담 시간이 적힌 포스트잇 한 장이 동규의 책
상 위에 붙어있었다. 조금은 불안하고 의아했다. 지금까지 감독
관과 마주 앉아본 적이 없었기 때문이다. 시간에 맞춰 감독관
실 문을 노크했다.

— 들어 오세요.

점잖은 목소리가 흘러나왔다. 안으로 들어서자 깍지 낀 두
손을 가슴 위에 얹고 의자에 기대어 앉아 있는 감독관이 눈에
들어왔다. 감독관은 턱으로 책상 앞 의자를 가리키며 앉으라고
했다. 내심 긴장되고 떨렸다.

— 동규! 한국 이름인가?

친밀감이 흐르는 부드러운 목소리가 감독관답게 기품 있게
들렸다.

— 네. 한국 이름입니다.

— 역시 그렇군. 나도 한국에서 근무한 적이 있다네. 오산에서
　　2년간 근무했지. 한국 사람들은 정에 약하지. 안 그런가?

'어라, 뭘 말하려고 이러지?' 순간 머리를 굴려봤으나 떠오르
는 게 없었다. 잘 모르겠다고 대답했다. 이번에는 한국에 가본
적이 있느냐고 물었다.

— 한 번도 못 가봤습니다.

— 음, 그래? 자네 '제넷 지'라는 여자를 아나?

속으로 흠칫했다. '제넷 지라면 미스 지가 아닌가? 미스 지는 불법 체류자인데 감독관이 그녀를 어떻게 알지?'

— 네, 압니다. 어머니 친구분인데요.

— 어제 그녀가 잡혀 왔다네. 지금 이민국 구치소에 있는데 자네 이름을 대면서 자네를 안다고 하더군. 하지만 근무상 도와줄 수 없다는 걸 자네도 알겠지?

— 네, 잘 알고 있습니다.

감독관은 자신의 부하 직원이 수렁에 빠지는 불행을 원치 않아서 미리 귀띔해 주려는 것 같았다. 감독관의 설명에 따르면 스파숍에서 불법 마사지 행위가 벌어지고 있다는 제보가 경찰에 접수되었다고 한다. 제보를 바탕으로 경찰에서 암행 수사를 벌이던 중에 제넷 지가 불법 체류자라는 사실이 밝혀져 그녀를 곧바로 체포해서 이민 단속국으로 넘겼다고 했다.

*
**

이민 단속국 요원(ICE)을 크게 늘린다는 신규 채용 공고를 보고 동규는 더 생각해 볼 것도 없이 자필 레주메를 제출했다. 샌프란시스코 경찰관 시험에 두 번이나 떨어지고 난 다음의 일이었다. ICE 요원 시험은 경찰관 시험보다 수월했다.

동규가 ICE 요원으로 발탁된 것은 운도 좋았지만, 동규의 출신이 소수 민족인데다가 어려서부터 태권도로 체력을 단련해온 것이 중요한 요인으로 꼽혔다. 불법 체류자들은 대부분이 남자들이어서 그들을 제압할 수 있는 체력이 뒷받침돼야 ICE 요원 자격이 충족되기 때문이다.

합격한 다음부터 6개월이나 되는 긴 교육과 훈련도 받았다. 동규는 ICE 요원이 된다는 기대에 훈련이 고돼도 고된 줄 몰랐다. 그중에서도 특히 권총 사격 훈련은 매력적으로 다가왔다. 영화나 TV에서만 보았던 사격 장면을 직접 연출해보는 훈련이었다. ICE 요원은 직업 특성상 사격 훈련이 필수다.

마우스피스만 한 금빛 배지를 왼쪽 가슴에 달던 날, 동규의 마음은 설레고 떨렸다. 오른손을 들어서 국가에 충성을 선서했다. 기대했던 만큼 신분이 한 단계 격상된 듯한 기분이 들었다. 각별한 사명감과 국가를 지켜야 한다는 애국심마저 생겨났다. 대학 졸업 후 첫 직장이어서 새로움에 대한 도전과 흥분, 열정이 동시에 솟구쳤다.

곧이어 집에서 가까운 오클랜드 분소로 배속받았다.

― 젊은이, 어디 출신이야?

나이가 사십은 넘어 보이는 선배 직원이 껌을 질겅질겅 씹어대며 직설적으로 물었다. 예의 없어 보였지만, 그래도 여기가 고향이라고 고분고분 말해 주었다. 동규의 말을 들었는지 어땠는지 여기가 어디냐고 성깔 섞인 어투로 되묻는 게 아닌가.

― 앨러미다입니다.

기를 죽이려는지 날카로운 눈초리로 동규의 아래위를 훑어보는 탓에 기분이 상했다.

— 자네가 UC버클리를 나왔다는 친구인가?

그렇다고 대답했다. 출신 학교를 대놓고 거명당하기는 이번이 처음이다. 선배는 사무실 문을 열면서 따라 들어오라고 했다. 동양인이라고 얕잡아보는 것 같아서 내심 불쾌했으나, 묵묵히 그의 뒤를 따랐다.

— 제임스 버틀러일세.

불쑥 손을 내밀어 악수를 청하는 바람에 조금은 당황했다. 엉겁결에 마주 잡았다.

버틀러는 오클랜드 분소의 반장이다. 버틀러 반장은 매우 걸걸하면서도 거친 말투를 썼다. 말끝마다 "갓 뎀 잇!"을 붙이는가 하면 "선 오브 비치!"를 내뱉기 일쑤였다. 해병대에서 상사로 전역했다는 것을 훈장처럼 자랑하고 다녔다. 버틀러 밑에는 네 명의 대원이 있었는데 동규도 그중의 한 명이다.

처음에는 업무를 익혀야 해서 주로 내근을 했다. 버틀러 반원들이 체포해 온 불법 체류자들을 보호실에 감금해 두고 그들의 신상 명세서를 작성하는 일이다. 아무런 증명서나 서류도 없는 불법 체류자들을 놓고 신상 명세서를 꾸미자면 그들의 진술에 의존하는 수밖에 없다. 사진과 지문을 찍은 뒤에 정보를 조회해 보면 진술과는 전혀 다른 인물일 때가 더러 있어서 골치가 아팠다. 불법 체류자 중에는 음주운전이나 폭행 같은 전과가 있는 추방 대상자가 있는가 하면 마약 밀매범이나 인신매매범도

섞여 있어서 추궁하다 보면 덜미를 잡는 수도 있기에 꼼꼼히 문책해야 했다.

불법 체류자의 조서를 꾸미다 보면 사정이 딱한 경우도 더러 있었다. 고향에 노모와 임신한 아내가 끼니를 거르며 남편이 돈 벌어오기만을 목 빠지게 기다리고 있다면서 눈물을 흘리는 친구도 있었다. 매몰차게 박대하기에는 동규의 가슴에 찡하는 균열이 일어나곤 했다.

동규는 내근보다 외근이 더 재미있고 마음에 들었다. 외근은 긴장과 스릴이 따르는 짜릿한 맛이 있어서 좋았다. 작전을 집행하다 보면 언제 시간이 가버렸는지 모를 정도로 하루가 짧게 느껴졌다.

단속 작전은 매일 벌어졌다. 직장이나 시외버스 터미널, 기차역과 같이 사람이 모이는 곳이라면 가리지 않고 급습 단속을 펼쳤다. 때로는 불법 체류자 체포 작전이 사전에 누설되는 바람에 허탕 치는 일도 있어서 보안 유지에 철저한 게 원칙이다.

아침에 출근하자마자 시내에 있는 대형 식품점을 급습한다는 작전 브리핑이 있었다. 브리핑받는 내내 긴장되고 초조했다.

시온 식품점은 한인 대형 마켓이다. 주차장은 텅 비어 있었다. 열려있는 마켓 문 앞에는 빈 상자들이 쌓여 있는 것으로 보아 안에서는 상품을 진열하느라고 바삐 돌아가는 것 같았다. 정문을 차단하고, 출입을 봉쇄한 채로 검문을 전개했다. 버틀러는 정문을 지키고 대원 세 명이 마켓에서 개장을 준비하던 직원들의 신분을 차례로 검문했다.

동규에게 주어진 임무는 뒷문을 지키고 있다가 도망치려는 불법 체류자를 체포하는 임무다. 뒷문은 외쪽문인데 안으로 잠겨 있었다. 문을 두드렸다. 한참 두드리고 나서야 문이 열렸다. ICE 요원 배지를 보여주고 안으로 들어서면서 곧바로 문을 잠갔다.

갑작스러운 검문에 놀란 멕시칸 한 명이 도망가려고 달려왔다가 동규가 지키고 있는 것을 보고 뒤돌아 사라졌다. 매장 창고에서는 누군가가 다급하게 뛰어가는 구둣발 소리와 "정지!" "손 들엇!"하는 소리가 뒤섞여서 울렸다. 동규는 긴박감 속에 가슴이 두근거렸다. 불법 체류자는 신원이 확인되는 대로 호송차에 밀어 넣었다. 작전은 그런대로 잘 집행돼서 여덟 명이나 잡는 수확을 올렸다. 버틀러는 기분이 좋아서 연신 욕지거리해대면서 불법 체류자들을 닦달했다. 불법 체류자들 사이에서 한국말도 들렸으나 동규는 못 알아듣는 척했다.

＊
＊＊

동규의 취업을 누구보다도 어머니인 김 권사가 가장 기뻐했다. 아들 동규가 연방 정부 공무원인 이민국 단속 요원으로 발탁되었다는 사실이 너무 대견하고 기특해서 교회에 나가서 광고하다시피 했다. 동규가 원했던 UC버클리에서 합격 통지서가 날

아들던 때보다 더 자랑스러웠다.

남편과 사별하고 아들 하나만 바라보고 살아온 김 권사는 한인 교회의 터줏대감이다. 교인들로부터 신망받는 권사 직분도 맡고 있다. 교회 발전에 헌신해야 한다는 사명감도 있고 교인들을 보살펴야 한다는 책임감도 강했다. 성격이 활달하고 쾌활한 김 권사는 매사에 적극적이다. 따뜻한 정도 있어서 교인들의 생일을 기억했다가 생일 카드를 보내주는 것도 잊지 않았다. 생활이 어려운 교우에게는 후원해 주는 바람에 따르는 교인도 많았다.

주일 예배 후 김 권사는 교우 윤 씨를 병문안하러 갔다. 주로 가난한 사람들만 치료하는 병원은 어딘가 허술해 보였다. 건물만 오래된 게 아니라 침대며 집기들도 낡은 것을 그대로 쓰고 있었다. 퀴퀴한 곰팡내와 소독약 냄새가 뒤섞여서 불쾌한 기분도 들었다. 윤 씨가 간암 수술을 받고 입원한 지도 일주일이나 됐다. 얼굴이 부석부석한 게 부은 것도 같고 살이 찐 것도 같아 보였다. 윤 씨는 병동에 누워서 삼시 세끼 병원 음식만 먹는 것도 지겹다면서 집에 가고 싶어 했다.

어렵게 미국에 공부하러 와서 명문대 대학원을 졸업하고 취업한 윤 씨는 약속대로 영주권 스폰서를 해주던 회사가 갑자기 문을 닫는 바람에 순식간에 불법 체류자 신분으로 전락해버렸다. 두 딸과 아내를 부양해야 하는 윤 씨는 한인 교회로 숨어들었다. 목사님은 김 권사님이 발이 넓으니 숨어 지내는 윤 씨 가족을 돌봐달라고 부탁했다. 그 바람에 김 권사는 윤 씨 가족을 집에서 재우면서 직장을 알아봐 주었다.

동규가 중학교에 다닐 때의 일이었다. 학교에서 돌아오면 어머니는 일 나갔고 집에는 윤 씨 아저씨 가족만 있었다. 아무리 초인종을 눌러도 아저씨는 문을 열어주지 않았다. 열쇠로 문을 따고 들어가 보면 커튼 틈새로 내다보면서도 열어주지 않는 아저씨가 야속했다. 아이들은 숨바꼭질하듯 숨어 있었고 늘 겁먹은 고양이처럼 두려워하는 눈빛에다가 말수도 적었다.

아저씨는 세상 물정을 모르는 사람처럼 이것저것 물어보는 게 많았다. 하다못해 시내버스도 타 보지 못했는지, 버스 타는 걸 물어보기도 했다. 어른들이 나누는 말을 들어보면 아저씨는 미국에 와서 공부만 했기 때문에 사회생활에 대해서 아는 게 없다고 했다.

김 권사는 윤 씨를 동포가 운영하는 유명한 일식집인 '다다미'에서 보조로 일하게 해주었다. 윤 씨는 무엇을 해도 열심히 하는 성품이어서 얼마 안 가서 초밥 요리사가 됐다.

가난한 사람들이 밀집해서 사는 지역의 한인 교회는 불법 체류자들의 안식처가 돼서 일 년이면 두세 명 정도가 목사님에게 도움을 청했다. 불법 체류자가 목사님에게 하소연하면 목사님은 먼저 웃으면서 김 권사님을 소개해 주었다.

— 권사님께서 애국애족하는 셈 치고 도와주셔야지요. 그렇지 않으면 어떻게 하겠어요.

김 권사는 한국인을 도와주는 것이 특별히 애국이라고까지는 생각하지 않았지만, 낯선 타국에서 같은 민족을 도와주는 것은 결코 애족의 마음 없이는 해낼 수 없는 일이라는 목사님의 말을 듣고 그게 옳을 거라고 여겼다.

그러면서 여러 사람을 도와주다 보니 나중에는 아는 것도 늘어갔다. 이런 경우에는 이렇게 하고, 저런 경우에는 저렇게 하라고 척척 알아서 안내해 주었다. 그 통에 동규네 집은 신원을 알 수 없는 사람들이 자고 가는 경우가 많았다.

그중의 어떤 사람은 아예, 동규네 집에 주저앉아서 살길을 마련해 달라고 매달리기도 했다. 윤 씨 아저씨가 그랬고 또 한 사람, 스파숍에서 마사지사로 일하는 지 씨 아줌마도 그랬다. 동규가 중학교에 다닐 때는 아줌마로 보였는데 막상 대학생이 되고 나서 봤더니 아줌마라고 하기에는 너무 젊었다. 아가씨가 맞는 것 같았다.

김 권사는 그녀를 제넷 지라고 불렀다.

제넷 지는 노는 날이면 종종 동규네 집에 들렀다. 딱히 친척이나 친구가 있는 것도 아니어서 동규 어머니를 마치 친정엄마나 큰언니처럼 여기고 드나들었다. 저녁도 같이 먹고 늦게까지 있다가 가곤 했다. 언젠가는 애인이 생겼다고 좋아하면서 한동안 집에 오지 않았다. 그러다가 어느 날 다시 나타나 애인과 헤어졌다면서 김 권사에게 하소연했다. 김 권사도 좋은 남자가 있으면 소개해 주려고 물색해보기도 했지만, 스파숍에서 마사지사로 일한다는 게 걸려서 성사되지는 못했다. 바로 그 제넷 지가 잡혀갔다는 사실을 김 권사도 알고 매우 심란해했다.

*
**

김 권사는 하나밖에 없는 아들이 외국 여자와 결혼하겠다고 할까 봐 은근히 의심의 눈초리를 게을리하지 않았다. 아들의 관심을 끌기 위해 아침마다 밥상 위에 노트북 컴퓨터를 켜놓고 여자들 얼굴 화면을 고정해놓았다. 모니터 속의 여자들은 젊음과 아름다움이 빛나 보였다.

동규는 식사 때마다 여자들 얼굴을 안 보려고 해도 안 볼 수 없었다. 영화배우도 아닌 여자들 얼굴을 매일 쳐다보는 것도 지겨운 일이다.

— 이거, 치우면 안 돼요?

— 아니, 이 아가씨들이 얼마나 예쁘냐, 반찬 없이도 밥이 넘어가겠다. 안 그러니?

— 나는 별루예요.

동규는 코웃음을 쳤다.

— 처음 보고 마음에 드는 사람이 어디 있니? 자꾸 보면 정이 들고 친숙해지는 거지.

— 지금 세상에 사진만 보고 결혼하는 사람이 어디 있어요?

— 누가 결혼하랬니? 마음에 드는 아가씨가 있는지 보지도 못해? 네 색시는 한국 여자라야 해.

동규를 바라보는 김 권사의 눈빛으로 미루어 그렇지 않으냐고 묻는 것 같았다. 하지만 동규는 사진만 보고 여자를 고른다는 건 어림도 없다는 말이 목구멍까지 올라오는 걸 억지로 참았다.

199

갑자기 김 권사가 소곤소곤 나지막하게 말했다.

— 일식집 주인이 그러는데, 그 사람도 네가 불법 체류자 단속
  요원이라는 걸 알잖니. 그래서 말인데, 언제 단속이 나오는지
  좀 알려달라더라.

동규는 드디어 올 것이 왔구나 하는 생각이 들었다. 예전부
터 어머니는 부탁을 받으면 거절하지 못하는 사람이라는 것을
알고 있었던지라 언젠가는 이런 말이 나올 거라고 예상은 하고
있었다.

— 그런 거 말하면 내 목이 달아난다는 거 아시지요?

동규는 오른손 손바닥을 펴들고 목 자르는 시늉을 해 보였다.

— 아, 그거야, 알다 뿐이냐. 하지만 사정이 딱한 사람도 있잖
  니? 그런 사람은 봐줘야지. 안 그러니?

— 안 그래요. 봐줄 게 따로 있지, 나더러 불법을 저지르란 말
  이에요?

— 누가 너더러 불법을 저지르라고 했니? 슬쩍 귀띔만 해달라
  는 거지.

동규는 맥이 탁 풀렸다. 어머니가 내 편이 아니라는 생각이
들 때가 가장 괴로웠다. 어머니는 한국인을 위해서라면 작은 불
법은 눈감고 넘어가도 된다고 생각하는 것 같았다.

— 난 그런 거 모르니까, 그런 부탁은 아예 꺼내지도 마세요.

말로 못을 박고 일어났다. 어머니는 한풀 꺾인 목소리로 동
규가 듣든지, 말든지 아랑곳하지 않고 나직이 말했다.

— 이웃의 고통을 못 본 척하면 벌 받아.

어머니는 출근하는 아들을 따라 나오면서 윤 씨 아저씨가 집에서 쉬지도 못하고 다시 식당에 나가서 일한다면서 보기에 딱해서 이번 주말에 '윤 씨 가족 돕기 바자회'를 연다고 했다.

— 네가 학교에 다닐 때 입던 옷들도 모두 바자회에 기부하기로
했으니, 골라내야 할 게 있거든 알아서 꺼내놓고, 너도 안 쓰
는 물건이 있거든 내놓으려무나.

동규는 어머니의 말을 건성으로 듣고 집을 나섰다.

*
**

매일 아침 식탁 앞에 앉으면 화면 속 여자들이 어김없이 동규를 바라보고 있었다. 여러 명이 쳐다보는 것 같아서 부담스러웠다. 차라리 한 명이면 나을 것 같아서 어머니더러 가운데 여자 한 사람만 남겨놓고 옆의 두 여자는 지워달라고 했다.

누군가가 자기 말을 곡해할 때처럼 당혹스럽고 난감한 일도 없다. 아무것도 결정한 것은 없고 단지 세 명은 부담스러워서 그랬을 뿐인데, 어머니는 엉뚱하게도 동규가 가운데 신애가 마음에 든다고 하는 식으로 알아듣는 것이었다.

— 그래, 잘 정했다. 나도 가운데 신애가 참하고 마음에 들더
라. 네 색시는 한국 여자라야 해. 네가 한국 사람인데 같은
한국 여자라야지 음식도 같이 먹고 말도 통할 게 아니냐.

그러면서 들어도 수십 번은 더 들었을 어머니 특유의 사설

을 늘어놓기 시작했다. 하도 들어서 듣기 싫다. 녹음 테이프 돌아가듯 되풀이하는 말을 더는 하지 못하게 막아야 했다. 오늘은 작심하고 그동안 정리해놓은 생각을 말하기로 마음먹었다.

— 설혹 한국인이 잘못했더라도 도와주는 게 도리에 맞고 애국하는 길이란다. 너는 한국인이니까 한국 사람을 도와줘야 해.

동규는 어머니의 뻔한 이야기가 끝나기를 기다렸다가 준비해두었던 말을 꺼냈다.

— 내가 왜 한국인이에요? 미국에서 태어났고 미국에서 교육받았으니 엄연한 미국인이지.

아들에게서 튀어나온 생뚱맞은 말 때문에 잠깐 머쓱해 하던 어머니는 다시 웃으면서 말을 이어갔다.

— 너는 한국 부모한테서 났으니까 한국인이 네 팔자야.

— 나는 법적으로 한국 혈통을 가진 미국인이에요.

— 애! 미국 시민권만 갖고 있으면 미국인이냐? 그까짓 시민권이 무슨 상관이야. 너는 한국말도 잘하고 한국 음식도 맛있어하고 더군다나 한국인 부모 밑에서 자랐는데 그러면 한국인이지 안 그러냐?

어머니는 말은 상냥하게 하면서도 껄끄러운 표정으로 동규를 바라보았다.

— 나는 영어가 기본이고 한국어는 외국어에 불과해요. 음식도 한국 음식은 외식이고요. 그러니 미국인이지 뭐예요.

— 너는 몰라서 그렇지, 네 몸속에는 한국인의 피가 흐르고 있

단 말이야. 그러니 너는 한국 편에서 한국인을 도와줘야 해. 그게 네 운명이야.

어머니는 결론을 내리듯 단호한 어투로 말했다. 동규가 듣기에는 더는 따지고 들지 말라는 것처럼 들렸다. 하지만 동규는 꼭 해야 할 말이 남아 있었다.

— 한국인을 도와주는 것과 불법을 눈감아 주는 건 다르잖아요?

어머니 김 권사는 늘 한국인 불법 체류자를 도와주면서도 꺼림칙한 면이 없잖아 있었는데, 동규가 정곡을 찌르는 것 같아서 자존심이 상했다. 얼굴이 달아오르면서 작으나마 모멸감도 느꼈다. 떨떠름한 목소리의 톤을 높이면서 말했다.

— 애 좀 봐라. 너 언제부터 변했니? 너는 내 아들이야. 내가 한국인이니까 너도 한국인이야. 불법은 무슨 놈의 불법. 불쌍한 사람 도와주는 게 불법이냐?

동규는 소리를 꽥 지르는 어머니의 말투에 흠칫했다. 곧이어 미묘한 분위기가 흐르고 있다는 걸 알아차렸다. 어머니와 싸워 봤자 승부가 날 리 없다. 동규는 어머니가 내 편이면서도 내 편이 아니라는 생각이 들었다. 그럴 바에는 내 편이 아닌 어머니와 원만한 관계를 유지하기 위한 길을 찾아보는 게 나을 것이다.

동규는 한국말을 쓰지 않기로 마음먹었다. 영어만 써야 어머니와 싸우지도 않고 원만한 관계를 유지할 수 있을 것이다. 그러기 위해서 집에서도 영어를 쓰기로 했다. 하지만 한 번 습득해버린 한국말은 잊어버리겠다고 해서 잊을 수 있는 게 아니었다. 자동으로 들려오고 자동으로 반응하게 돼서 죽을 지경이다. 그래도 시치미를 뚝 떼고 한국말은 이해하지 못한다고 고집을 부렸다.

*
**

김 권사가 제넷 지를 면회하고 온 다음 날이었다. 컴퓨터 화면 속 신애가 딱하다는 표정으로 아침 먹는 동규를 바라보고 있었다.

동규가 포크를 들고 달걀 프라이를 막 집으려는데, 김 권사가 부드러우면서도 다정한 목소리로 말을 꺼냈다.

— 얘, 제넷 지 좀 어떻게 도와줄 수 없겠니? 사정이 딱해서 그래. 너도 알다시피 걔가 불쌍한 여자 아니냐? 그런 여자를 모르는 척하고 내버려 두면 어떻게 하니. 버틀러 씨한테 잘 말해서 이번 한 번만 봐달라고 하면 안 되겠니?

동규는 한국말을 못 알아들은 척하면서 딴청을 부렸다. 그러면서 영어로 말했다.

— 뭐라고 하셨어요? 난 못 알아들었는데.

김 권사는 어렵게 꺼낸 말을 되풀이하고 싶지 않았다.

— 능청 떨지 말고 내 부탁이라고 하면서 한번 말을 꺼내 봐. 안 들어주면 할 수 없고 들어주면 얼마나 고마운 일이냐. 제넷 지가 울면서 하소연하는데 차마 거절을 못 하겠더라.

— 글쎄, 난 무슨 말인지 모르겠으니까 영어로 하세요.

— 얘가 갑자기 왜 이래. 내가 어려운 말을 어떻게 영어로 하
니? 못 알아듣는 척하지 말고 니가 한국말을 해야지.

— 미안하지만, 난 한국말 수준이 낮아서 무슨 말인지 모르겠
으니 다음부터는 영어로 해주세요.

동규는 아침을 먹는 둥 마는 둥 하다가 이내 자리에서 일어
나 밖으로 나가 차에 시동을 걸었다.

김 권사는 아들이 왜 저러는지 이해가 되고도 남았다. 어려
운 부탁을 들어줄 수 없어서 발뺌한다는 걸 다 알고 있었지만,
제넷 지의 사정이 하도 딱해서 부탁해 본 것이었다.

동규는 집 안에서 사소한 말을 할 때도 영어를 썼다. 김 권
사는 영어로 지껄이는 아들이 마음에 안 들어도 저러다가 말겠
거니 했다. 그러나 날이 갈수록 점점 더 영어만 열심히 써 대는
아들을 보고 있자니 답답하고 속이 쓰렸다. 몇 번 말려도 보고
얼러도 보았건만 통하지 않았다. 점점 심해지는 아들을 보면서
이러다가 정말 한국말을 잊어버리는 건 아닌지 하는 걱정도 들
었다. 때로는 걱정이 지나쳐 의심이 깊어질 때도 있었다.

그 옛날 이승만 박사도 본인이 한국말을 잊고 싶어서 잊어버
렸겠는가? 오래도록 쓰지 않다 보니 녹슬고 잊어버리게 되지 않
았던가?

김 권사는 잘못하다가는 아들의 장래를 망치는 게 아닌가
하고 겁이 나서 목사님을 찾아가 의논해 보았다. 목사님도 이해
가 안 된다면서 좀 더 두고 보자고 미루었다. 김 권사는 내친김
에 한 가지를 더 물어보았다.

— 아들이 그러는데, 불법 체류자를 돕는 게 불법이라고 하더군요. 그런데 불법인 줄 알면서도 계속해서 도와줘야 하는지. 아니면 그만둬야 하는지 그게 궁금하네요.

목사님은 잠시 생각하더니 차분한 목소리로 말했다.

— 도둑이 교회에 들어와 물건을 훔쳤는데 경찰에 신고해야 하나, 말아야 하나, 하는 것과 같은 문제군요. 돈도 있는 자가 도둑질을 했다면 신고해야 마땅하겠지만, 가난한 자가 도둑질을 했다면 어떻게 신고까지야 할 수 있겠어요?

*
**

김 권사는 아들 동규를 따라 영어만 쓰면서 살자니 불편한 점이 한둘이 아니다. 간단한 생활 영어는 쉽게 할 수 있지만, 조금이라도 복잡한 이야기를 하자면 답답해서 도저히 해낼 수가 없었다. 아들과 같이 살고는 있으나 겉도는 말만 하면서 살았다.

아들은 말만 영어로 하는 게 아니었다. 식사도 양식으로 하겠다고 했다. 밥과 김치는 쳐다보지도 않고 양식이 입에 맞는다면서 양식만 고집한 지도 한참 됐다. 달걀 프라이, 베이컨과 토스트를 접시에 담았다. 오렌지 주스를 한 컵 따라 놓았더니 단숨에 마셔 버리고는 또 달라고 했다. 김 권사는 다시 컵을 채워 주면서 아들의 눈치를 살폈다.

모니터 속 신애의 웃는 얼굴을 바라보던 아들이 불현듯 신애가 괜찮아 보인다고 하는 게 아닌가. 영어로 하는 말이었지만, 김 권사로서는 듣던 중 반가운 소리였다.

— 정말? 내가 그랬잖니. 나도 신애가 제일 정이 가더라고. 네
　눈이나 내 눈이나 보는 눈이 어쩌면 이리도 똑같니!

김 권사는 너무 좋아서 얼굴에 함박웃음을 짓고 있었다.

— 결정한 건 아니고요. 보기에 그렇다는 말이에요.

잘못하다가는 어머니가 오해할 것 같아서 미리 쐐기를 박아 놓아야 했다.

— 그래, 나도 그렇다는 말이다. 서로 그렇다면 된 거지 뭐냐?

— 내가 언제 됐다고 했어요? 넘겨잡지 마세요.

동규는 말로만 그런 게 아니라 정말 그랬다. 얼굴만 보고 사람을 어떻게 안단 말인가? 말도 안 된다. 더군다나 실물도 아닌 화면 속 얼굴만 보고……. 누가 알까 봐 창피했다.

김 권사는 아들의 마음을 꿰뚫어 보고 있는 것 같았다.

— 넌 신애가 어떤 여자인지 궁금하지도 않니?

— 안 궁금해요. 알지도 못하는 여자인데 궁금할 게 뭐가 있겠
　어요.

그래도 김 권사는 신애가 교육대학교를 나온 교사라고 말해 주었다. 동규는 못 들은 척하면서도 속으로는 '선생님이라고?'되뇌어 보았다. 얼굴도 보았고 이름도 알고 직업도 알았건만, 그렇다고 현실감 있게 다가오는 건 아니었다.

김 권사는 이미 다 준비해 놓았던 것처럼 차분하게 말을 이어갔다.

— 그러지 않아도 내가 네 막내 이모하고 의논해 봤는데, 네가 직접 한국에 나가서 신애를 만나서 사귀어봤으면 좋겠으나 취직한 지 얼마 되지 않아서 휴가를 얻을 수 없잖니. 그래서 말인데, 막내 이모하고 신애 엄마하고 신애가 우리 집에 방문하기로 하면 어떻겠니? 한 일주일 정도 묵으면서 사귀어보면 서로 알게 되지 않겠니?

동규는 갑자기 신애인가 뭔가 하는 여자가 집으로 들어온다는 바람에 당황했다. '여자가 집에 들어온다면 이미 결정은 나 버린 게 아닌가?'

— 알지도 못하는 여자가 왜 우리 집으로 들어와요? 서로 불편하게. 호텔에 묵으라고 하세요.

무뚝뚝하게 내뱉었다. 막상 말을 해놓고 보니 너무 야박했나 하는 생각도 들었다.

— 호텔이든 우리 집이든, 여하튼 한번 만나보자는 거지.

김 권사는 모처럼 아들이 받아들인 색싯감 제의를 깨트리고 싶지 않아서 살얼음판을 걷듯 조심조심 말을 이어갔다.

— 미리 비행기 표도 예약해야 하고 준비할 것들도 있을 테니, 봄방학 때가 좋지 않을까?

김 권사는 아들의 비위를 건드리지 않으려고 애쓰는 낌새가 역력했다. 교포 사회에도 신붓감이 없지는 않았으나 김 권사는 한국에서 자란 여자라야 한국말이며 한국 음식에 익숙해서 근본을 지킬 수 있다고 믿고 있었다.

동규는 못 들은 척하면서 아무 말도 하지 않았다. 김 권사는 아들이 입을 다물고 있다는 것은 긍정의 표시라는 걸 이미 알고 있었다. 이럴 때면 듣기 싫어하는 소리를 늘어놓아도, 하기 싫어하는 일을 시켜도 된다는 것도 안다.

김 권사는 음식이야말로 자신이 어디에 속하는지를 말해 주는 것이라면서 한국인은 한국 음식을 먹어야 한다고 넌지시 운을 뗐다. 한국인이 한국말을 해야지 한국말을 안 하는 것도 일종의 모국을 배반하는 행위라고 말해 주었다. 김 권사가 한국말로 말했지만, 동규는 다 알아들었다. 저 말이 자신을 빗대어서 하는 소리라는 것도 알고 있었다.

'뚱딴지같이 누가 모국을 배반했다는 건가? 모국이 뭔가? 모국(Mother Country)은 글자 그대로 어머니 나라가 아닌가?'

— 배반은 누가 배반했다고 그래요? 불법 체류자를 돕지 않는 게 배반이란 말이에요? 오히려 한국을 버리고, 불법일망정 미국에서 살겠다는 게 배반이지요.

영어로 말을 해놓고도 이게 옳은 말인지 어떤지 분별이 되질 않았다.

김 권사는 계속해서 자기가 해야 할 말만 생각하느니라고 정작 아들의 중요한 말은 못 알아들었다. 실은 그보다도 복잡한 영어로 길게 이어지는 말이라 못 알아들은 것이다.

김 권사는 퉁명스러운 목소리로 자기 말만 해 댔다.

— 막내 이모에게 전화해서 신애더러 빨리 영어나 배우라고 해야겠다. 그래야 너하고 대화가 통할 게 아니냐? 양식 만드는 것도 익혀 와야 네 입에 맞는 음식도 챙겨줄 수 있겠고. 네

가 한국말을 못 하겠다니 어쩌겠니…….

자조 섞인 어조로 말을 이어가는 게 동규에게 들으라고 투정 부리는 소리처럼 들렸다. 오늘따라 어머니의 목소리에서 심술이 뚝뚝 떨어지는 것 같았다.

*
**

동규는 차츰 ICE 요원 업무에 익숙해지면서 불법 체류자 단속 업무가 어떻게 돌아가는지 감을 잡아갔다. 아무리 하는 일이 비밀이라고 해도 내일은 어디서 무슨 일을 할 것인지, 잡아온 불법 체류자들은 어디로 넘겨졌는지, 넘겨진 불법 체류자가 어떠한 상황에 놓여있는지 등 일이 돌아가는 상황을 대강은 알게 되었다. 이민국 구치소에 있던 제넷 지가 강제로 추방당했다는 이야기도 들었지만, 가슴 아파할 어머니에게는 말하지 않았다.

구내식당에서 점심으로 샌드위치와 세븐업을 들고 버틀러가 앉아 있는 테이블에 합류했다. 테이블에는 버틀러와 동료 직원 한 명이 앉아서 식사를 거의 끝내가고 있었다. 버틀러는 특유의 걸걸한 목소리로 낄낄대면서 "갓 뎀 잇. 내일 점심은 초밥으로 배를 채울지도 몰라"라고 말하면서 킥킥 웃었다.

버틀러가 먼저 자리에서 일어나 나가는 것을 보고 동료 직원에게 무슨 소리냐고 물어보았다. 동료는 내일 아침에 시내에 있는 유명한 일식집을 급습할 거라고 귀띔해 주었다. 동규는 무의

식적으로 "다다미?"하고 물어보았다. 그렇단다.

동료의 말을 듣는 순간 가슴이 쿵쾅거렸다. 샌드위치를 들고 있는 두 손이 떨리는 것을 억지로 참느라고 팔꿈치를 테이블에 대고 힘을 줬더니 쥐가 날 것 같았다. 샌드위치가 입으로 들어가는지, 코로 들어가는지 분간이 되질 않았다.

오후 내내 일이 손에 잡히지 않고 착잡해서 애꿎은 커피만 마셨다.

그날 밤, 동규는 잠을 이루지 못했다. 낮에 얻어들은 토막 정보를 어머니에게 말해 줘야 할지, 말아야 할지 판단이 서질 않았다. 어머니가 끔찍이 돌봐주던 제넷 지가 강제로 추방당했다는 사실도 감추고 있는데, 윤 씨 아저씨마저 잡혀간다는 건 상상도 하기 싫다. 잘못하다가는 윤 씨 아저씨의 손목에 동규 자신이 직접 수갑을 채우게 될지도 모른다는 생각에 이르자 그만 소스라치게 놀랐다. 차라리 아프다는 핑계를 대고 출근하지 말까 하는 생각도 해보았다.

이럴 때는 부모가 한국인이라는 게 싫다. 부모가 한국인이다 보니 덩달아 동규도 같은 한국인이 되고 말았다.

동규는 자신이 미국인이라고 알고 있는데 남들은 그를 한국인이라고 불렀다. '내가 잘못 알고 있나?' 하는 의구심이 들었다. '모국'이란 단어를 인터넷에서 검색해 보았다. 조상의 나라가 모국이라고 쓰여 있다. 헷갈렸다. "내 나라는 미국이고 내 모국은 한국이다?" 동규는 풀리지 않는 의문을 안고 뒤척거리다가 겨우 잠이 들었다.

오랜만에 꿈을 꿨다.

깜깜한 밤중에 도둑이 집 안을 들여다보고 있었다. 검은색 재킷을 입은 남자가 오른손에 수갑을 들고 슬라이딩 도어를 통해 집 안을 들여다보고 있다. 집 안에서 흘러나오는 빛 때문에 안이 잘 보이지 않는지, 왼손으로 눈 위를 가리고 유리에 얼굴을 갖다 댄 채로 안을 살폈다. '저 도둑이 정신이 나갔나? 집 안에 사람이 있는 것도 보지 못하나? 그냥 놔뒀다가는 안 되겠구나!' 하는 생각에 동규는 슬라이딩 도어에 다가가서 집 안에 사람이 있으니 들어올 생각일랑 하지 말라고 손을 퍼들고 휘저었다. 유리문을 두드리면서 도둑을 쫓으려 했다. 그러면 도둑이 놀라서 도망갈 줄 알았다.

그런데 도둑은 도망가지 않고 슬라이딩 도어 옆의 코너 쪽 창문으로 옮겨가서 다시 집 안을 들여다보았다. 동규는 얼른 그를 따라가서 창문에 대고 손을 흔들어 사람이 안에 있다는 것을 보여주었다. 도둑은 눈이 멀었는지 안에서 흔드는 손은 보지 못하고 창문을 열려고 이리저리 틈새를 찾아 두리번거렸다. 그러다가 드디어 틈새를 찾았는지 꼬챙이를 창문 틈새에 끼더니 지렛대를 어기듯 어기는 꼴로 보아 창문이 열리게 생겼다. 창문이 곧 열릴 것 같은데, 도둑은 동규가 손을 저어 말리는 건 보지 못하고 당장 들어올 기세였다.

동규는 마음이 급하고 불안해서 못 견딜 것 같았다. 조급한 마음에 소리를 질렀다. "야! 너 누구야? 너 누구야?" 아무리 소리를 지르려고 해도 꿈속이라서 그런지 말이 나오지 않고 "어, 어……." 하는 소리만 나왔다. 도둑은 점점 더 기세등등하게 창문을 열려고 했다. 드디어 창문이 열릴 것 같은데, 동규는 입에서 소리가 나오지 않아 속이 타들어 갔다. 나중에는 너무 급해서 "어이, 어이!"하고 크게 소리를 질렀다. 소리를 지른 게 아니라 큰 소리가 폭탄 터지듯 목구멍에서 터져 나왔다. 너무 큰소리로 "어이, 어이!"하다가 그만 제 소리에 자기가 놀라 화들짝 깨고 말았다.

어두워서 보이는 건 없었지만, 동규는 자기도 모르게 몸을 일으켜 침대 위에 앉아 있었다. 꿈이어서 다행이라는 생각과 한편으로는 고작 꿈인데 생시처럼 큰소리를 질렀다는 게 계면쩍었다. 지른 소리가 너무 커서 안방에서 자던 어머니가 놀라 뛰어나왔다. 겁에 질린 어머니는 동규의 어깨를 흔들면서 떨리는 목소리로 무슨 일이냐고 물어보았다. 이내 동규가 악몽을 꾸었다는 걸 직감한 어머니는 얼른 냉수 한 컵을 가지고 와 마시라고 했다. 동규는 냉수를 꿀꺽꿀꺽 들이켰다. 정신이 돌아오자 곧 생각을 가다듬었다. 꿈속에서 소리를 질렀다는 게 창피했다. 꿈을 꿨을 뿐이지 별일 아니라고 어머니를 안심시켜 드렸다.

동규는 '무슨 꿈이 이래?' 하면서 방금 꾼 꿈을 되새겨 보았다. 날이 밝으려면 아직 시간이 남아 있었기에 다시 자리에 누웠다.

생뚱맞은 꿈 때문에 잠이 다 달아나고 말았다. 다시 자려고 뒤척여 봐도 잠은 오지 않았다. 이불을 걷어차고 일어나 일찌감 치 주방으로 내려갔다. 아침을 준비하는 어머니를 보면서 말없 이 그냥 자리에 앉았다. 잠을 설쳤더니 입안이 까칠했다. 아침 을 먹을까 말까 망설이다가 텁텁하고 까칠한 입안을 차라리 매운 김치로 혹독하게 매질하고 싶다는 생각이 들었다.

일찌감치 내려온 아들을 보고 어머니가 한마디 했다.

— 간밤에 요란한 꿈을 꾸더니, 잠이 안 오던 모양이구나?

동규는 아무런 대꾸도 하지 않고 아침으로 밥과 김치를 달라고 했다.

갑자기 달라진 아들의 주문에 어머니는 놀랍기도 하고 별일이다 싶었다. 엊그제 아들에게 싫은 소리를 했더니 먹혀들었나했다. 그러면서도 아들이 모처럼 한식을 먹겠다니, 찬밥뿐이었지만 전자레인지에 데워서 총각김치하고 내주었다. 쉬어 꼬부라진 총각김치일망정 아들이 좋아하는 게 총각김치였기에 얼른내놓았다.

동규는 맨입에 총각김치를 한 입 깨물어서 씹었다. 딱딱하고 맵고 셨다. 신맛에 치를 떨었다. 입 안이 얼얼했다. 찬물을한 모금 마셨다. 모니터 속의 신애가 웃으면서 바라보고 있었다.

말을 해야 하나, 말아야 하나 망설이다가 총각김치를 한 입더 깨물어 씹었다. 참을 수 없이 맵고 셨다. 신맛이 식초를 들이켜는 것 같아서 고개를 흔들어 치를 떨면서 억지로 삼켰다. 어깨마저 오싹했다. 찬물을 들이켰다. 위까지 얼얼한 느낌이었다.

이마에서 진땀이 솟아났다. 얼얼한 입안을 달래려고 맨밥을 씹었다.

가방을 챙겨 들고 출근하기 위해 밖으로 나가려는데 어머니가 한마디 했다.

— 꽃피는 5월 초에 일주일간 신애가 오겠다더라. 이모도 같이 온다고 했어.

동규는 듣는둥 마는둥 밖으로 나가 차 문을 열다가 잠시 생각해 보았다. '신애가 온다고?'

감독관이 제넷 지가 잡혀 왔다고 귀띔해 주던 기억이 떠올랐다. 동규는 다시 발걸음을 돌려 집 문을 조금 연 뒤에 고개를 디밀고 한마디 던졌다.

— 오늘 윤 씨 아저씨더러 일하러 가지 말라고 하세요.

말을 끝내기가 무섭게 문을 닫았다. 꺼림칙하고 착잡했다. '미국에 충성하기로 선서까지 해놓고 이러면 안 되는데……' 하는 생각에 미국을 배반하는 느낌마저 들었다.

김 권사는 얼떨떨했다. 방금 아들이 한 말을 영어로 들었는지, 한국말로 들었는지 헷갈렸다. 분명히 한국말이었다. 갑자기 불길한 생각이 들면서 예감이 이상하다 못해 불안할 지경이었다.

'오늘 윤 씨 아저씨더러 일하러 가지 말라고?'

김 권사의 가슴이 뛰기 시작했다. 윤 씨가 직장에 못 나가게 붙들어야 한다. 그렇다고 아들에게 멍에를 씌워서도 안 된다.

잘못 떠벌렸다가는 아들이 불이익이든, 해고든 당할지도 모른다는 생각에 머리를 빨리 회전시켰다. 어찌해야 좋을지 모르겠기에 우선 윤 씨에게 전화부터 걸고 봤다. 가늘고 떨리는 목소리로 숨이 차서 말을 이어가기 힘든 티를 냈다. 죽어가는 환자의 목소리처럼 더듬더듬 끙끙거렸다.

— 윤… 씨, 나…에~요.

그리고 숨을 거듭 헐떡였다.

— 내가 열이 나면서 가슴에… 가슴에 통증이 심해서 죽을 것 같으니… 당장 우리 집에 와 줄 수 없겠어요? 꼭 좀 빨리… 와줘요.

김 권사는 소파에 누워서 윤 씨를 기다렸다. 잠시 후에 윤 씨가 헐레벌떡 달려왔다. 놀란 표정이 역력했다. 윤 씨는 김 권사를 보더니 급한 마음에 허둥대면서 휴대폰을 꺼내 들었다.

— 응급차를 불러야지요? 병원에 가서야 하잖아요.

— 병원은 좀 있다가 생각하고, 물수건 좀 가져다가 내 이마에 얹어줘요.

윤 씨는 물수건으로 김 권사님의 이마를 감싸주었다.

— 내 손을 잡아줘요.

김 권사는 오른손을 내밀었다. 윤 씨는 얼떨결에 두 손으로 김 권사님의 손을 잡았다.

— 손을 잡고 있으니 마음이 한결 놓이네. 그냥 이러고 있어 줘요.

윤 씨는 뭣도 모르고 김 권사님의 손을 잡았지만, 마음이 놓인다는 말에 손을 놓지도 못하고 그냥 엉거주춤하고 서 있었다.

이윽고 김 권사가 천천히 차분하게 말했다.

— 우리 아들이 올 때까지 나를 지켜줘야겠어요. 심장마비가
　올 것 같아서 그래요.

— 네? 권사님을 병원에 모셔다드리고 저는 일하러 갔으면 하
　는데요?

— 오늘 하루 쉬면 안 되나? 내가 당장 죽을 것 같아서 그래요.
　아이~고~

김 권사는 일부러 심하게 앓는 소리를 냈다.

— 큰일 났네. 이를 어쩌지?

윤 씨는 엉겁결에 겪는 일이라서 이러지도, 저러지도 못하고
구시렁댔다. 구시렁대는 윤 씨의 주머니 속에서 휴대폰이 울렸다.

— 네. 사장님. 접니다. 갑자기 환자가 생겨서 오늘 일을 못 나
　가겠네요. 꼭 그래야 할 것 같아서요. 죄송합니다.

윤 씨의 통화를 듣던 김 권사는 조용히 속으로 미소를 지
었다.

가족 나무

*

아내는 내게 불만이 많다.

어쩌면 그리도 고리타분하냐는 게 문제다. 아내와 나는 노인 아파트에서 정부 보조금으로 생활한다. 미국 정부에서 가난한 노인들에게 지급해주는 영세 보조금을 타려면 재산도 없고, 저금도 없어서 생계유지가 망막한 65세 이상 노인이라야 한다. 겨우 아파트 세를 내고 한 달 생활비를 저렴하게 계산해서 지급해주는 제도다. 교포 노인들은 돈이 있어도 이 제도를 역이용해서 영세 보조금을 타 먹는 경우가 종종 있다. 재산은 자식 이름으로 돌려놓고 가난한 노인으로 등록한 다음에 노인 아파트에 들어와서 사는 식이다.

그러나 우리 부부는 빼돌릴 재산도 없다. 살던 집은 하나밖에 없는 아들의 사업 밑천을 대주다가 그만 다 날려버렸다. 빈손으로 전전긍긍하다가 겨우 이 노인 아파트에 들어와서 자리 잡았다. 보조금으로 두 사람 몫을 받기 때문에 온전히 다 쓰면서 살면 그런대로 살만하다. 하지만 매달 받는 보조금에서 절반은 아들에게 떼어주고 나면 사는 게 빠듯하다. 빠듯하다 못해 겨우 연명이나 하면서 산다고나 할까? 돈이 없으니 별반 재미있는 일도 없다. 아내가 불만을 지닌 것도 다 이래서다.

오늘도 아내는 내게 불만을 털어놓았다.

— 경민이더러 더는 보태주지 못하겠다고 말해요. 나이가 몇인데 여태까지 부모에게 손을 내미는 자식이 어디 있어요? 효도는커녕 노인 영세 보조금을 후려가다니! 나 원⋯⋯.

아들 흉보는 아내 말이 듣기 싫어서 자리에서 일어서기는 했지만, 좁은 아파트 거실이라서 딱히 어디 숨을 만한 곳도 없다. 침실로 들어가 침대 위에 벌렁 누웠다. 멍하니 천장을 바라보고 있자니 한숨만 나왔다.

젊어서 한때는 돈도 좀 벌었건만 아들 뒷바라지하느라고 다 날려버린 생각을 하면 속이 쓰리다. 있는 돈, 없는 돈 들여서 아들을 보스턴 사립대학에 보내느라고 우리 부부는 혼쭐이 났다. 아내와 내가 일주일에 엿새를 쉬는 날도 없이 뼈 빠지게 일해서 모아놓으면 겨우 한 학기 등록금이 될까 말까 했다. 아들이 대학만 졸업하고 나면 모든 게 다 잘되리라고 믿었기 때문에 힘들어도 힘든 줄 몰랐다. 그러나 아들은 대학 졸업을 하자마자 곧바로 결혼하겠다고 나섰다. 직장을 얻고 돈을 벌어서 스스로 살아갈 궁리를 하는 게 아니라 결혼 비용까지 마련해달라고 했다.

— 아니. 다 큰 녀석이 제가 알아서 할 일이지 기껏 공부시켜 놨더니 결혼 비용을 대라고?

— 어쩌겠어요. 결혼시켜놓으면 색시 먹여 살려야 하니까 알아
　서 하겠지요.

아내의 말을 듣고 나니 그런 것도 같았다. 이러면 안 되는데
하면서도 하나밖에 없는 아들이라서 무슨 수를 써서라도 사람
답게 만들어 놓아야 할 것 같았다. 빚을 얻어 결혼시켜주었다.
다행히 색시는 교포 2세로 한국 여자다. 외국 여자가 아닌 것만
해도 감지덕지했다. 게다가 성당에 열심히 다니는 기독교인이라
니 어른 모시는 것도 남보다 나을 것 같았다.

우리 부부가 사는 곳에서 멀지 않은 아파트도 얻어 살림을
내주면서 아들이 잘살아주기만을 기대했다. 그러나 아들은 결
혼하고 6개월이 지나도록 직업 없이 빈둥빈둥 놀고먹었다.

미국에서 나서 자란 새색시가 벌어오는 돈으로 간신히 살아
가고 있으니 새색시 눈치가 보여서 함부로 아들 집에 드나들기
도 민망하다고 아내가 투덜댔다. 아내는 눈에 띄는 것마다 챙겨
다 주느라고 사실 우리 집 살림은 거덜이 날 지경이다.

나이가 들어 은퇴한 지도 한참 되었으니 숨겨놓고 쓰던 돈
도 곶감 꼬치에서 곶감 빼먹듯 슬금슬금 다 사라지고 없다. 외
아들이란 이유로 어떻게 해서라도 잘 키워보려고 했건만 오히려
부모에게 기대서 살 줄만 알았지, 자립심이 없다. 아들 생각만
하면 답답하고 속이 터진다. 속만 터지는 게 아니라 소화도 안
되는지 위가 쓰리고 더부룩했다.

내일은 아버님 기일이다.

— 여보, 제사가 내일인데 제사상 차리려면 과일이라도 좀 사
와야 하는 거 아니야?

아내는 듣는 둥 마는 둥 TV 연속극만 보고 있다.

— 자, 인제 그만 보고 나가봅시다. 가서 뭐 좀 사 와야지.

나는 잠바에 팔을 끼우고 모자를 쓰면서 마스크 챙기는 것
도 잊지 않았다. 아내가 뒤따라 나오려니 하고 먼저 밖으로 나
왔다.

구급차가 경적을 울리며 쏜살같이 달려왔다. 주차장으로 접
어들더니 경광등을 껐다. 지하 주차장으로 들어가는 길목에 차
를 세우더니 911 유니폼을 입고 검은 마스크를 한 젊은이 두 사
람이 부지런히 바퀴 달린 침대를 내렸다. 구급요원들이 갑자기
노인 아파트에 들이닥치면 거의 다 심장마비 때문이다. 궁금해
서 누가 실려 나오나 보려고 기다렸다. 한참을 기다려도 구급요
원들은 나올 기미가 보이지 않았다. 햇볕 따스한 곳에서 구경꾼
이 서성대고 있었다. 문이 열리더니 뒷짐을 진 경비원이 어슬렁
대며 걸어 나왔다.

— 무슨 일이에요?

— 뭐, 자살했다나 봐요.

자살이라는 말에 뜨끔했다. 70대 할머니가 혼자 살고 있었
는데 딸이 연락해도 기별이 없기에 와서 보니 문 안쪽에 쇠줄

이 걸려 있어서 들어갈 수 없더란다. 911 요원이 오더니 모자를 벗어서 문 안에 넣고 툭 치니까 금방 열렸다. 나는 할머니가 왜, 어떻게 죽었는지 궁금했다.

검은색 잠바에 금테 두른 모자를 쓴 경비원은 혼자서 다 안다는 식으로 중얼거렸다.

— 샤워장에서 목을 맸어요. 늙은 할머니들이야 뻔하지, 뭐.

뻔하다니? 뭐가 뻔하다는 건가?

— 벌써 올해 들어서 두 번째여, 3층에서만. 지난번에도 70대 할아버지가 자살했는데 외롭고 돈 없으니 우울증에 시달리다가 갔어.

그러면서 다음 말로 이어갔다.

— 이번에도 우울증이 문제여.

외로워? 돈? 우울증? 나는 이 세 가지 문제점 때문이라는 데 가슴이 뜨끔했다. 내가 죽고 난 다음에 아내가 겪어야 할 일들을 나열하는 것 같아서다.

본적도 없지만 자살한 할머니가 자꾸 머릿속에서 맴돌았다. 죽는 사람이야 오죽했으면 죽겠느냐마는 가서 조상님들을 무슨 낯으로 뵈려는지, 내가 다 걱정이다.

시간이 한참 흘렀는데도 아내는 내려오지 않았다. 다시 5층으로 올라갔다. 현대식 아파트 구조는 붕어빵을 찍어 놓은 것처럼 다 똑같다. 문을 열고 들어서는데 샤워장이 눈에 거슬렸다. 꺼림직한 마음이 들기는 했지만, 혹시 목을 맬 만한 무엇이 있나 해서 들여다보았다. 아무리 훑어봐도 목을 맬 만한 높이에 달린 고리는 없다. 살고자 하는 사람 눈에는 안 띄지만, 죽고자 하는 사람 눈에는 보이는 것은 아닐까? 물에 빠져 죽을 사람은 접시 물에도 코를 박고 죽는다더니…….

제사상은 단출하게 차렸다. 단출하다고는 해도 포와 탕은 있어야 하고 배, 사과, 수박 같은 과일도 얹어놓았다. 비늘 달린 생선도 있었으면 좋으련만 아내는 생선이라면 질색해서 차마 당부하지는 못했다. 그런대로 제사상을 차리고 지방(紙榜)을 벽에 붙여놓았다. 한지가 없으니 A4용지에 지방을 썼다. 검은색 펜으로 〈현고학생부군신위〉라고 한글로 적어 벽에 붙였다. 내가 직접 써서 붙였으면서도 '나도 무슨 말인지 모르겠는데 하물며 아들이나 며느리는 이를 어찌 이해하겠는가?'하는 생각이 들었다. 아들 녀석은 중학교 때 미국에 왔으니 할아버지, 할머니를 잘 기억한다. 오늘이 할아버지의 기일이다.

처형 초청으로 미국에 이민 갈 때 아버지는 극구 반대하셨다. 조상님은 누가 모실 거냐며 여러 번 말렸지만 나는 쉬쉬하면서 한국을 떠났다. 그때까지만 해도 부모님은 옛집에 그대로 살고 계셨다. 그러더니 연세가 연세인지라 큰 누님 댁으로 거처를 옮기셨다. 외아들인 내가 두 분 다 모시면서 살아야 한다는 건 알고 있었지만, 아내의 도움 없이 혼자 벌어서 살기에는 자신이 없었다.

아버님이 위암으로 돌아가셨다는 연락을 받고서야 한국에 들어갔다. 오래간만에 선산에도 가보았다. 양지바른 야산에 고

조할아버지, 할아버지가 계시고 그 아래에 아버지를 모셨다. 아버지 묫자리 밑으로는 보리밭인데 아마도 내 자리일 것이다. 할아버지가 마련해 놓은 조상 묘가 마치 긴 동아줄에 매듭과 매듭이 이어진 것처럼 보였다. 줄줄이 내려앉는 산소를 보면서 나도 하나의 매듭이 되어 동아줄을 이어가야 한다는 묵언의 압박을 받았다.

장례를 치르고 곧바로 돌아왔다. 돌아오면서도 마음이 편치 않았다. 이러면 안 되는데 하는 생각이 짓누르고 있었지만 살기에 급급해서 늙은 어머니를 생각할 여유조차 없었다. 정신없이 살고 있던 어느 날, 어머님이 오래 사실 것 같지 않으니 한번 나와 보라는 누님의 전갈을 받았다. 아들 경민이가 사립대학에 다닐 때여서 돈에 쪼들릴 시기였다. 겨우 비행기 삯을 만들어 한국에 들어갔다.

누님은 일산의 성지 아파트에서 살고 있었고 어머니는 입원과 퇴원을 반복하면서 연명하고 계셨다.

한창 일하던 때라 직장을 오래 비워둘 수 없었다. 일주일을 같이 지냈는데 어머니는 내게 여러 번 당부했다.

— 아버지 제사만큼은 잊어서는 안 된다. 너희 아버지는 양력은 모르는 양반이야. 음력만 아니까 음력으로 제사를 지내야 해. 생선을 좋아하시던 분이니 비늘 달린 생선을 꼭 올려드려라. 비늘은 갑옷을 상징하기 때문에 비늘 달린 생선이래야 해. 죽은 귀신이 배가 고프면 악귀가 된다더라.

내가 미국으로 돌아온 후로 한 달도 되지 않아서 어머니는 돌아가셨다. 한 번 휴가를 써먹은 만큼 회사에 또 휴가를 신청할 염치가 없었고 금전적 여유도 만만치 않아서 장례식에는 가지 못했다.

장례식에도 참석하지 못한 동생에게 누님은 어머니의 유언을 들려주었다. '아버지의 묘 밑에 아들이 묻혀야 그나마 떳떳하게 조상님들을 뵐 수 있을 것'이라면서 '아버지 제사만큼은 걸러서는 안 된다'라고 간곡히 부탁하셨단다.

어머니의 간곡한 유언이었던 만큼 제사는 차마 거를 수 없었다.

— 여보! 경민이한테 연락했지?

— 일주일 전부터 이야기해 놨으니까 저도 알겠지요.

— 그런데 왜 안 와? 벌써 몇 시인데.

— 늦게라도 오겠지요.

— 늦게라니, 알 만한 녀석이 맨날 늦으면 어떻게 해.

— 요즘 세상에 와 주는 것만도 고맙지요. 누가 제사 지내러 다닌단 말이에요?

— 아, 경민이가 누군데. 밀양 박씨 3대 외아들이야. 뭘 알고 말을 해야지.

— 누가 뭐래요? 미국에서 제사 지내는 집이 몇 집이나 되겠어요. 옆집 효순이 할머니네랑 4층에 사는 진주집도 제사는 안 지낸대요.

— 그런 집하고 우리 집하고 같아? 우리 집안은 뼈대가 있단 말이야.

— 뼈대 좋아하시네. 뼈대가 있어서 경민이가 그 모양 그 꼴이
란 말이에요?

— 우리 경민이가 어때서? 돈벌이를 좀 못해서 그렇지, 돈이 전
부야?

아내가 경민이를 우습게 볼까 봐 한마디 해 줬다. 아들이 못
나서가 아니라 국가 경제가 좋지 않아서 어려움을 겪고 있을 뿐
이라고. 경민이를 두둔했다.

세상이 어찌 됐는지, 미국으로 건너온 사람들은 제사라는
풍습을 다 팽개쳐버렸다. 그들도 제사를 버리기까지 왜 갈등이
없었겠는가. 제사를 지내다가 그만둔 사람, 마음속으로 죄짓는
것 같아서 께름칙하지만, 그냥 넘어가는 사람, 말로만 제사를
대신하는 사람. 모르긴 해도 찜찜한 마음은 각양각색일 것이다.

나는 구한말에 내려졌던 단발령이 생각났다. 조상 대대로 이
어오던 상투를 잘라야만 했던 죄책감이 오늘날 제사를 그만두
는 심정 같지 않았을까 하는 생각이 들었다.

아내는 부엌에서 나보고 들으라는 듯 혼자 중얼거렸다.

— 손주 녀석도 데리고 왔으면 좋으련만, 어찌 혼자만 다니는
지…….

아내는 이웃 노인들의 사정을 잘 알고 지낸다. 아내 말로는
3층에 사는 김 씨 부부는 지난번에 LA에 다녀왔다. 사우나에
도 가고, 맛있는 음식도 많이 먹고 왔다고 자랑하더라며 큰돈
이 드는 것도 아니라고 하더란다. 나는 아내가 하는 말이 듣기
싫었다.

— 경민이 줄 돈 챙겨놨지?

— 봉투에 넣어 놨어요.

아들은 제 아이 교육비로 돈이 많이 든다면서 늘 돈타령이다.

아내는 영세 보조금으로 받는 돈이나마 온전히 다 쓰면서
사는 게 소원이라고 했다. 아들에게 떼어주지만 않아도 여유 있
게 살면서 놀러도 다닐 수 있다며 한숨을 내 쉬었다. 한숨만 쉬
는 게 아니라 아들에게 이번 달만 주고 다음 달부터는 못 주겠
다고 말하라고 내게 당부했다. 다른 집 자식들은 효도 관광도
보내주고 때가 되면 선물도 사다 주고 용돈도 준다고들 자랑하
는데, 우리 아들은 손주가 6살이나 먹도록 늙은 부모에게 손을
내밀고 있으니 남이 알까 봐 창피하다며 낯을 붉혔다.

— 그런데 애는 왜 안 오는 거야?

— 안 올 리가 있겠어요? 돈 받아 가야 할 텐데, 오구 말구요.

아내에게서 풍기는 말투가 심상치 않았다.

— 어디 전화 좀 걸어봐.

— 전화는 무슨 전화, 차라리 안 오면 돈 안 주면 될 거 아니에
  요.

호랑이도 제 말 하면 온다더니, 아들이 문을 열고 들어왔다.

— 너 혼자서 오는 거냐? 에미하고 다니엘은?

— 오기 싫대요.

아들은 마스크를 벗어 접더니 호주머니에 찔러넣으면서 퉁
명스럽게 대답했다.

— 네가 알아서 같이 와야지, 혼자 오면 어떻게 해. 조상님도

227

못 알아보는 손자를 대체 뭣에다 쓰겠냐?

나도 모르게 언성이 높아졌다. 내가 대놓고 면박을 줘도 아들은 얼굴색 하나 변하지 않았다. 부끄러워하기는커녕 자기 할 말만 했다.

— 할아버지 집에서 냄새난다고 오기 싫대요.

이건 또 무슨 소리인가? 설혹 손자 녀석이 그렇게 말을 하더라도 아들인 지가 잘 설명해서 알아듣게 해야지, 그 말을 곧이곧대로 전하면 어쩌자는 것인지. 아들이 영 못마땅했다.

아들은 듣는 둥 마는 둥 하면서 투덜거렸다.

— 와이프가 그러는데요, 왜 벽에다가 대고 절을 하는지 도저
  히 이해가 안 된다고 하더라구요.

'이런 몰상식한 며느리가 있나?' 하는 생각이 들었지만, 대놓고 말은 하지 않았다. '조상님께 하는 절이지, 누가 벽에다 대고 하는 줄 아느냐'라고 아들을 나무랐다. 그리고 너희 할아버지 혼령이 오셨다가 가는 줄 알라고 말해주었다. 말을 해주면서도 실은 나 역시 의문이 들기는 매한가지다. 혼령이 먼 미국까지 오셨다가 가실 수 있는지······.

할아버지 묘소에는 8각 기둥 망주석이 쌍으로 서 있다. 혼령이 무덤 밖으로 나갔다가 돌아오면서 못 찾아올까 봐 세워놓은 것이라고 했다. 잠깐 나갔다가 돌아오는 것도 그럴진대 하물며 태평양을 건너서 이 먼 곳을 제대로 찾아다니실 수 있다고 믿기에는 석연치 않았다. 내 말은 듣는 둥 마는 둥 서 있던 아들이 한마디 툭 던진다.

— 지금 세상에 누가 혼령을 믿어요? 비과학적인 말 하지 마세
요.

나는 조상님들이 들을까 봐 얼른 검지를 입에다 대고 조용
히 하라고 윽박질렀다. 아들은 어이없다는 듯 또 내뱉었다.

— 정말 답답하네요.

'답답하다니? 네가 답답하지 내가 왜 답답해?' 이런 생각을
하면서 한마디 해주지 않을 수 없었다.

— 조상님 혼령이 우리와 같이 살고 계신다는 걸 알아야 해.
지금껏 우리 가족이 무탈한 건 조상님의 은덕인 줄 알아라.

— 기왕에 말이 나왔으니 하는 말인데요, 앞으로 저는 제사 같
은 거 안 차릴 테니 그런 줄 아세요.

아들은 선전포고하듯이 당당하게 말했다.

'이런 불효자식이 있나?' 하는 생각이 들었다. '불효'가 무슨
뜻인지조차 모를 아들에게 말해봤자 소용 있겠나 싶어서 그만
두려다가 그래도 아들이니까 알아듣게 설명해 주기로 했다.

— 한국인은 조상이 죽으면 1주기를 소상, 3주기를 대상이
라 하여 추모하는 거야. 조상이 죽은 날과 명절에 제사를 모셔
야 해. 제사는 조상의 영혼이 혈손들과 함께 영생하는 것을 의
미한단다.

설명하면서도 아들이 알아듣거나 하는지 의구심이 들었다.
아들을 데리고 제사상에 대고 절을 올렸다. 아들은 절만 몇 번
하고 나서 당연한 것처럼 돈을 챙기더니 바빠서 가 봐야 한다고
했다. 밥이라도 먹고 가라고 붙드는 아내와 그냥 나가버리는 아

들이 한눈에 들어왔다. 아내는 제사상을 거둬 식탁 위에 올려놓았다.

— 다니엘이라도 데려왔으면 이렇게까지 섭섭하지는 않을 텐데, 어찌 그리 매정한지…….

아내는 손주 못 본 걸 아쉬워하면서 엉뚱하게 화살을 내게 돌렸다.

— 왜 돈 그만 주겠다고 말하지 않았어요?

— 그런 말은 당신이 해야지, 내가 어떻게 해.

— 중요한 말은 아버지가 하는 거예요. 자식이 하나만 더 있어도 이렇게 섭섭하지는 않을 텐데, 아들 하나면 됐다고 고집부리더니 꼴~ 좋구려.

아내는 원망 섞인 목소리로 타박하며 쏘아붙이는가 했더니 곧이어 한탄 섞인 말도 했다.

—누가 그 아비에 그 아들 아니랄까 봐 손주 하나만 달랑 낳고 그만 낳겠다니…….

내 입에서도 욕이 절로 나왔다.

— 고얀 녀석 같으니라구.

*
**

재작년의 일이다. 그동안 빈둥빈둥 놀고먹던 아들 녀석이 엉뚱하게도 사업을 해보겠다고 나섰다. 나는 겁이 나서 생각만 했지, 손도 대보지 못했던 사업이라는 것을 경험도 없는 아들 녀석이 덥석 하겠다고 나서는 데 그만 놀라지 않을 수 없었다. 백인들만 사는 부자 타운에서 영업이 잘되는 일식집이 매물로 나왔다. 벌써 아들은 영업장을 여러 차례 들락거리면서 눈여겨봐 뒀던 모양이다. 주방에서 일하는 종업원이 넷인데, 돌아가면서 쉬기 때문에 불만도 없다. 다들 일명 스시맨이라 '사시미'하면 어디 가도 뒤지지 않는 알짜 기술자들이다. 신선한 생선 재료는 전화 한 통만 하면 곧바로 배달해 준다며 열심히만 하면 일 년 안에 권리금 정도는 다 빼고도 남는다고 했다.

듣기에 솔깃해 보였으나 사업이라는 게 그리 녹록하다면 누구나 다 돈 벌어서 잘살아야 할 것 아닌가. 더군다나 식당업이라는 게 아무나 덤벼드는 사업이 아니다. 지금까지 먹는 장사하다가 망한 사람들을 많이 봐왔는데 내 아들이 이 험난한 식당업을 하겠다니, 어떻게 말려야 하나 걱정이 앞섰다. 그러나 한번 해보겠다고 마음먹은 아들은 마치 여우에 홀린 것처럼 빠져들었다. 매일같이 집에 들러서 사업 자금을 빌려 달라고 졸라댔다.

그때만 해도 정원이 딸린 조그마한 개인 집에서 살고 있을 때였다. 아들은 은행에서 집을 담보로 융자를 얻어주면 일 년 안에 빌린 돈을 갚을 테니 걱정하지 말라고 큰소리쳤다. 사업 경험도 없는 주제에 무슨 수로 일 년 안에 돈을 갚겠다는 건가. 말도 안 되는 수작이라 콧등으로도 안 들어줬다. 아들은 아예 집에 와서 자는가 하면 엄마의 부업 허드렛일을 도와주면서 알랑거렸다. 내게 말해봤자 통하지 않으니까 엄마를 졸라대더니 드디어 며느리까지 동원해서 설득하러 들었다. '다니엘 아빠도 번듯한 사업체 하나는 운영해야 다니엘이 학교에 들어가도 기를 펼 것이 아니겠느냐'면서 한 번만 사업 자금을 빌려 달란다.

아주 달라는 것도 아니고 빌려 달라는데, 일 년 안에 갚겠다는데 그것도 못 해주는 부모가 어디 있느냐며 따지고 들었다. 어처구니없는 공세를 받고 나니 나도 더는 견딜 수 없었다. 도대체 얼마가 필요하냐고 물어보았다. 적은 액수가 아니었다.

그날 밤 한잠 자지 못하고 뒤척였다.

내가 죽고 나면 어차피 적은 재산이나마 아들 몫인데 필요하다고 할 때 줘야지 빛이 날 게 아니겠는가. 생각이 이쯤에 이르자 당장 실천하기로 했다. 그런데 막상 은행에서 융자 서류를 받아 오고 나서는 마음이 변했다. 늘그막에 재산이라고는 집이 전부인데 그마저 날려버리면 어쩌겠는가?

서류를 쓸 줄 모른다는 핑계로 차일피일 미뤘다. 하루는 아들이 오더니 서류를 자기가 작성할 테니 나더러 사인만 하라고 했다. 놓고 가면 알아서 할 테니 염려하지 말라고 해도 자기가 지켜보는 앞에서 해 달라고 쫓아다니면서 졸라대기에 마지못해 결국 사인을 하고 말았다.

아들 부부는 신이 나서 우리 집을 들락거리며 고분고분 말도 잘 들었다. 손자 녀석까지 유순해지고 붙임성 있게 다가왔다. '참, 돈이 좋기는 좋구나!' 불효자식을 효자로 바꿀 수도 있고, 말 안 듣던 손자까지 말 잘 듣는 아이로 변신시키는데 이것보다 더 훌륭한 사부가 어디에 있겠나.

아들은 한 달 후 사업체를 인수하고, 한 달은 기존 주인이 남아서 일 처리를 가르쳐주기로 했다면서 어린이날을 코앞에 둔 아이처럼 들떠있었다.

인수인계는 일사천리로 잘 넘어갔다. 신바람이 난 아들이 정식으로 맡아서 혼자서 운영에 들어갔다.

일이 안 되려면 뒤로 자빠져도 코가 깨진다고 했다. 하필 그때 코로나19 팬데믹이 들이닥쳤다. 코로나바이러스가 미국에 상륙했다는 뉴스가 TV 화면을 연일 뜨겁게 달구었다.

미국 전역에서 91명의 확진자가 나왔다더니 샌프란시스코 지역에서만 5명의 확진자가 나타났다. 워싱턴주에서는 사망자가 4명에 이른다고 했다. 양로원에 입원한 환자 50여 명이 집단으로 감염됐다는 뉴스도 있었다.

아침에 코스트코에 다녀온 아내가 사람들이 물이며 화장실 휴지, 통조림, 소독제, 청소용품 등 뭐 별것들을 다 사 가더란다. 생수도 동이 났단다.

공중 보건 웹사이트를 들춰보니 코로나바이러스를 준비하는 방법이 열거되어 있었다. 2주 동안 격리될 경우를 대비해서 준비할 목록이 나와 있다. 그런데 제일 먼저 생수부터 준비하라는 건 이해가 되지 않았다. 코로나바이러스가 퍼지는데 수돗물에도 문제가 있나?

미국인들은 쓸데없는 짓들을 해대는 걸 여러 번 보아 왔는데 이번에도 예외가 아니었다. 호들갑을 떠는 것처럼 보였다.

아내더러 쌀이나 한 포대 있으면 된다고 안심시켰다. 그런데 웬걸, 마침 쌀을 다 먹어서 없단다. 쌀이 없으면 안 되지. 쌀을 사러 코스트코에 다녀온 아내의 얼굴에 걱정이 가득했다. 쌀이 다 팔려나가고 없더란다. 코스트코 진열대가 텅텅 비고 남은 게 없단다.

그제야 일이 심각하다는 것을 깨달았다.

아내와 나는 한 시간을 달려서 한국 식료품점에 갔다. 그곳에도 쌀은 다 팔려나가고 없었다. 직원의 말에 의하면 벌써 지난주에 동이 났단다. 허탕 치고 돌아가려는데 트럭에서 쌀을 내리고 있었다. 막 도착한 쌀을 겨우 한 포대 사 들고 왔다. 두 포대 사겠다고 했더니 일 인당 한 포대밖에 줄 수 없다는 상사의 명령 같은 소리만 들었다.

*
**

코로나19가 무서운 전염병이라는 뉴스는 온 세상을 공포로 몰아넣었다.

엎친 데 덮친 격으로 주 보건국으로부터 아들이 운영하는 식당의 문을 닫으라는 통보를 받았다. 식당 문을 닫는 바람에 월세도 낼 수 없게 되었다. 아들은 죽을상을 지었지만, 어쩔 수 없었다.

한번은 아들이 헐레벌떡 달려왔다. 식당에 나가 봤더니 출입문에 퇴거 명령 통지서가 붙어 있다. 3일 안에 건물을 비워달라는 통지서였다. 월세 밀린 게 화근이었다.

그때만 해도 조금 지나면 코로나19도 독감처럼 지나갈 것으로 알았다. 어떻게 해서라도 코로나 시국이 끝날 때까지 몇 달만 버티면 될 것으로 판단했다. 내가 돈을 쌓아 놓고 있는 것은 아니었지만, 위기를 넘길 때까지는 아들을 도울 수밖에 없었다. 은행에 담보로 잡혀있는 집을 재담보로 제2융자를 얻었다.

그러나 코로나19는 그렇게 쉽게 끝나는 유행병이 아니었다. 결국 아들은 사업을 미처 해 보지도 못하고 빈손으로 떠밀려 나왔다. 빚만 잔뜩 지고……

이것은 아들만의 문제가 아니었다. 당장 내 발등에 떨어진 불이 더 큰 문제였다. 그 많은 월부금을 무엇으로 갚아나갈 것인가. 담보로 잡혀있던 집은 은행으로 넘어갔다. 그렇게 우리 부부는 20년이나 살아온 집에서 쫓겨나고 말았다. 그나마 지금 사는 노인 아파트라도 우리 차례가 된 것은 천만다행이다.

아직도 코로나19 팬데믹이 끝나지 않았으니 지금 생각해도 코로나19를 얕잡아본 게 문제였다. 그보다 더 큰 실수는 경험도 없는 아들이 식당 사업에 덤벼드는 걸 끝까지 말리지 못한 탓이었다. 지금도 그때 일을 생각하면 후회막급이다.

아들은 그것도 모자라는지 내게 불만이 많다. 다른 집 자식들은 부모를 잘 만나서 쭉쭉 뻗어나간다면서 자신의 운명을 성토할 때도 있다. 그럴 때마다 나는 부아가 치밀어 화병이 날 지경이다.

이제는 돈 없는 아비라고 업신여기는지, 영세 보조금으로 나오는 몇 푼 안 되는 돈까지 후려가는 주제에 일 년에 한 번 있는 제사까지 보이콧하려 들었다.

어젯밤만 해도 그랬다. 늦게 혼자서 나타나 제사는 건성으로 치르고 돈만 챙겨가는 꼴이 못마땅해서 한마디 해주고 싶었지만, 그랬다가는 그나마 오던 발길마저 끊는다면 어쩌겠는가.

한편으로는 이게 다 내 불찰인 것 같아서 서글펐다. 식당이 망하고 난 후로는 잠도 오지 않았다. 먹으면 소화도 안 돼서 소화제를 달고 산다. 속이 비면 쓰리고 트림이 나면서 더부룩한 느낌을 받아 기분이 좋지 않다. 소화에 문제가 생기면서 나는 아내에게 밥을 질게 해 달라고 부탁했건만 아내는 번번이 고슬고슬한 밥을 밥상에 내놓는다. 어제저녁에 먹은 밥이 얹혔어서 오전 내내 속이 부대꼈다. 온종일 굶다가 저녁에서야 겨우 흰죽을 먹었다.

영세민을 돌봐주는 하이랜드 병원이 있기는 하지만, 이까짓 소화불량 정도 가지고 의사를 만나보기도 그렇고, 또 내방 할 때마다 지불해야 하는 의사 방문비도 만만치 않아서 차일피일 미루고 있었다. 미국 병원이라고 가봤자 말도 안 통하고 천대받는 느낌이 들어서 가고 싶은 생각도 없다.

하지만 이번만큼은 참고 기다릴 상황이 아니다.

날이 밝자 아내와 나는 하이랜드 병원으로 향했다. 우리 같은 한국 노인들은 한국인 의사와 상담했으면 좋으련만 이 병원에는 한국인 의사가 없다. 그런데 오늘은 운 좋게도 한국인 의사를 만났다. 젊은 여의사인 닥터 박은 사회생활의 첫발을 이 병원에서 시작하게 되었다면서 친절하게 맞아주었다.

상냥하게 웃으면서 따듯하고 부드러운 손으로 내 배를 여기 저기 꾹꾹 눌렀다. 누르면서 아프지 않으냐고 물었다. 부드럽고 따스한 손맛이 좋았다. 이왕에 병원에 왔으니 위내시경을 해 봤으면 좋겠다고 말했다. '그러서야지요' 하면서 내시경 검사 날짜는 2주 후로 잡아 주었다.

죽만 먹고 지냈지만, 2주는 금세 지나갔다. 나는 내시경 검사라는 것을 처음 받아보았다. 호스를 입에 물고 옆으로 누우라고 해서 돌아누우면서 깜빡 잠들었더니 벌써 다 끝났다고 했다. 얼떨결에 나왔지만 어떻게 했는지 전혀 기억이 없다. 결과는 즉석에서 나왔다.

마스크를 쓴 닥터 박은 왜 이렇게 병세가 위중해지도록 병원에 오지 않았느냐고 질타하듯 말했다. 위암이 많이 진행됐다고만 했지 얼마나 심각한지는 말해주지 않았다. 닥터 박은 내과 전문의에게 진료를 넘길 것이니 내일 다시 방문해달라면서 시간을 알려줬다. 일어서려는데 발에 힘이 다 빠져나가 휘청거렸다. 진료실을 나오자마자 누가 먼저랄 것도 없이 로비에 있는 벤치에 주저앉았다. 멍하니 앉아서 지나다니는 사람들을 바라보았다. 여기서 내 인생은 막이 내리는구나 싶었다. 아내의 눈에는 눈물이 맺혀 있었다. 내가 죽고 나면 아내는 어떻게 살아갈 것이며, 나이만 먹었지 세상 물정도 모르는 아들 녀석이 아내를 보살펴주기나 할 것인지 별별 생각이 다 떠올랐다. 나는 아내의 손을 잡았다. 그리고 진심으로 말해주었다.

— 여보, 내가 죽거든 돈 많은 사람 만나서 잘 살아.

— 주책 좀 작작 떨어요. 말이나 되는 소리를 해야지, 닥터 박이 언제 죽는다고 했어요?

아내가 버럭 화를 냈다.

— 심각하다는 건 죽을 수도 있다는 소리 아니야?

— 염려 말아요. 수술하고도 다들 잘 산다고 했잖아요.

그래도 어쩐지 마음 한구석이 석연치 않았다.

다음 날 통역해 줄 아들과 함께 내과 전문의인 닥터 존슨과 마주 앉았다. 마스크를 쓴 존슨 박사는 마치 학생들에게 강의하듯이 필름을 보여주면서 안타깝게도 암 발생 부위가 상부 쪽이라 위를 완전히 잘라내고 식도와 소장을 직접 연결하는 전절제 수술을 해야 할 것이라고 설명했다.

전이 여부는 수술 도중에 조직 검사를 해봐야 알 수 있단다. 설명이 끝나자 별의별 검사를 다 했다. 그때부터 병원에 가 있는 시간이 집에서 지내는 시간보다 더 길어졌다.

수술 날짜를 기다리는 2주 동안은 참으로 지옥 같은 날들이었다. 배가 고프지도 않고 밥 생각도 나지 않았다. 커튼을 쳐서 방 안을 깜깜하게 해놓고 침대에서 일어나지 않았다. 잠을 자는 것도 아니었다. 그냥 누워서 어릴 적부터 엊그제 일까지 영화 필름 돌아가듯 돌려보았다. 남보다 열심히 살았는데 결과는 이런 것인가 하는 생각에 원통하기도 했다. 하느님이 있다면 왜 하필이면 나란 말인가 하는 생각에 원망과 분노가 솟구쳤다. 생각하면 할수록 눈물이 흘렀다.

죽어서나마 고향 부모님 곁으로 가야 할 텐데, 그 길만이 작으나마 마지막 효도일 것 같은데 방법이 떠오르지 않았다. 시신을 운반해 간다는 건 말도 안 된다. 어마어마한 비용을 어떻게 감당할 수 있겠나. 화장해서 재라도 가족 묘지로 가야 하나? 아니면 이곳에 묻혀야 하나?

*
**

수술을 끝낸 지 반년이 지났다. 암이 림프샘으로 전이되어 수술 후에도 항암 치료를 두 번이나 받았다. 암 진단을 받은 이후로는 살아있어도 사는 게 아니다. 삶을 포기하다시피 하고 연명만 할 뿐이다.

벽에 걸린 달력 사진에는 보름달이 곱게 물들어 있고 '9월 4일'이라는 숫자를 빨간색으로 나타냈다.

위를 잘라낸 다음부터 식사할 때마다 음식을 조금씩 나눠 먹고 천천히 오래 씹어야 했다. 식사 후에는 걷는 게 일과 중의 하나가 되었다. 낮에 앉아만 있어야 하는 건 당연하고, 밤에도 반은 앉은 자세로 자야 한다. 위가 없어서 누우면 음식물이 역류하기 때문이다. 나는 소파에 기대어 앉아 신문을 읽다가 식탁에서 연속극을 보는 아내에게 물어보았다.

— 오늘이 며칠이야?

— 아침에 생일상 잘 차려 먹고 무슨 소리예요.

아내가 핀잔을 준다. 빤히 알면서도 묻는 나의 속마음을 읽고 하는 말이었다.

— 언제 애들이 온댔어요? 쓸데없이 기다리지 말아요.

나는 다시 신문을 들척였다. 올해 추석 물가가 10% 오를 것이라는 기사가 눈에 띄었다. 식사를 조금씩 나눠서 해야 하므로 늘 먹을 것을 옆에다 놓고 산다. 사과 한 쪽을 먹었다. 의사가 체중을 늘려야 한다고 해서 되도록 열심히 먹어야 했다.

오후로 접어들면서 가을 햇살이 창문을 통해 들어왔다. 소파 위에 앉아서 따스한 햇볕을 즐기고 있는데 초인종이 울렸다.

마스크를 쓴 며느리와 다니엘이 들어오고 아들이 뒤따라 들어왔다. 며느리는 미국식으로 아내를 껴안고 등을 몇 번 두드렸다. 나도 그렇게 했다. 아내는 손주를 껴안고 뽀뽀해댔다. 뽀뽀해주기에는 너무 커버린 손주가 쑥스러워했다. 내게 인사하는 손주를 끌어당겨 소파 옆자리에 앉혔다. 손주는 할아버지에게 생일 선물이라면서 학교에서 그린 그림 한 장을 주었다. 잎이 무성한 도토리나무를 그려 놓고 왼쪽 맨 위에 할머니 할아버지 얼굴을 그려 놓았다. 그 밑에 아빠를 그리고 오른쪽 맨 위에 외할머니 외할아버지를 그리고 그 밑에 엄마를 그렸다. 엄마 아빠 밑에 다니엘의 얼굴을 그린 그림이다. 가족 나무라고 했다. 크레용으로 그린 가족 나무 그림을 받아 보면서 신선하다고나 할까? 신기해서 들여다보지 않을 수 없었다.

눈에 보이는 대로 상상하는 전형적인 미국인들의 '가족 나무(Family Tree)'를 그린 것이다.

— 이번 추석에는 성당에서 합동으로 추석 상을 크게 차려 놓는다고 했어요, 우리도 함께 성당에 가서 차례를 드려요.

가족이 다 함께 참석할 것이니 참 좋은 생각처럼 들렸다. 멀리 태평양을 건너오신 조상님도 성당 지붕 꼭대기에 세워 놓은 십자가를 보면 찾아오기가 훨씬 수월할 것도 같았다.

다니엘이 생일 선물이라면서 내게 준 가족 나무 그림을 벽에 붙여놓았다. 짙은 녹색 잎으로 우거진 커다란 도토리나무가 싱그럽다. 그림 속 조상은 나무 꼭대기로 옮겨 가다가 결국 하늘로 사라지고 마는 존재다. 눈에 보이는 대로 상상하는 미국인들답다.

하지만 우리의 조상은 나무가 아니라 뿌리다. '뿌리 깊은 나무는 바람에 아니 흔들릴 세'라고 하지 않았는가. 우리의 조상은 뿌리가 돼서 후손을 지켜주는 수호신과 같은 존재인데 하는 생각이 가시지 않았다.

LA 이방인

∗

허름한 '설렁탕집' 안을 기웃거렸다.

아주머니라고 부르기에는 조금 나이가 많아 보이지만 할머니까지는 아닌 듯한 주인아주머니가 혼자 있어서 만만해 보였다.

점심시간이 어느 정도 지나고 난 다음이어서 아주머니가 테이블을 정리하고 막 의자에 앉아서 쉬려는 참으로 보였다. 이주는 쭈빗쭈빗 거리면서 식당 안으로 들어섰다. 아래위를 훑어보는 아주머니의 시선이 따가웠다. 이주 자신이 생각해 봐도 초조해하는 얼굴에 초점 흐린 눈빛, 후줄근한 옷차림이 주인 잃은 강아지 같을 거라고 짐작했다. 아주머니의 목소리가 까칠했다.

— 자리에 앉으세요.

— 아주머니 말씀 좀 묻겠는데요……

이주는 말을 꺼내 놓고도 이어가지는 못했다. 산전수전 다 겪은 아주머니가 우선 자리에 앉으라고 권했다. 컵에 찬물을 한 컵 따라주면서 마시라고도 했다. 마음을 진정시켜주면서 부드럽게 말을 건넸다.

— 어디서 오셨어요?

— 다른 게 아니라 어디 방 하나만 세 놓는 데 아시나요?

아주머니는 처소부터 묻는 거로 봐서 혹시 노숙자일지도 모른다는 생각이 들었는지 반말로 나왔다.

— 혼자?

기분이 상해서 대답하기 싫었다. 고개만 끄덕였다.

— 그래. 결혼은 했고요?

— 이혼했어요.

막 삼십이 넘은 나이에 이혼까지 했다니 역경이 많은 여자로 볼 것 같아서 속으로는 싫었지만 어쩔 수 없었다.

— 애는 없고?

또 반말로 나오는 게 듣기 싫었다.

— 요새 젊은이들은 세상 물정을 몰라서 덜컥 이혼부터 한다니까. 웬만하거든 그냥 살지 그랬어. 여자 혼자서 산다는 게 그렇게 호락호락한 게 아니거든!

은근히 걱정해 주는 투로 말은 하지만 무시하는 듯한 눈빛이었다. 하지만 아주머니의 표정 속에서 의지하고 말하면 들어줄 것 같은 기대감도 엿보였다. 이럴 때는 불쌍하게 보여야 한다. 이주는 자신이 이혼하기까지의 자초지종을 잘 엮어서 설명해주면서 동정을 사야겠다는 아이디어가 머리를 스쳤다. 당장잠잘 곳도 없는데 아주머니의 마음을 움직여야 무엇인가 얻어낼 것이다.

그러면서도 말을 할까 말까 망설였다. 아주머니의 풍성한 몸매와 서글서글한 눈빛이 웬만한 사정 정도는 이해해 줄 것 같이 보였다.

*
**

모텔 숙박을 하루빨리 벗어나려는 긴박감이 이주의 어깨를 짓눌렀다.

지나간 결혼 이야기는 떠올리고 싶지 않지만, 아주머니에게서 동정을 사기 위해서는 어쩔 수 없이 써먹어야 했다.

대학 졸업을 불과 몇 달 앞두고 한창 부풀어 있을 때였다. 오후 늦게 명동 테라로사 커피숍에서 친구 영애와 만났다. 그때는 눈에 띄는 것마다 행복하게 보였고 말끝마다 웃음이 헤펐다. 이주는 미국에 가서 공부하고 싶었다. 연습 삼아 토플 시험도 치렀지만, 성적이 말이 아니었다. 그렇다고 꿈을 버리지는 않았다.

옆 좌석에 앉아 있는 공군 병사가 누군가와 통화하는 목소리가 들렸다. 나직한 목소리로 친구에게 커피숍 위치를 가르쳐주는 대화였다.

이주가 화장실에 다녀오는 사이에 영애와 병사 둘이 합석해 있었다. 영애가 헤프다는 건 알고 있었지만, 너무 앞서가는 것 같았다. 저녁을 같이 먹기로 했다면서 모두 행복한 웃음을 짓고 있었다. 병사 중의 한 사람이 호산나 돈까스집 50% 할인 쿠폰이 있어서 저녁은 돈까스로 먹기로 했단다. 별로 기분이 내키지는 않았지만, 특별히 바쁜 일도 없고 50% 디씨라는 바람에 부담도 되지 않았다.

이야기하면서 차츰차츰 알게 되었는데 병사들은 공군 의장대원이었다. 어쩐지 키가 훤칠한 게 걸음걸이가 로보트가 걸어가는 것처럼 반듯하고 규격 있게 움직였다. 누가 봐도 멋진 남자들이어서 지나가는 사람들이 모두 쳐다보는 것 같았다.

친구를 불러내던 남자가 김태호 병장이라는 것도 알게 되었고 이주에게 관심을 보이는 것도 느낌으로 다가왔다. 그와 같이 걸어가면 사람들의 시선이 집중되는 것을 온몸으로 감지할 수 있었다.

태호 씨가 군에서 제대하고 반년쯤 지났을 때였다. 엄마는 딸이 임신했다는 것을 금세 알아차렸다. 방문을 잠그고 다그치는 바람에 사실대로 말하지 않을 수 없었다. 그때부터 엄마는 바쁘게 움직였다. 태호 씨를 만나 보고, 다짐하고, 확인하더니 배가 나오기 전에 결혼식을 올려야 한다고 했다. 직업도 없는 사윗감이 마음에 들지 않았지만, 아이를 낳으면 호적에 올려야 한다면서 당장 혼인 신고부터 했다. 예단 예물은 생략하기로 하고 신혼살림은 엄마네 아파트에서 같이 살기로 했지만, 예식장 비용이 문제였다.

줄이고 줄여도 2천만 원은 있어야 했다. 엄마가 태호 씨를 붙들고 씨름하기를 여러 차례, 드디어 예식장 비용과 웨딩홀 식대는 태호 씨 집에서 부담하기로 했다. 신부 측에도 스튜디오

촬영, 신부 드레스, 미용실 커트, 메크업 서비스 등등 부담이 적지 않았다.

태호 씨의 말로는 예식장 계약금 플러스 대여료가 3백 30에다가 뷔페 식대가 1인당 4만 5천 원으로 100명분 4백 5십만 원이 잔금으로 남아있다고 했다.

예식장에는 그런대로 하객이 많았다. 태호 씨 의장대 친구들이 모였으니 예식장이 훤칠한 남자들로 북적거렸다. 예식이 끝나고 곧이어 다음 예약 손님 때문에 서둘러 사진만 찍고 웨딩홀을 비워야 했다. 하지만 예식장 측에서 신부 이주를 웨딩홀 앞 복도에 잡아두고 나가지 못하게 막았다. 황당한 일이 벌어지는 바람에 신부 엄마는 어리둥절해서 신랑을 찾았으나 눈에 띄지 않았다. 신부 이주는 복도 의자에 앉아 있고 신부 엄마가 옆에 서서 이유를 알아보느라고 예식장 측 매니저에게 물어보았다.

— 아니 이게 어떻게 된 일이에요? 손님들이 들락거리는데 창피하게 신부를 못 나가게 하다니?

— 식장 비용을 처리해 주셔야지요. 잔금만 지불하시면 당장 보내드리지요.

— 예식장 비용을 내지 않았다고요?

— 맞아요. 예약금만 걸고 잔금은 식이 끝나면 내겠다고 하고는 사라졌으니 뭐 값나가는 귀금속도 없고 신부라도 잡아야지요.

엄마는 아연실색했다. 부랴부랴 태호 씨를 찾아 나섰다. 신부는 드레스를 입은 채로 한 시간도 넘게 예식장 복도에 앉아서 지나다니는 낯선 하객들의 시선을 의식한다는 게 죽기보다 싫

었다. 지긋지긋한 시간은 길기도 했다. 두어 시간 후에 엄마가
나타났다.

　— 가자. 이제 해결했다. 세상에 이런 망측한 일이 어디 있니?
참 기가 막혀서. 얼른 집에 가자. 집에 가서 말해주마.

　얼굴이 붉으락푸르락하는 엄마는 택시를 잡아타고 집으로
향했다. 엄마의 말에 따르면 예식장 잔금은 하객들이 내는 축
의금으로 충당하기로 했단다. 하지만 축의금이 적게 들어오는
바람에 잔금을 맞출 수 없었다. 태호 씨의 고모가 나머지 돈을
구하려고 나간 사이에 태호 씨가 축의금을 가지고 사라지고 말
았다.

　뒤늦게 이 사실을 알게 된 엄마가 예식장 잔금을 대납하고
나서야 신부는 풀려날 수 있었다.

　그 후에도 뻔뻔스러운 태호 씨는 속을 무척 썩였다. 딸 아이
가 다섯 살이 되도록 한 번도 아빠 노릇을 제대로 해본 예가 없
다. 엄마는 이러다가 내 딸 나이만 먹고 신세 망치겠다며 이혼
을 서둘렀다. 하지만 그 인간은 이혼도 해 주지 않았다. 일 년이
나 질질 끌다가 위자료를 달라고 했다.

　— 이런 세상에 남자가 위자료를 요구하다니 이게 말이나 되니?

　엄마는 펄쩍 뛰었으나 위자료 외에는 다른 방법이 없었다.
결국 우리 집 형편이 여유롭지 못하다고 사정사정해서 겨우 적
당한 금액의 위자료를 줄 수밖에 없었다.

　태호라는 인간은 위자료도 모자라서 자신이 진 카드빚까지
떠넘기고 헤어졌다.

— 세상에 그런 인간이 다 있어? 속 터져서 어떻게 살아?

아주머니는 이주보다 더 가슴 아파했다. 남의 일 같지 않다면서 이주가 살 곳을 마련해 주었다. 차고를 방으로 꾸려서 세놓으려던 방을 이주에게 내주었다. 방만 내주는 게 아니라 직장도 알아봐 주었다. 아주머니 식당에서 일했으면 좋으련만 식당규모가 작고 매상도 많지 않아서 규모가 크고 종업원도 여럿인일식집을 소개해 주었다.

아주머니와의 만남은 이주가 해리스 어학연수원 등록을 앞두고 얻어낸 행운이라면 행운이다.

이주에게 주어진 일은 주방에서 설거지하는 일이다.

주방에는 주방장이 있고 주방장의 지시를 따르는 요리사가세 명이나 된다. 머리 위로 우뚝 솟은 흰 토크 브란슈를 쓴 세명의 요리사가 주방장의 지시에 따라 일사불란하게 칼질을 하고있었다. 키가 작고 왜소한 주방장은 흰색 제복에 누구보다도 높은 토크를 쓰고 조리대 앞에 서 있는데 그 모습이 우아하고 위엄이 있어 보였다. 우뚝 솟은 토크의 힘은 막강해서 주방에 있는 누구도 감히 저항하지 못하게 만드는 권위가 배어있었다.

오후 3시까지 식당에 출근해 보면 점심을 치르면서 모아놓은 설거짓감이 싱크대에 산더미처럼 쌓여 있었다. 생각했던 것보다 일은 고됐다. 애벌로 닦아서 세척기에 넣는 일이었지만, 끝없이 밀려드는 자질구레한 접시와 대접들을 혼자서 감당하기에는 벅찼다. 다 마른 접시를 제자리로 옮기는 일도 쉬운 게 아니었다. 많은 접시를 한꺼번에 들고 나르자니 무게가 만만치 않았다. 팔죽지가 늘어나는 것 같았다.

— 처음이라서 힘드실 거예요, 익숙해지면 괜찮을 테니 참고 견디세요.

주방장의 한마디가 눈물이 나도록 고마웠다. 주방장은 이주를 대할 때면 매사에 꼼꼼하고 친절했다. 요리사들을 대할 때의 엄격함과는 확연히 달랐다. 주방장의 따뜻한 말 한마디는 이주가 다시 일터로 나오게 해주는 힘이 되었다.

어학연수원 중급반 수업이 끝나기가 무섭게 일식집으로 출근했다. 이주는 정해진 시간에 늦을세라 서둘렀다. 열심히 일해야 한국에 두고 온 딸에게 돈도 부쳐 주고 자신도 먹고살 수 있겠지만, 그보다는 어떻게 해서라도 주방에서 벗어나 웨이트리스가 되어야 돈을 더 벌 수 있었기 때문이다. 주방장은 누구보다도 바쁘게 돌아가며 활기차게 일하고 있었다. 배달된 생선들의 신선도를 체크하고, 빠진 게 없나 꼼꼼히 살폈다. 남보다 열심히 일하는 모습을 보면서 괜히 주방장이 아니라는 것을 알 수 있었다.

실은 웨이트리스가 돈을 더 번다는 것도 주방장이 귀띔해

쥐서 알게 된 사실이다. 주방장은 시간이 날 때마다 메뉴 목록을 하나하나 가르쳐주기도 했다. 차츰 그와 친해지면서 주방장이 미국에서 산 지 10년이 넘었다는 사실도 알았다. 초밥 맛과 특징도 일일이 가르쳐 주었다. 이주는 열심히 받아 적어 가면서 외웠다.

— 고단하지 않아요?

주방장이 물었다.

— 고단해도 할 수 없지요. 일해야 먹고 살잖아요?

— 남편은 뭘 하세요?

이주는 난감했다. 남편 같지 않은 남편을 말해줘야 할지 망설였다.

— 대답 안 하셔도 돼요. 그냥 물어본 것뿐이니까.

이주는 자기의 속마음까지 읽고 배려해 주는 주방장에게 무한한 고마움을 느꼈다. 그러면서도 혼자 사는 자신을 초라하고 한심한 여자로 볼지도 모른다는 자격지심이 들었다. 얼른 말머리를 다른 데로 돌렸다. 사십이 넘어 보이는 주방장은 왜 혼자 사는지 궁금했다.

— 주방장님은 왜 결혼하지 않으셨어요?

말을 해 놓고도 너무 대놓고 묻는 건 아닌가 하는 생각이 들어서 슬쩍 웃어 보였다.

— 지금껏 날 좋다고 하는 여자가 없더라고요.

뜻밖의 대답에 이주는 자신도 모르게 주방장을 훑어보지 않을 수 없었다. 아닌 게 아니라 어딘가 좀 부족한 남자처럼 보였다. 높은 흰색 토크를 벗겨놓고 보면 짤막한 키에 왜소한 몸집, 까무잡잡한 얼굴에 축 처진 눈매까지 어디 하나 여자에게 호감을 줄 만한 매력이 보이지 않았다.

그러나 이주는 살면서 터득한 지혜가 있는데 남자는 인물보다 능력이 중요하다는 사실이다. 이주에게 주방장의 외모가 오히려 능력처럼 보였다.

이주는 살아남기 위해서 자신만의 방식으로 진화해 나갔다. 주방장이 가르쳐 주는 대로 메뉴를 외우고 주문받는 방법을 익혔다. 한 달쯤 지나자 웨이트리스로 나설 수 있었다. 처음에는 조마조마해서 손님 앞에 서는 것조차 떨렸는데, 그것도 자꾸 하다 보면 익숙해진다. 아닌 게 아니라, 웨이트리스는 설거지보다 일도 편하고 벌이도 월등히 낫다. 무엇보다 팁이 있어서 좋았다. 어떤 때는 팁이 주급보다 많을 때도 있다. 게다가 손님들과 대화하면서 하는 일이라서 지루하지 않았고 시간도 잘 갔다. 간혹 가다가 어떤 손님은 짓궂게 구는 손님도 있어서 곤욕스러울 때도 있었다. 그렇게 낯붉히고 돌아설 때면 주방장이 다가와서 조용히 위로해주었다.

— 손님들한테 너무 친절하게 굴지 말아요.

— 친절하게 한 것도 없어요. 그냥 웃어줬을 뿐이에요.

— 헤프게 웃으면 손님들은 착각할 수도 있으니까.

'허, 이 남자가 제정신으로 하는 말이야? 그러면 손님들한테 인상을 찡그리라고?' 속으로 말도 안 되는 소리라고 생각하면서도 나름대로 여자를 아껴주려고 하는 말이려니 하고 넘겼다.

밤늦게 일이 끝나면 주방장이 집까지 태워다 주었다. 얼마 안 되는 시간이나마 같이 차를 타고 왔다. 이주는 그 시간이 싫지 않았다. 주방장은 영주권이 있어서 정식으로 일하고 월급도 괜찮다고 했다. '빨리 영주권을 받아야 친정 엄마에게 맡기고 온 딸을 데려올 텐데……' 이주는 두고 온 딸을 생각하면 쉽사리 잠이 오지 않았다.

영주권 없이 살다 보면 누군가에게서 영주권 소리만 들어도 귀가 솔깃해진다. 그날도 네 명이 앉은 테이블을 서빙하다가 영주권을 얻는다는 말이 피뜩 이주의 귀를 스쳤다. 이주는 딴청을 부리면서 신경을 곤두세우고 그들의 대화를 엿들었다. 손님들의 대화 속에서 한 손님이 이민 변호사라는 걸 알 수 있었다. 그들에게서 비영주권자는 영주권자나 시민권자와 결혼해야 영주권을 받을 수 있다는 말을 들었다.

영주권을 신청하면 캘리포니아에서는 2년, 텍사스에서는 3년이 걸려야 받을 수 있지만, 오클라호마에서는 6개월이면 영주권이 나온다는 말도 들었다. 오클라호마로 갈까 하는 생각이 들었다. 그뿐만이 아니라 비영주권자가 정식으로 일하려면 노동 허가를 받아야 하는데 불법 체류자는 노동 허가를 받을 수 없다고 했다. 이주가 불법 체류자는 아니지만, 하나같이 이주에게 불리한 이야기들이었다.

이주는 날이 갈수록 주방장이 가깝게 다가오고 있다는 걸 피부로 느꼈다. 그날도 늦은 밤이었다. 같이 차를 타고 집 앞까지 왔는데 내리지 말아 달라는 말에 이상한 느낌이 들었다. 여자의 직감은 무서우리만치 적중했다. 전부터 이런 날이 오리라고 생각했었다. 주방장이 붉은 장미 한 송이를 건네주면서 이주의 손을 잡는 게 아닌가. 딸이 하나 있다고 고백했는데도 "그게 무슨 상관이냐"라며 너그럽게 받아넘겼다.

이주는 주방장이 사는 아파트로 짐을 옮겼다. 아파트는 그런대로 널찍하고 부엌과 방이 따로 있어서 살만했다.

일식집에서의 일은 서서 하는 일이어서 허리와 다리가 유별나게 아팠다. 밤늦게 집에 돌아오면 만사가 귀찮고 지쳐서 널브러졌다. 주방장은 이주만 보면 사랑에 빠진 철없는 아이처럼 웃음이 헤펐다. 이주의 어깨를 주물러 주기도 하고 팔과 다리를 마사지해 주었다.그럴 때면 시원하고 좋기도 했지만, 민망한 마음이 더 컸다.

이주는 무엇보다 영주권을 받는 게 급했다. 은근히 주방장을 독촉했다. 그러면서도 '내가 너무 독촉만 하는 게 아닌가?' 하는 생각도 들었다. 그래도 기회가 있을 때마다 슬쩍 말을 꺼내곤 했다. 혹시라도 그가 잊고 지낼까 봐 종종 다짐하듯 물었다. 그러나 주방장은 시큰둥하게 듣고 넘겼다.

— 있잖아, 우리 영주권 신청 언제 해요?

— 영주권을 꼭 받아야만 하나?

이주는 깜짝 놀랐다. '이게 무슨 소리야? 그러면 그냥 살자고? 이 남자가 정신이 있는 거야, 없는 거야?' 이주는 그와 같이 살기로 마음먹은 가장 큰 이유가 영주권 취득인데 그 사실을 잊어버린다는 건 말도 안 된다.

— 영주권이 있어야 정식으로 직장도 가질 수 있고 급여도 제대로 받을 거 아니에요.

— 그까짓 영주권이야 만들면 되지.

주방장이 툭 던지는 한마디에 이주는 어리벙벙했다.

— 만들면 되다니? 그게 무슨 소리예요?

그날, 주방장으로부터 놀랄 만한 새로운 사실을 알게 되었다. 비영주권자들은 이민국 직원을 낀 브로커로부터 영주권 카드를 살 수 있다는 것이다. 큰돈이 들어서 그렇지 돈만 주면 정식 영주권과 똑같은 영주권을 만들어 준단다고 했다.

심지어 이민 단속 요원이 영주권 번호를 조회해 보면 틀림없이 살아있는 번호라서 이민국 직원도 구별하지 못하리만치 완벽하단다. 게다가 일할 수 있는 사회보장 카드도 만들어 준다. 행방불명된 사람의 번호를 이용하는 게 돼서 마약과 같은 중대한 사건이 터지기 전에는 드러나지 않는다고 했다.

그렇지만 공공기관에서 정식으로 사용할 수는 없다. 사적인 측면에서 쉬쉬하면서 써먹어야 한다. 주방장도 돈 주고 사들인 영주권으로 지금까지 잘살고 있단다.

이주는 주방장이 가짜 영주권 소지자라는 사실을 알게 되는 순간 하늘이 무너지는 것 같았다.

— 그러면 우리는 뭐예요?

— 같이 사는 부부지 뭐야.

— 진짜 영주권은 받을 수 없잖아요?

— 글쎄, 받을 수 없는 걸로 알고 있는데, 그렇다고 함부로 떠들
　고 다니면 안 돼, 들키면 추방당하니까.

— 방법이 없다고요?

주방장은 더는 말하지 않았다.

혼자 사는 남자야 가짜 영주권을 들고 투명 인간으로 살 수
도 있지만, 이주는 아이를 미국에 데려오기 위해서는 반드시 진
짜 영주권이 있어야 한다. 영주권 없이는 아무 일도 할 수 없다
는 사실을 뼛속 깊이 느끼고 있었다.

한국으로 돌아갈까도 생각해 보았지만, 전 남편한테서 물려
받은 빚도 있고, 가서 살 엄두가 나지 않았다. 이 남자와 살다가
는 언제 추방당할지 모르는 일이다. 이주는 고민에 빠졌다. 며
칠째 잠도 오지 않았다. 주방장이 다가오는 것도 거부했다.

헤어지자는 말을 듣던 주방장의 눈빛이 실망으로 가득했다.
눈물을 글썽이는 것도 같았다. 행복하게 해 주겠다는 약속을
수없이 늘어놓았으나 귀에 들어오지 않았다. 무릎을 꿇고 빌면
서 하소연하는 주방장이 불쌍했지만, 도와줄 수 없었다. 이주에
게 영주권은 목숨만큼 절실했다. 여행 가방을 질질 끌고 문을
나서는 이주에게 주방장이 게적지근한 목소리로 말했다.

— 이민 변호사 '김 앤 장'사무실에서 이번 주 안에 영주권 취
　득 자격 여부를 알려 준다고 했어. 어쩌면 진짜 영주권을 받
　게 될지도 몰라.

이주에게는 허튼수작으로 들렸다. 남자들의 거짓말에는 이

골이 난 이주였다.

이전에 살던 차고 방으로 돌아왔다. 차고 방일망정 돌아갈 주거지가 있다는 현실에 감사했다. 싱글 차고를 방으로 고쳤지만, 드나드는 문이 따로 있어서 사생활은 유지할 수 있었다. 아주머니는 차고 방문을 열어주면서 말했다.

— 주방장이랑 잘 안 됐어?

— 그만뒀어요.

엉뚱하게도 아주머니에게 대놓고 쌀쌀맞게 말했다.

— 왜? 잘해 보지 그랬어. 그 남자 영주권도 있다던데…….

— 그 사람 불법 체류자예요. 가지고 있는 영주권이라는 것도
  가짜구요.

가짜 영주권자는 사람같이 보이지도 않는다는 식으로 내뱉었다.

— 불법 체류자라고 해서 함부로 무시하지 마. 우리 아저씨도
  불법 체류자야.

아주머니는 얼떨결에 말을 해 놓았는지 얼굴색이 하얘지면서 말꼬리를 얼버무렸다.

*
**

그동안 비워뒀던 차고 방에 전기며 가스를 연결하려고 아저씨가 연장을 들고 들어왔다. 아주머니는 남편을 아저씨라고 불

렸다. 아주머니와 아저씨는 아이도 없이 둘이서만 사는 부부다. 설렁탕집을 운영하는 부부는 아저씨가 주방에서 일하고 아주머니는 서빙과 허드렛일을 가리지 않고 했다.

이주는 마음이 심란할 때는 한국 엄마와 통화하고 나면 조금은 풀렸다. 엄마에게 영상 통화로 연결했는데 오늘따라 엄마와의 통화에 딸이 끼어들었다. 다섯 살 먹은 딸은 휴대폰 속 엄마를 붙들고 놓지 않았다. 아무리 달래줘도 소용없었다. 울컥했지만 참았다.

— 애야. 애가 아파서 며칠째 밥도 안 먹는다. 밥 잘 먹어야 한
  다고 말해주렴.

친정엄마가 하는 말이다.

— 엄마! 그게 무슨 소리야? 애가 아프다니? 당장 병원에 데려
  가야지, 그러고 있으면 어떻게 해?

— 어제는 김 서방이 와서 엄마도 없는 아이 자기가 데려가겠
  다는 걸 억지로 말렸어……

— 뭐라고? 그 미친 인간이 애를 데려가겠다고? 엄마. 애 빼앗
  기면 난 못살아. 당장 죽어버릴 거야.

— 다음부터는 김 서방이 와도 문을 안 열어줄 거다. 염려하지
  말고 죽을 생각일랑은 아예 꿈도 꾸지 마라.

옆에서 통화를 듣던 아주머니가 한마디 했다.

— 그까짓 일 가지고 죽느니 사느니 할 게 뭐 있어. 우리 아저
  씨는 그보다 더한 역경도 치렀는데……

아주머니는 이주를 위로해주려는지 남편을 불렀다. 집에서
담근 식혜 한 잔을 건네면서 말했다.

— 여보. 당신 고생하던 이야기나 해봐요. 안 그랬다가는 우리
  집에서 아가씨 송장 치르게 생겨서 그래.

아저씨는 계면쩍은 듯 비죽이 웃어 보였다. 한 번 이주를 힐
끔 쳐다보고는 식혜를 한 모금 마셨다. 미처 비우지 못한 식혜
잔을 들고 고분고분 아주머니의 주문에 따랐다.

— 아가씨 사정은 역경도 아니야. 나야말로 죽고 싶었던 사람
  이야. 막상 죽으려고 했더니 젊음이 아깝더라고. 사랑 한번
  못해보고 죽기는 억울했어.

누구나 힘들었던 과거가 있다면서 자신이 겪어온 험난한 과
정을 들려주었다.

아저씨는 늦깎이로 조리사 자격증을 따냈다. 필기시험과 실
기시험이 있었는데 필기시험은 100점 만점에 겨우 60점을 받아
서 턱걸이했다. 실기 역시 시험관이 봐주다시피 해서 넘어갔다.
심사위원으로는 유명한 요리사들이 포함되어 있었다. 들리는
소리에 의하면 선박 식당이 제일 속 편하단다. 선박에는 여자가
없어서 맛 투정하는 사람도 없고 고된 일을 하는 선원들이라서
아무 음식이나 잘 먹어준다고 했다. 거기에다가 월급까지 후하
다는 바람에 아저씨에게는 꿈의 직장처럼 들렸다. 우여곡절 끝
에 컨테이너선 조리장으로 취직했다.

아저씨가 근무하는 컨테이너 선박은 현대 해양 소속 파나맥

스 컨테이너선인데 갑판 적재로 6단 17열, 컨테이너 6,000개를 싣는 대형 선박이다. 보통 화물선들은 선교루(船橋樓: Bridge)가 선체의 후단부인 선미(船尾)에 있어서 선교(船橋)에서 바라보면 배 전체가 한눈에 들어오지만, 파나맥스 컨테이너선 같은 대형 선박은 선교(船橋)가 선수(船首)에 있고 100m나 떨어진 선미(船尾)에 기관실이 있다. 기관실 밑에 거주 공간이 있어서 선원들이 마음 놓고 쉴 수 있다. 거주 공간에 선원 식당과 침실이 분리되어 있다.

그러나 막상 항해에 나섰는데 남들이 왜 기피 하는 직업인지 알게 되었다. 거대한 파나맥스 컨테이너선은 한번 출항하면 두세 달은 바다에 떠다니는 게 기본이다. 무엇보다도 사람 구경을 할 수 없었다. '사는 게 뭐 이래' 하는 회의를 느끼곤 했다. 10개월을 밤낮으로 일하고 2개월은 휴가다. 열 달 동안 배에서 내리지 못하고 바다에 떠서 다닌다는 건 참기 어려운 고통이었다. 우울증에 걸리거나 바다에 뛰어내리는 선원도 더러 생겼다.

하지만 어쩌겠는가. 아저씨는 선원 식당의 요리장인걸. 요리장이라고 해서 거창한 것은 아니고 보조원이 딱 한 명뿐이다. 그것도 울며 겨자 먹기 식으로 들어온 보조다. 두 달 전에 브라질 리오데자네이로 출항할 때 혹시 선박에 숨어 있는 탈주자는 없는지 샅샅이 들춰보았다. 기관장을 위시해서 전 선원이 사람이 숨을 만한 곳은 구석구석 들춰보았지만 아무 이상 없었다.

출항할 때마다 선박을 샅샅이 뒤진다. 혹시 돼지가 숨어있는지 확인하고 확인 결과를 선장의 로그북에 기록하는 절차를 밟아야 한다. 선박에 숨어든 탈주자를 속어로 '돼지'라고 불렀다.

선박이 출항하고 하루가 지난날 선원들이 웅성거렸다. 숨어 있는 돼지를 잡았다는 것이다. 선박은 이미 파나마 운하에 들어서고 있었다. 체구가 작고 까무잡잡한 라티노가 한 명 잡혀 왔다. 때는 늦었다. 돌려보내지도 못하고 선박과 함께 항해하는 수밖에 없었다. 선장은 돼지 라티노를 식당 임시보조로 쓰라고 했다. 주방에 들어선 보조는 그런대로 써먹을 만했다. 이것저것 허드렛일을 조금씩 배워가더니 라면도 끓이고 밥상도 차렸다. 매번 끼니때마다 선장의 식사는 브릿지까지 배달해 줘야 하는데 이렇게 귀찮은 일을 돼지에게 맡겼으니 아저씨는 해방된 기분이었다.

세계를 항해하다 보면 어떤 변화가 기다리고 있을 줄 알았는데 그렇지도 않았다. 선원 생활이라고 하는 게 따분하기 그지 없다. 온종일 바다만 보일 뿐 아무것도 없다. 하늘과 바다만 바라보며 지내야 하는 삶이라는 게 무미건조하고 시들다. 재미 없는 일상이다. 날마다 반복되는 하루하루가 무슨 재미가 있겠는가. 하는 일이라는 것도 익숙한 일들이고 반복되는 일들이다. 사람이 그리워서 죽을 것만 같았다.

대형 컨테이너선이 미국 오리건주 포틀랜드항에 정박할 때면 한미여성회 아주머니 다섯 명이 배에 올라와 불고기며 한국 음식을 차려놓고 파티를 열어주곤 했다. 몇 달씩 바다에 떠다니느라고 사람 구경도 못 하다가 한국 여자들을 만나면 그렇게 반가울 수가 없었다. 바리바리 싸 들고 온 음식을 차려놓으면 아저씨는 화독에 차콜을 피우고 불고기 굽는 준비를 했다. 아주머니들과 함께 일하면서 같이 떠들고 부대끼는 시간이 천국 같았다.

윤희라는 아주머니가 혼자 사는 돌싱이라는 걸 알아낸 아저씨는 그녀의 곁에 붙어 다녔다. 남들이 눈치채고 한마디씩 했건만 개의치 않았다. 전화번호를 받아 적었다. 아주머니의 이름이 윤희이고 그때는 이름을 불렀다.

컨테이너선은 바다에 떠 있는 게 기본이다. 항해가 곧 돈이니까. 출항은 아쉽게도 윤희와 헤어짐을 의미했다.

**

대형 컨테이너 선박엔 인터넷이 들어왔다. 아저씨는 윤희와 카톡으로 연결했다. 부산항까지는 20일이 걸렸지만, 항해가 이렇게 짧았던 때도 없었다. 액정 화면 속 윤희와 수없이 떠들어도 허전한 마음은 여전했다. 윤희의 손이라도 잡아봤으면 하는 게 소원이었다.

돈도 휴가도 다 싫고 어떻게 하면 보통 남자들처럼 살 수 있을까 하는 고민에 빠졌다. 아저씨는 일상의 행복을 갖고 싶었다. 맨날 떠돌아다니는 인생보다는 한곳에 정착해서 살면서 아침에 눈을 뜨면 사랑하는 아내가 해 주는 밥을 먹고 출근했다가 퇴근하는 그런 일상의 행복 말이다. 그렇게 어려운 인생 같지도 않은데 그런 행복은 영영 다가오지 않았다.

드디어 잠시나마 지긋지긋한 바다에서 벗어날 시간이 다가왔다. 휴가를 얻은 것이다. 뒤도 돌아보지 않고 미국 포틀랜드 윤희에게 날아갔다. 공항에 나온 윤희를 보자마자 얼굴에 웃음 꽃이 활짝 피었다. 와락 끼어 안았다. 반가워서 그런지 좋아서 그런지 놓고 싶지 않았다.

윤희의 아파트는 2층이었다. 방 하나에 부엌이 달려 있고 부엌에 붙어서 다이닝 테이블도 있다. 처음 아파트에 들어섰을 때가 아침이었으니까 윤희는 커피를 끓이겠다면서 주전자에 물을 담았다. 하지만 커피보다 급한 게 사랑이었다.

— 아저씨는 나이가 몇이야?

— 그까짓 나이는 알아서 뭘 해.

— 그래도 세상이 그런 게 아니잖아요?

— 지금 우리가 어울리는 커플 같아 보여?

— 잘 어울리지요.

— 그럼 된 거야. 사랑해……

둘이서 침대에 누워 시트를 뒤집어쓰고 나눈 대화다.

이야기를 귀담아듣던 아주머니는 은근히 으스대는 투로 말했다.

— 나중에 알게 된 사실인데 아저씨는 나보다 2살이나 아래였

어. 그때는 아저씨 얼굴이 바짝 마르고 까맣게 타 있어서 나이가 들어 보였다고.

휴가 두 달은 금세 지나갔다. 그것도 사랑하는 윤희와 함께 보낸 휴가는 너무나 짧아서 아쉬웠다. 오로지 설탕과 크림을 듬뿍 섞은 커피맛 같았다. 다음 휴가를 기다리기에는 너무 멀었다. 선박 복귀를 닷새 남겨놓고 인천행 비행기에 올랐다.

인천 공항에는 어머니가 기다리고 있었다. 집에 오자마자 자동차를 렌트해서 몰고 다니면서 부지런히 친구들을 만나봐야 할 것 같았다.

— 그까짓 며칠인데 차는 빌려서 뭐하니? 내 차를 끌려무나.

— 그럴까요?

집에 홀로 계신 어머니 차를 빌려 타고 신나게 나돌았다. 친한 친구 동호를 만나려고 해도 직장에 다니는 동호는 퇴근 후에나 볼 수 있었다. 막상 휴가라고 해도 친구들은 모두 가정을 이루고 애까지 기르는 처지여서 한가한 친구는 없었다.

그날따라 동호 퇴근 시간이 늦어졌다. 늦었지만 같이 저녁을 먹고 술집에 들렀다.

— 야. 나 돈 많아. 기왕이면 고급 술집에 가자. 가서 진탕 마셔 보자.

술에 취한 채로 차를 몰고 잠실교에 들어섰다가 음주단속에 걸렸다. 혈중 알코올 농도가 면허 취소 수치인 0.08을 훨씬 웃도는 것으로 나타났다. 곧바로 구속됐다.

　세상이 미웠다. 보기 싫었다. 보석금을 내고 풀려나왔다. 재판이고 뭐고 일단 출항하는 선박을 타고 한국을 떠나고 봤다.

＊
＊＊

　약속했던 대로 미국 포틀랜드 항에서 윤희에게 전화를 걸었다.

　— 지금 한국 식품점으로 가는 중이야 그리로 나와줘.

　— 어디쯤 왔는데요?

　— 내가 그걸 어떻게 알아. 잠깐만.

　조수석에 앉아 있던 아저씨는 트럭을 몰고 가는 운전기사에게 물어보았다.

　— 여기가 어딥니까?

　— 에이트 피어지요.

　— 예?

　휴대폰에서 윤희의 목소리가 두 사람 사이에 끼어들었다.

　— 알았어요. 제8부두라고 하잖아요.

　— 알았다고?

　— 그래요. 내가 먼저 식품점에 가서 기다릴게요.

　윤희는 짧게 대답하고 전화를 끊었다. 아저씨는 트럭 조수석에서 운전기사가 가는 대로 몸을 맡겼다.

　지난해에도 들려봐서 아는 포틀랜드 한국 식품점이어서 낯

설지는 않았다. 트럭이 식품점 주차장에 들어서자 식품점 입구에 서서 기다리는 윤희가 눈에 들어왔다. 청바지에 짧은 소매 티를 입고 있어서 어깨가 거의 드러나 보이는 게 40을 갓 넘긴 여인 같지 않아 보였다. 미소 어린 얼굴이 반가워서 창밖으로 손을 내밀고 흔들었다.

식품 주문 목록이 적힌 노트를 운전기사에게 건네주고 차에서 내렸다. 얼른 윤희에게 다가갔다. 두 손부터 잡으면서 끌어당겼다. 가슴에 안긴 윤희의 어깨를 가볍게 토닥였다. 머리카락에서 흘러나오는 연한 샴푸 향이 코끝을 스쳤다.

실제로 만나 보지는 못했지만, 영상을 통해서 늘 보던 얼굴이어서 친근했다.

— 맨날 배 타고 바다에 나가는 거 지겹지 않아요?

— 맞아. 나도 바다라면 지겨워 죽겠어. 사람이 있어야 말이라
  도 하면서 살지.

— 언제 선원 그만둘 거예요?

— 자리 잡으면 그만둬야 하는데. 윤희! 나 좀 도와줘.

— 나더러 어떻게 하라는 거예요?

— 그건 나도 모르지.

아저씨는 윤희와 함께 식품점 건물 뒤로 갔다. 트럭 뒷문을 열어놓고 주문한 식품 재료들을 싣고 있었다. 너구리 라면과 신라면을 섞어서 쉰다섯 박스, 배추며 무도 이십 박스 씩 실었다. 냉동 소고기와 돼지고기 그리고 닭고기는 일일이 저울로 달아 보았다. 선원들이 한 달간 먹어야 할 식량이다. 선장님이 좋아

하는 소주도 열 케이스나 실었다.

구매할 식품이 많아서 일일이 찾아 싣는 데만도 시간이 오래 걸린다.

아저씨는 카드로 결제부터 했다. 식품을 실은 트럭은 오후 5시에 제8부두 선박 앞에서 만나기로 약속했다.

윤희는 식당에 가서 점심이라도 먹자고 했다. 아저씨는 배가 출출하지도 않았고 그보다는 생각이 달랐다. 부두로 가자고 했다. 컨테이너 선박이 빤히 보이는 제6부두에 차를 세웠다. 제6부두는 텅 비어있었고 낚시하는 사람이 두어 명 눈에 띄었다.

차를 세워놓고 둘이서 뒷좌석으로 옮겨 앉았다. 앉자마자 윤희를 껴안았다. 얼굴을 비비며 입김을 섞었다. 가파른 숨결이 쉴새 없이 쏟아져 나왔다. 사랑은 다 주고 싶어서 안달이 나는 거라고 했다. 윤희를 위해서라면 목숨도 아깝지 않았다. 부서지도록 힘껏 부둥켜안은 팔을 영영 풀고 싶지 않았다.

제6부두에서 바라보면 제8부두에 정박해 있는 대형 파나맥스 컨테이너선이 한눈에 들어왔다. 짝수로만 매겨진 부두와 부두 사이는 200 야드여서 그리 멀지 않았다. 아저씨는 윤희에게 다짐했다.

— 오늘 밤 날이 어두워지면 갑판에 나와서 제6부두에 윤희의 차가 있는지 확인할 거야. 배가 밤 10시에 출항하기로 되어 있으니까 배가 움직이면 내가 배에서 뛰어내린단 말이야. 헤

엄쳐서 여기까지 나오려면 30분은 걸릴 거야.

— 헤엄쳐서 나오겠다고요?

윤희는 두 눈을 동그랗게 뜨고 놀라워했다.

— 그래. 이까짓거 문제없어. 여기서 기다리면 내가 올 테니 그
때부터 우리는 함께 가는 거야. 영원히, 영원히……

아저씨는 영원이라는 말을 반복하면서 윤희를 끌어안았다.
윤희를 안고 있으면 평화롭고 행복했다.

선박으로 돌아온 아저씨는 밀입국할 준비를 서둘렀다. 이민
국 직원이 선박에 올라와 선원 점검을 마치고 밤늦게 출항 허가
가 떨어졌다. 선체가 우측으로 50야드쯤 움직이더니 천천히 전
진을 위한 출력을 높였다. 선원 식당에서 나온 아저씨는 선수
쪽으로 걸어갔다. 100미터쯤 걸어가 브릿지 밑에 서서 제6부두
를 살펴보았다. 가로등 아래 세워놓은 윤희의 밴이 보였다. 브릿
지 밑은 CCTV 사각지대다. 아저씨는 운동화와 옷을 벗어서 커
다란 검정 비닐봉지에 넣고 아귀를 고무줄로 단단히 동여맸다.
옷이 들어 있는 비닐봉지를 이고 배에서 뛰어내렸다.

*
**

아저씨는 윤희의 이삿짐을 밴에 실었다. 한국인이 많이 산다
는 LA로 차를 몰았다. 언어가 제대로 통하지 않는 미국 사회에
서 이방인으로 사느니 차라리 소속감이나마 느끼면서 살아야

겠기에 한인 타운에 정착하기로 마음먹었다.

아무리 미국에서 오래 살았어도 한국인은 한식이 입에 맞는 것처럼, 한국인은 한국인들끼리 살아야 사는 맛이 나는 것도 사실이다.

LA 한인 타운은 '미국 속의 한국'이라는 말이 꼭 들어맞았다. 한국인들이 모여서 살고 있으니 거리와 건물만 미국이지, 내용은 한국이나 마찬가지다.

쇼핑몰의 상점들도 몽땅 한국 상점들이다. 한국처럼 상점들이 오밀조밀하게 줄지어 들어서 있고 한국인의 마음에 쏙 드는 물건들만 골라다 놓았다. 주차장을 보면 비싼 고급 외제 차들이 즐비했다. 윤희 부부는 식당을 열기 위해 장소를 물색했다.

이런 말을 들려주던 아저씨에게 아주머니가 눈을 흘기며 말했다.

— 그때는 왜 그랬는지 몰라. 아저씨가 불쌍하게 보이더라고. '내가 도와주지 않으면 이 사람은 죽겠구나!' 하는 생각이 드는 거야.

아주머니는 그게 벌써 10년도 넘은 일이라고 했다.

아주머니는 이런 말도 했다.

— 지금은 다 지난날의 이야기니까 웃으면서 말하지만, 그때는 목숨을 건 위험한 모험이었어. 까딱 잘못했다가 걸리기라도 하면 죽을 각오를 해야 했지.

하면서 아저씨는 7년 이상 불법 체류자 특별 사면에 의한 영주권 발급 대상이란다. '7년 이상 불법 체류자 사면?' 이주의 귀가 솔깃했다. 사면 제도가 무엇인지 자세히 알고 싶었다.

7년 이상 미국에서 계속 거주해 온 불법 체류자로서 세금 납부 실적이 있는 자에게 영주권 신청 기회를 제공하는 구제 법안이란다.

이주는 의아했다. '그런 법도 있나?' 순간 번개처럼 주방장의 아파트를 나올 때 주방장이 들려주던 말이 뇌리를 스쳤다. 혼란스러웠다.